Philippe Labro
Olivier Barrot

Lettres d'Amérique

Un voyage en littérature

Gallimard

PHILIPPE LABRO

Philippe Labro, né à Montauban, part à dix-huit ans pour l'Amérique et voyage à travers les États-Unis pendant deux ans. À son retour, il devient reporter à Europe n° 1 puis grand reporter à *France-soir*. Il fait son service militaire de 1960 à 1962, pendant la guerre d'Algérie. Il reprend ensuite ses activités de journaliste en même temps qu'il écrit et réalise sept longs-métrages de cinéma. Il dirige les programmes de RTL de 1985 à 2000. Il a publié chez Gallimard de nombreux romans dont, en 1986, *L'étudiant étranger*, qui lui vaut le prix Interallié et, en 1988, *Un été dans l'Ouest*, qui obtient le prix Gutenberg des lecteurs. Après *Le petit garçon*, Philippe Labro publie *Quinze ans*, puis *Un début à Paris*, qui complète le cycle de ses cinq romans d'apprentissage. En 1996, paraît *La traversée*, un témoignage qui connaît un succès considérable, suivi par *Rendez-vous au Colorado*. En 1999, Philippe Labro fait parler *Manuella* ; en 2002 paraît *Je connais gens de toutes sortes*, recueil de portraits revus et corrigés, et en 2003, un nouveau témoignage, *Tomber sept fois, se relever huit*.

OLIVIER BARROT

Journaliste et écrivain, Olivier Barrot est le producteur et le présentateur de l'émission littéraire de France 3 « Un livre, un jour ». Il a lancé un magazine « des sens et des mots » au titre viscontien, *Senso*...

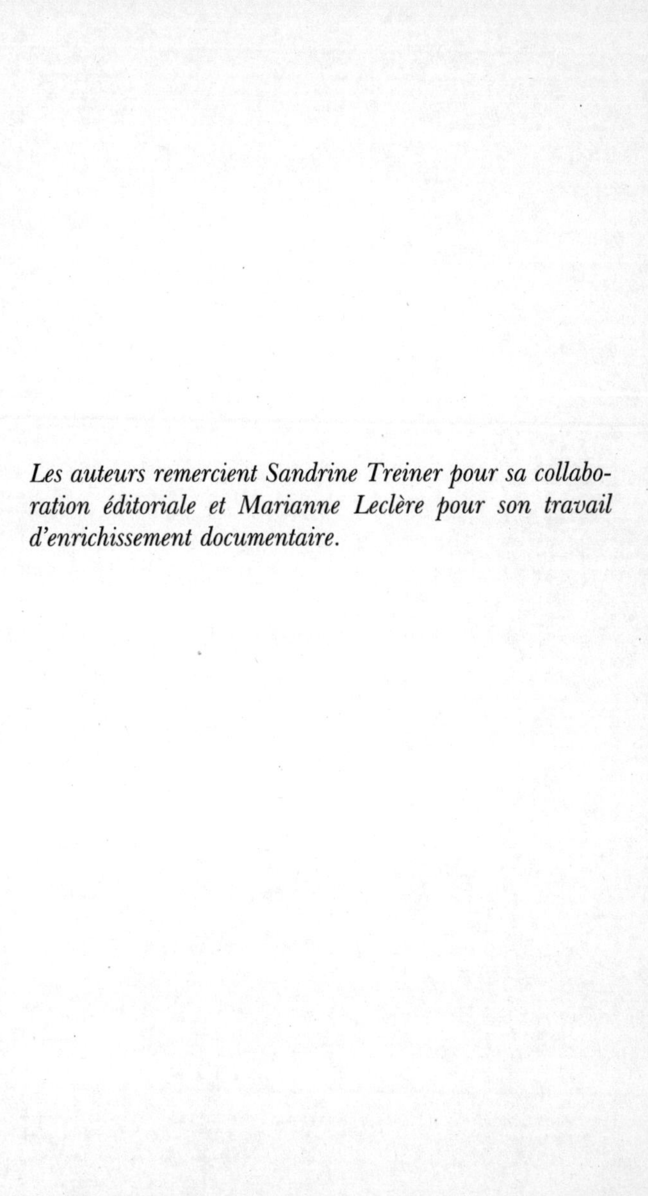

Les auteurs remercient Sandrine Treiner pour sa collaboration éditoriale et Marianne Leclère pour son travail d'enrichissement documentaire.

PRÉFACE

Au début, c'étaient la prairie, les forêts, la plaine, les rivières et les vallées perdues. Les chasseurs de loups, les coureurs de bois, les chercheurs d'or, les trappeurs, les Indiens, les aventuriers du Grand Ouest et du Grand Nord. C'était, essentiellement, trois noms, trois œuvres : Jack London, Fenimore Cooper, James Oliver Curwood. Dans des livres à couverture cartonnée, aux couleurs parfois vertes, parfois orangées, je trouvais, enfant, ce qui déjà enflammerait mon imaginaire : l'exotisme, la confrontation avec les éléments, l'espace, les forces obscures qui régissent le destin des hommes.

Certes, cette recherche d'une « histoire bien racontée », cette intense attirance pour un récit conduit ne se limitaient pas à l'écriture nord-américaine, et mon appétit pour l'action, le spectaculaire, la solitude d'un héros aussi bien que la solidarité entre combattants, l'inattendu, la fatalité était également satisfait par les volumes de Paul Féval, puis d'Alexandre Dumas, bientôt de Victor Hugo (*Les Misérables*, lus comme un feuilleton, dès l'âge de dix ans). Mais je prenais toujours plus de plaisir à m'enfoncer dans les neiges du Klondike ou dans les hautes herbes du Wyoming. Ces livres-là, cette littérature-là, c'était l'ailleurs, le là-bas, les immenses étendues d'une nature à peine domptée, les noms et prénoms à consonance étrangère, les violences étrangères, les armes et les manœuvres étrangères, les femmes étrangères. Ce sera la première couche sédimentaire.

Ensuite, il y eut la ville, les bas-fonds, les commissariats, les boîtes de nuit, les ruelles mal éclairées de la ville basse, les demeures cossues de la ville haute. Les chasseurs de primes, les tueurs sous contrat, les détectives privés, les procureurs impitoyables, les flics véreux et les racketteurs imbéciles, les parias de Chicago, Los Angeles, New York, les femmes vénales ou victimes. C'était, essentiellement, trois ou quatre noms, trois ou quatre œuvres : Dashiell Hammett, Raymond Chandler, Horace McCoy, James Cain. Dans des livres à couverture cartonnée, à la couleur double qui deviendrait vite légendaire, le jaune et le noir de la « Série noire », je trouvais, adolescent, puis jeune homme, ce qui aiguisait ma curiosité, annonçant déjà une vocation journalistique : la face cachée de la société, le crime, le désir, le mensonge, la poésie amère des nuits de filature, l'âcre odeur de l'asphalte qui fume, la lancinante complainte des sirènes de voitures, le degré aigu de corruption, la faiblesse ou la férocité des hommes, la force ou la fragilité des femmes, la solitude des vagabonds, des perdants, les *losers* d'une société dévouée à la gagne. Ce sera la deuxième couche sédimentaire.

Entre-temps, avant parfois, et souvent après, et ensuite longtemps, vinrent le goût et l'amour des romanciers qui s'écartaient de ces deux genres mais qui, néanmoins, d'une façon ou d'une autre, en étaient les enfants naturels. Les romanciers américains s'abreuvaient aussi bien à la source des prairies, de l'espace, de la fuite vers l'ouest, qu'à celle des villes, du crime et du châtiment. À mesure que j'apprenais simultanément à découvrir et admirer les génies du roman français du XIXe siècle, Balzac, Maupassant, Stendhal, Flaubert, je voyais bien qu'il existait une filiation entre ces maîtres que l'on me faisait lire au lycée et d'autres maîtres que je rencontrerais dans d'autres circonstances moins conventionnelles et donc plus excitantes, les Hemingway, Steinbeck, Faulkner, Fitzgerald, Dos Passos — lesquels, d'ailleurs, n'avaient jamais caché leur révérence pour nos écrivains, n'avaient jamais omis de rendre hommage à Tourgueniev, Tchekhov, Tolstoï, Dostoïevski. Comme si le XIXe siècle avait été celui du roman français et européen et le XXe pourrait être celui du roman américain.

À l'instar de toute ma génération, j'ai connu, compris, et aimé ce roman américain du XXe siècle de cette manière non méthodique, un peu hasardeuse, due aux tournants de l'Histoire — la libération de mon pays par les GI's de l'armée US qui amenèrent, sous les semelles de leurs rangers, toute une culture opacifiée pendant quatre ans et, par conséquent, d'autant plus attirante qu'elle avait été interdite — et due aussi à l'irruption concordante d'un cinéma en noir et blanc qui vint confirmer, par ses images, ce que l'imaginaire de ma jeunesse avait anticipé. Miracle des convergences : le cinéma américain des années 1940 puis 1950 ressemblait aux livres dont il avait fait l'adaptation. Il y avait osmose. Et la gueule de Spencer Tracy était conforme à ce que j'avais cru entrevoir dans les descriptions des héros de Jack London, et la prairie de Fenimore Cooper s'étalait, de façon identique, sur les écrans projetant les westerns de John Ford et de Raoul Walsh. Il est resté de cette collusion entre roman et cinéma américains un favoritisme générationnel, parfois très prononcé, dont le roman et le cinéma français de la même époque ont peut-être souffert. L'Amérique n'était pas moins un rêve qu'un cauchemar, pas moins un enfer qu'un paradis, mais les couches sédimentaires successives accumulées au cours de nos années de formation avaient profondément marqué nos esprits et décidé de nos références.

L'influence des livres, les premières lectures d'enfance, les premiers choix visuels dans les salles obscures, qui peut me dire, aujourd'hui, à quel point ces éléments ont joué lorsque j'ai levé le bras, dans une salle de classe de philosophie du lycée Janson-de-Sailly, pour signifier ma candidature à une bourse d'études aux États-Unis ? J'avais dix-huit ans. Tout ce magma culturel, fait de rêves et de fantasmes, tout cet imaginaire nourri de visions, de silhouettes, de scènes et de séquences, de dialogues et de descriptions, d'évocations et de comportements, d'amours et de morts, tout ce que l'adolescent avait accumulé comme désirs et curiosités, comme soifs de connaître et reconnaître, de savoir ! Savoir si cela ressemblait bien à ce qu'il avait lu, à ce qu'il avait deviné, pressenti, cru — tout cela se transformait en une décision, une action, une prise de parole : *je veux y aller*. Aller en Amérique, parce que la littérature m'avait inconsciemment dicté ce choix de vie. D'où viennent nos pulsions ? J'appartiens à cette catégorie d'êtres humains qui ont été, sans le savoir, transformés sous l'effet de quelques phrases, quelques mots imprimés.

Là-bas n'était plus là-bas, mais ici. L'ailleurs était mon ordinaire. Les récits que j'avais lus, je voulais sinon tous les vivre, au moins les vérifier, les observer. Et me fabriquer les miens propres.

De la Virginie au Colorado, de Los Angeles à Dallas, sur les routes des quarante-huit États désunis, dans les camionnettes des paysans de l'Oklahoma, dans les toilettes des cafés de San Francisco, sur les chemins poudreux du Tennessee, dans les étendues gris et ocre du Kansas, sur les collines de Beverly, dans un immeuble faussement rassurant du YMCA de Cincinnati, chez les petits Blancs du Mississippi, dans les bibliothèques des universités, sur les chaises en merisier des salons de mes professeurs, j'ai appris à faire la différence entre l'univers romanesque et l'univers vrai — mais aussi à repérer les inspirations, les modèles, les similitudes. Belle leçon de comparatisme !

Et comment ce bouseux, ce shérif, cette douairière, cet employé de banque, ce conducteur d'autocar Greyhound, ce beatnik qui ne savait pas qu'il était un beatnik, ce clochard céleste rencontré dans une gare de marchandises, cette vierge distinguée de Caroline du Nord et cette allumeuse perverse de l'Illinois, ce collégien hanté par sa virilité, cet estimable doyen de faculté, ce Noir halluciné de jazz et de drogue, cet autre Noir humilié par trois « petits Blancs », plus communément appelés « *red necks* » (cous rouges), ce représentant en produits pharmaceutiques, cette hôtesse vérolée d'un mauvais bar, cette immaculée infirmière de Lexington, ces douzaines et douzaines et centaines et centaines de jeunes gens propres et bien élevés, ces solitudes, ces détresses, ces jouissances, ces exubérances, ces énergies, ces comédies, ces silences et ces musiques, cette immense et immensurable richesse, cette géante et innombrable misère, cette nuit trouée par le sifflet des trains de l'Ohio, ce jour illuminé par le bleu délavé du ciel de New York, cette Amérique non plus rêvée ou lue mais vécue, inépuisable surprise et alourdissante monotonie, comment tout cela, respiré, enregistré, reçu et imprimé en moi, correspondait à autant de romans que je n'avais pas lus, de pièces que je n'avais pas entendues, de films que je n'avais pas regardés. J'avançais, curieux et assoiffé, dans un paysage plus vrai que le faux de mes livres, et plus faux que le vrai des créateurs. Et je ne parvenais jamais tout à fait à dissocier la réalité de ce que j'expérimentais du contenu de ce que j'avais lu ou que j'allais lire.

Mes meilleurs cours de littérature américaine ne me furent, en vérité, pas dispensés par les merveilleux pédagogues de mon campus, mais par les heures, les jours et les nuits passés sur les routes, au contact d'une humanité disparate et imprévisible et d'une nature redoutable et sublime. Bientôt, je compris pourquoi la société américaine avait constitué un tel terreau, un tel matériau, une telle mine, une telle source pour ceux et celles de ses enfants qui avaient un jour décidé de la décrire, la critiquer, ou, rarement, l'embellir. Bientôt, il devint évident que de J.D. Salinger à Dos Passos, de Kerouac à Steinbeck, de Burnett à Twain, de McCullers à Lewis, ils et elles étaient allés chercher dans le chaudron de la culture américaine, dans la grande illusion du « rêve américain », dans la cruauté de la course à l'argent, course à la reconnaissance, course à demain, dans la massive incompréhension des sexes, de quoi alimenter leurs romans et nouvelles. Seul, peut-être, Hemingway, mon grand Hem, mon vénéré Ernest, avait situé tous ses romans à l'*extérieur* de l'Amérique. Mais il est vrai que ce maître — mon maître ! — avait conservé le meilleur de sa prose pour ses « courtes histoires », ses nouvelles, situées, elles, dans les terres de son enfance, le Michigan, le Wyoming, l'Idaho. De tous ceux que j'ai lus, aimés, étudiés, il demeure celui dont la prose poétique m'a, à l'époque, le plus envoûté. Et continue de le faire. Je fais mienne l'opinion d'un de ses contemporains qui voyait en lui un talentueux poète. Mais qu'est-ce que la belle prose sinon de la poésie que l'on n'organise pas en vers ?

Grâce à mon forage profond en terre américaine, à un âge où la page encore un peu vierge de sa propre culture autorise les impressions indélébiles, je pus aussi découvrir, ayant eu la chance de lire *dans le texte*, qu'il existait bien, en effet, une langue, une écriture, un ton, un style particulier à la littérature américaine et je crus y reconnaître la marque de mon époque et de mon siècle, et je crus m'y reconnaître et ma propre écriture devait, ultérieurement, bien évidemment s'en inspirer. Je ne suis pas le seul et l'on peut dire que nos aînés, ceux qui, aussi, nous influencèrent, les Camus et les Sartre, ont emprunté (pour leurs romans) à cette école dont les règles sont multiples mais simples. Un très fort travail d'observation du « behavior », du comportement. Une volonté de réalisme (hommage rendu par toute la littérature américaine à Balzac, Huysmans et surtout Zola), une sublimation du journalisme comme école d'apprentissage et comme code d'écriture. Un goût pour le dialogue, l'image, l'ambition, une ambition de transformer l'écriture conventionnelle, une ambition d'épopée, l'orgueil de faire œuvre de fresque, de saga, la vision de toute une civilisation, une époque, de l'inventivité aussi : sortir des sentiers battus, en ne se réclamant d'aucun chef de file, même s'il n'est pas indécent de saluer les grands maîtres des autres siècles et autres continents. Un goût inné, inouï, pour le récit, l'histoire, le déroulement de l'action, le mouvement, la construction dramatique, avec sa résolution finale — avec souvent, aussi, sa « fin ouverte ». Certes, de tels principes ne s'appliquent pas seulement aux romanciers américains, et par ailleurs, tous les romanciers américains n'ont pas suivi cette voie. Les plus grands, Faulkner en tête, ont cassé le genre, brisé toutes les règles. Mais pour un génie comme lui, combien d'autres, au centre du fleuve, ont ramé dans cette même direction. Tous, ou presque, sont aisément reconnaissables, identifiables, extrêmement lisibles. Combien d'entre eux sont totalement inconnus des lecteurs européens et n'en ont pas moins, eux aussi, utilisé les mêmes outils, offert leur contribution à la grande aventure littéraire américaine. Je songe, par exemple, à John O'Hara, romancier à succès des années 1930, 1940 et 1950 — n'ayant pas reçu l'onction des gourous de la critique, peu traduit, et pourtant lu par des millions de lecteurs en son temps et formidable peintre de la bourgeoisie (petite, moyenne, et aussi fort grande) des grandes ou petites villes de l'Est américain. L'Europe l'ignore, son propre pays l'a oublié, et cependant, quelle photographie de sa société ! Et puis, il y a les centaines de « petits chefs-d'œuvre » inconnus que, parfois, Dieu merci, et merci Hollywood (tant décrié !), le cinéma donne envie de lire : *Au milieu coule une rivière*, *Le Zen dans l'art de la pêche à la truite*, les innombrables nouvelles du *New Yorker*, fournisseur toujours aussi inépuisable de talents qui nous épatent, nous enchantent.

L'oubli... oui, c'est, bien entendu, le principal reproche qui sera adressé à cet ouvrage par les spécialistes ou même par les simples lecteurs. Comment, vous n'avez pas abordé Faulkner, Melville, Mark Twain, Joyce Carol Oates, Jim Harrison, Flannery O'Connor, Carson McCullers, Richard Ford, Bill Styron, James Baldwin, Toni Morrison, John Irving, etc., vous avez négligé des pans entiers du paysage ! Votre approche est incomplète, subjective, partiale, sujette à discussion, c'est de l'inachevé, de l'expéditif, du n'importe quoi ! J'entends déjà tous ceux — et ils sont légion en France, et c'est tant mieux — qui possèdent leur Amérique livresque sur le bout des doigts, des lèvres et des yeux. Mais, de grâce, qu'ils comprennent qu'il ne va s'agir que de « lettres » rédigées à partir d'une série télévisée — dont la suite est attendue — et qui ne s'est jamais voulue encyclopédique. J'en connais les creux et les manques mieux que personne. La vérité, c'est que chacun, chaque amoureux du livre, possède son jardin américain, ses auteurs, ses amours secrètes.

Lorsque, avec Olivier Barrot, nous avons conçu cette promenade-conversation, pour les besoins de la chaîne « La Cinquième », nous savions bien que les moyens et le temps attribués ne nous permettraient pas de dresser un panorama complet du roman made in USA. Nous anticipions une suite — qui nous permettrait d'aborder le dernier des géants (les quatre autres étant Hemingway, Fitzgerald, Steinbeck et Dos Passos), le grand Faulkner, et puis tant d'autres. En attendant, nos goûts nous ont souvent conduits vers ceux qui avaient, à plusieurs reprises, tracé les grandes lignes de ce paysage si foisonnant, si riche, si dense, cette forêt qu'est la littérature américaine du XXe siècle. Nous avons choisi quelques arbres, parmi les plus évidents, et quelques autres, parmi les déjà oubliés. Ce sont des choix subjectifs. Ils reposent beaucoup sur nos propres lectures, nos coups de cœur, nos premières émotions, notre enfance, notre jeunesse : la prairie — la ville — et la route...

Comme tout le monde, j'ai fini par apprendre, après deux ans d'immersion totale dans le livre américain (séjour en Virginie universitaire oblige !), que les quatre grands « destructeurs-inventeurs » du roman moderne n'étaient pas américains : Proust, Joyce, Céline, Kafka — on peut décider que ce sont eux qui ont marqué le siècle littéraire. Quatre Européens... Mais tout cela ne veut rien dire : les relais ont toujours existé entre Europe et Amérique et il n'est pas question, ici, de dresser un « hit-parade », pas plus que de prétendre avoir fait un travail d'historien.

Nous vous écrivons des lettres. Nous espérons que vous les lirez avec plaisir, avec ce même plaisir que vous prenez à découvrir, année par année, la richesse et la particularité de ces romanciers ou nouvellistes qui se sont tous attelés à l'immense et impossible tâche de raconter l'immense et impossible Amérique.

PHILIPPE LABRO

AVANT-PROPOS

Il existe un oiseau appelé « fou d'Amérique ». Également un roman, dont le titre résonne en jeu de mots tentant. Il est aussi depuis deux bonnes centaines d'années des gens que captive, fascine, obsède l'Amérique. Des émigrants, des voyageurs, des aventuriers ; certains s'y sont installés, d'autres y reviennent toujours, tous dans l'âme sont des Américains. Au reste, les États-Unis n'ont jamais perdu leur vocation de dernière frontière, d'ultime cap de bonne espérance. Les dés de l'existence peuvent y être relancés, les cartes du destin redistribuées. Quoi qu'on puisse en penser par ailleurs, non seulement la tentation de l'Amérique ne s'est pas estompée depuis deux siècles et plus que se sont créés les États-Unis, mais celle-ci au contraire n'a cessé de s'étendre. Au point que la norme américaine est devenue mondiale. Qu'est-ce que la mondialisation, sinon une américanisation qui n'ose pas dire son nom ?

Stupéfiante conquête du monde : le XXIe siècle sera-t-il américain, comme a été italienne la Renaissance, espagnol le Siècle d'or, français celui des Lumières, anglais le XIXe ? Déjà notre XXe siècle s'est achevé en compagnie de Coca-Cola et de Levi's, de McDo et de Nike, de Bill Gates et d'Internet. Un mode de vie, une vision du monde longtemps partagés par une majorité, mais qui subit ces années-ci une nette remise en cause. Du moins demeurent-ils ce à quoi aspire le grand nombre, des Philippines au Paraguay, du Cap à Moscou. Mais il serait bien abusif de limiter au commerce et aux produits de consommation l'invincible attirance des États-Unis. L'expression artistique en est aussi une composante majeure. Le jazz, la presse d'investigation, la littérature, le cinéma, la télévision participent au premier chef de la séduction américaine, ressentie, cultivée, célébrée comme telle par les industriels et les créateurs. Hollywood, « l'usine à rêves » dont parle Cendrars, en fournit le meilleur exemple, conçue par les fondateurs des studios comme un outil de conquête méthodique du public mondial. Le talent y foisonne, rémunéré à sa juste valeur : Chaplin, génie planétaire à l'instar de Shakespeare ou de Beethoven, devient l'homme le plus illustre entre tous. Et dans le même temps s'élaborent les genres définitifs du septième art, le western, le film policier, le dessin animé.

Moins spectaculaire, moins continue, l'influence des lettres d'Amérique n'en dessine pas moins une ligne de force. Pour ne citer que les absents de ce premier tome, Edgar Poe entrevoit les liens entre le rêve assassin et l'inconscient, Mark Twain exhausse en humoriste l'aventure enfantine, Herman Melville réécrit avec *Moby Dick* à la fois l'*Iliade* et l'*Odyssée*, Henry David Thoreau pressent l'inéluctable retour à la nature et à ses lois, William Faulkner recrée le monde sensible à partir de sa bourgade du Mississippi, Chester Himes imagine les noces de la négritude et du polar, Tennessee Williams pousse à l'extrême la représentation scénique de la frustration. L'envers du « rêve américain » n'a pas eu de meilleurs évocateurs que les écrivains et les journalistes.

En France, le pays de Washington bénéficia durablement d'une cote de sympathie, malgré des différends idéologiques incontestés de part et d'autre. Et sur le plan littéraire, l'Amérique a profité de l'enthousiasme de passeurs hors normes, depuis Baudelaire traduisant Poe avec la proximité du cœur. Mallarmé, Gide, Sartre commentent et introduisent « leurs » auteurs, James, Faulkner, Dos Passos, des connaisseurs d'exception comme Maurice Edgar Coindreau, Pierre Leyris ou Marcel Duhamel réussissent à rendre en français la musique de la langue américaine.

Dans les années de l'après-guerre tellement marquées de l'empreinte des États-Unis, une essayiste de grand discernement, Claude-Edmonde Magny, pourra à juste titre parler du demi-siècle comme de « l'âge du roman américain », succédant à celui des Russes, des Anglais, des Français. Comme une nouvelle frontière littéraire.

Pourtant, un autre analyste inspiré, Jacques Cabau, publiait un peu plus tard un ouvrage générique sur les premiers rôles de la « Génération perdue », ceux de l'entre-deux-guerres, les Hemingway, Scott Fitzgerald, Faulkner, Dos Passos, et l'intitulait *La Prairie perdue*. À ses yeux éclairés, la prodigieuse relance romanesque américaine ressortissait à la nostalgie psychanalytique d'une illusion détrompée. Entre ces deux thèses contradictoires, faudrait-il choisir ? Comme toute littérature dotée d'une pareille amplitude, l'américaine s'est depuis à ce point enrichie que les romanciers en question ont pris rang parmi les classiques. Qu'écrira-t-on d'une génération postérieure qui a produit Pynchon, Carver, Auster ou Morrison ?

C'est à ce carrefour d'interrogations que se situe cet ouvrage, dont il est nécessaire de préciser la genèse et la méthode. Le plus juste moyen de s'y promener est de le considérer pour ce qu'il est, un récit de voyage. En Amérique et au cœur de la littérature, effectué par deux amateurs un peu informés, même s'ils reconnaissent aisément ne pas avoir tout lu et mesurer les absences béantes dans ce premier volume.

Passablement frottés d'Amérique l'un et l'autre, nous avons travaillé à un dialogue d'abord télévisé, pédagogique et incitatif, à propos de la littérature de ce pays qui nous est cher entre tous. Avec La Cinquième, la chaîne du savoir et de la connaissance, nous avons bâti une première série d'émissions dont le principe était simple : une conversation documentée, filmée dans les lieux mêmes ou des paysages proches de ceux où les écrivains présentés avaient vécu et trouvé l'inspiration. Nous avons, un peu sommairement mais nous ne pouvions nous rendre partout, divisé l'Amérique littéraire en quatre sections : la Californie, New York, le Sud-Est, la Nouvelle-Angleterre, chacune d'entre elles correspondant à six auteurs, soit un total de vingt-quatre. Et nous voilà partis pour un premier voyage à Los Angeles et New York, au cours duquel a été abordé l'ensemble des romanciers réunis dans ce livre. Un deuxième devrait donc suivre, en Géorgie et à Boston, pendant lequel nous rencontrerons les écrivains du Sud, Faulkner, Styron, Twain, Tennessee Williams ou Carson McCullers, et ceux du Nord-Est, Henry James, Poe, Melville, Hawthorne, Emerson, etc.

Un voyage en double, donc, qui n'aspire à aucune exhaustivité de spécialiste. Ce qui nous réunit, c'est l'intérêt, profond, déterminant même, pour cette nation et sa littérature, dont nous voudrions en ces pages vagabondes donner la curiosité et peut-être le goût. C'est à dessein que nous avons adopté le ton du récit, rappelé quand il y a lieu les adaptations cinématographiques et proposé une sélection d'ouvrages disponibles au format de poche. Pour nous, toutes ces lectures, tous ces voyages ont été synonymes d'agrément : nous aimerions que ces premières *Lettres d'Amérique* le soient pour leurs lecteurs.

OLIVIER BARROT

Philippe Labro a écrit les textes d'introduction des auteurs suivants : Francis Scott Fitzgerald ; Ernest Hemingway ; John Steinbeck ; John Dos Passos ; Jerome David Salinger ; Truman Capote ; Norman Mailer ; Tom Wolfe ; Le roman noir américain : Dashiell Hammett, Raymond Chandler, James Mallahan Cain, Horace McCoy ; Les beatniks : Allen Ginsberg, Jack Kerouac, William Burroughs.

Olivier Barrot a écrit les textes d'introduction des auteurs suivants : Philip Roth ; Paul Auster ; Des Américains à Paris : Henry Miller, Gertrude Stein ; Les réalistes : Franck Norris, Theodore Dreiser, Upton Beall Sinclair, Sinclair Lewis ; James Ellroy ; Les exclus du rêve américain : John Fante, Raymond Carver.

Les textes d'introduction de « Fitzgerald et Hemingway », « James Jones et Irwin Shaw » ont été écrits conjointement par Philippe Labro et Olivier Barrot.

FRANCIS SCOTT FITZGERALD
(1896-1940)

Il se souvint d'un jour où l'herbe était humide. Elle l'avait rejoint en courant, et ses sandales étaient couvertes de rosée. Elle s'était serrée contre lui en prenant appui sur ses propres chaussures, et lui avait offert son visage, comme un livre ouvert. — Pense à quel point tu m'aimes, avait-elle murmuré. Je ne te demande pas de m'aimer toujours à ce point-là, mais je te demande de t'en souvenir. Quoi qu'il arrive, il y aura toujours en moi celle que je suis ce soir.

Plonger dans la vie et dans l'œuvre de Francis Scott Fitzgerald, c'est accepter de comprendre, ou au moins d'admettre, comment les contraires peuvent coexister en un seul homme. Ne jamais craindre d'être dérouté, interloqué, choqué. C'est accepter que ce qui dit le vrai d'un homme, par-delà ses actes et ses mots, c'est ce terme qui fit le titre en français d'un des plus grands textes de Fitzgerald : la fêlure.

Francis Scott Fitzgerald, c'est un nom tout d'abord. Familier des Français parce que l'auteur vécut par intermittence à Paris, immédiatement mémorisable parce qu'il sonne comme un slogan, comme une enseigne, parce qu'il est clair et net comme un refrain. Rien ne prédispose toutefois Fitzgerald à la France. Il naît en 1896 à Saint Paul dans un État du Nord, souvent glacial, le Minnesota. Il arrive dans une famille ruinée. L'argent dès l'enfance fait défaut, pose un problème important, que tout au long de sa vie Fitzgerald peinera à résoudre. Il poursuit des études toutefois, à l'université de Princeton, grâce au soutien financier d'une tante. Il se laisse prendre au rêve américain. S'extraire de sa condition sociale constitue le premier moteur de son évolution. À celui-ci s'en ajoutent d'autres, tout aussi américains : devenir le meilleur joueur de l'équipe universitaire de football américain par exemple. Il n'y parviendra pas. Se battre enfin, participer ainsi de sa génération, et connaître la guerre en Europe. Mobilisé en 1917, il ne partira jamais faire ses preuves. Fitzgerald court derrière un modèle de virilité : à ne jamais réussir, ni sur un terrain de foot ni sur le front, à devenir un héros, il entre dans l'âge adulte, déjà blessé — dans son orgueil masculin —, déjà frustré de combats avortés.

Fitzgerald vit dans le fantasme. Fantasmes virils, fantasmes amoureux. Francis Scott est un grand romantique. Quand il s'éprend d'une jeune fille du Sud alors qu'il vit des mois de garnison en Alabama, à Camp Sheridan, il rencontre une fois encore l'inaccessible. Zelda Sayre est riche, ses parents nourrissent pour elle d'autres ambitions matrimoniales. Fitzgerald se rend-il compte que la femme sur laquelle il a porté son choix charrie en elle une folie qui la dévorera bientôt ? Gageons qu'il le sent au moins inconsciemment et que, à ses yeux, cela participe de la séduction qu'elle exerce sur lui. Zelda Sayre est déjà un curieux personnage, excentrique et extravagant, romanesque et romantique. Il la veut, qu'il fasse alors ses preuves. Fait étrange pour la société du Sud, on soumet leur mariage à sa réussite : s'il ne gagne pas d'argent, il ne l'épousera pas. Qu'à cela ne tienne, cette contrainte ne va pas décourager Fitzgerald. Déjà il se sait, il se sent écrivain. Aussi se met-il à écrire. Il se réfugie à Saint Paul, dans sa ville natale, pour rédiger son premier roman.

S'il essuie tout d'abord quelques refus, un éditeur le prend bientôt sous son aile. Certes le texte est déroutant, mais il est également différent des autres. Ses pages dégagent une énergie que l'éditeur décide d'engager lui aussi pour le faire connaître. *L'Envers du paradis* (*This Side of Paradise* dont le titre initial était *The Ro-*

mantic Egoist) paraît en 1920. Le pari éditorial est gagné. Fitzgerald fait un triomphe du jour au lendemain, ce que les Américains expriment d'un seul mot, bien parlant, c'est un succès « overnight ».

L'Envers du paradis est un texte brillant et assez scandaleux, vif, rapide, plein d'humour. Il se situe dans l'air du temps, celui des années 1920, de ces années folles marquées par le jazz, les bars, le cinéma et la prohibition. En tout état de cause, le pari est gagné : Francis Scott Fitzgerald, devenu, par la grâce de son incontestable talent, riche et célèbre, épouse Zelda Sayre à la cathédrale de New York. Sitôt mariés, les deux jeunes gens mènent la grande vie pour former, au cœur de la société new-yorkaise, un couple des plus inimaginables. Fitzgerald semble avoir transformé le rêve américain en réalité.

« On dansait maintenant sur les bâches tendues en travers des pelouses. De vieux messieurs poussaient devant eux des jeunes filles et leur faisaient décrire à reculons de petits cercles maladroits. Des couples plus experts s'étreignaient dans des figures acrobatiques et cherchaient des coins d'ombre. Et beaucoup de femmes seules ne dansaient qu'avec elles-mêmes, ou permettaient aux musiciens de s'offrir une petite pause en grattant le banjo à leur place ou en frappant sur les cymbales. À minuit, le plaisir était à son comble : un ténor en vogue avait chanté en italien, et une célèbre contralto avait chanté un air de jazz. Entre les numéros, les gens se livraient dans les jardins à toutes sortes de facéties, et d'énormes vagues de rires puérils et béats jaillissaient vers le ciel d'été. Deux actrices jumelles interprétèrent une saynète, déguisées en nourrissons. On servait le champagne dans des coupes plus grandes que des rince-doigts, et la lune à son apogée dessinait sur les eaux du détroit une mince échelle d'argent, qui tremblait doucement au rythme aigrelet des banjos. »

La folie les tient tous les deux. Fitzgerald est euphorique, saoulé par l'alcool au moins autant que par le succès, l'alcool qui devient et restera pour lui un problème insurmontable. L'auteur se conduit lui-même comme un personnage de roman, se livrant à toutes sortes de frasques, couchant dans la rue, dansant sur les tables et sur les toits des voitures, se répandant partout. Zelda, dans tout cela, ne joue pas un rôle négligeable. Au contraire, elle l'encourage à toujours plus d'extravagance. « Je vais couper un chauffeur de taxi en deux pour voir ce qu'il y a à l'intérieur », clame-t-il un soir de fête. Ils se lancent des défis en permanence : c'est à qui sera plus excentrique, plus fou, plus séduisant que l'autre.

À cet égard, leur correspondance nous est

précieuse, tant elle fait apparaître la place déterminante de Zelda dans l'évolution de Fitzgerald. C'est elle qui le pousse vers des limites sans cesse plus extrêmes, et en ce sens son influence va être terriblement néfaste.

Toutefois, il serait absurde de limiter Fitzgerald à ce personnage extraverti. Car l'auteur, s'il fait la foire, continue à écrire — poussé par sa femme notamment —, et s'il brûle la vie par les deux bouts, il nourrit également par là même son travail. Il publie, à cette période, de nombreuses nouvelles, grâce auxquelles il peaufine son ton et son style.

Après un premier séjour en Europe, et la naissance d'une fille, Scottie, il produit en 1922 un deuxième roman, *Les Heureux et les Damnés (The Beautiful and the Damned)*, puis, en 1923, une pièce de théâtre, *Le Légume (The Vegetable)*, texte autobiographique qui est un échec.

En 1924, la petite famille Fitzgerald, nourrie de rêves et d'illusions et désormais pourvue d'un compte bancaire largement approvisionné, part pour l'Europe. Les photographes l'attendent à la descente du transatlantique au Havre : les Fitzgerald font l'actualité. On se presse autour de leur malle-cabine, de leur fille, des chapeaux cloches de Zelda. On prend des poses, on échange des sourires...

Mais derrière ces sourires se dissimulent des pensées plus sombres. La vie de Francis Scott n'est pas très joyeuse. Il sait désormais que Zelda n'est pas seulement une femme plus extravagante que la moyenne. Plus névrosée également que bien d'autres, elle atteste d'un déséquilibre psychique de plus en plus sérieux. Fitzgerald est conscient que sa tendance à trop boire s'appelle tout simplement alcoolisme. Il a de plus en plus de mal à écrire. Pourtant, il lui faut bien continuer à produire beaucoup s'il veut satisfaire à leur train de vie et persister à évoluer dans le luxe.

Il chasse cependant, autant que faire se peut, ses idées noires. L'heure est encore à la fête. Tandis que les écrivains et artistes américains, attirés par la France, débarquent à Paris avec un havresac et envahissent rive gauche les petites chambres de bonnes des 5e, 6e, 13e, 14e ou 15e arrondissements, les Fitzgerald s'installent rive droite, au Ritz, et ne se déplacent qu'en Rolls ou en limousine. Ici et là, ils s'offrent quelques voyages sur la Côte d'Azur et en Italie. Défrayer la chronique reste un de leurs soucis majeurs. Par ailleurs, ils fréquentent quelques Américains. Fitzgerald fait la connaissance d'Ernest Hemingway. On raconte aussi une anecdote savoureuse sur une rencontre entre Francis Scott et la romancière Edith Wharton, déjà très âgée : « Vous savez, madame Wharton, lui aurait dit Fitzgerald, nous, quand on est arrivés à Paris avec ma femme, nous avons passé quinze jours dans un bordel. » Immense silence. Et la vieille Wharton de le regarder et de lui dire : « Vous ne m'avez pas dit ce que vous y avez fait... » Nouveau silence.

Au Ritz, Fitzgerald écrit beaucoup, de façon presque compulsive, et très largement alimentaire. Ses nouvelles, des *short stories* — il en a écrit près de cent cinquante —, lui rapportent énormément d'argent, puisque les hebdomadaires dans lesquels il les fait publier payent très bien. Mais ne confondons pas, les préoccupations alimentaires, chez Fitzgerald, ne chassent pas le talent. On peut se référer à ces textes qui ont presque tous été traduits en français et réunis en volumes intitulés *Friponnes et philosophes, Les Enfants du jazz, Love Boat, Un diamant gros comme le Ritz*, du nom d'une de ses plus célèbres et plus superbes nouvelles.

En avril 1925, il publie *Gatsby le Magnifique (The Great Gatsby)*, son chef-d'œuvre, une merveille d'écriture. L'histoire ? C'est la vie de Gatsby, personnage curieux, sulfureux, mystérieux ; on ne sait pas d'où il vient, ni d'où vient sa fortune, mais tout le monde participe aux grandes fêtes qu'il donne à Long Island, l'île des riches située au bout de Manhattan. Gatsby rencontre Tom et Daisy Buchanan, un couple de vrais riches. Il est vite amoureux de Daisy qui, croyant l'aimer en retour, s'apprête à quitter son mari. Il se trame entre ce couple et cet homme une série d'intrigues qui les mène assez rapidement à une véritable tragédie. Car la tragédie est omniprésente chez Fitzgerald. Certes, il y a dans ses textes, souvent, du champagne, de l'argent, des robes sublimes, des fêtes incroyables, mais derrière toutes ces poussières d'or, tout près, se nichent le désespoir et la destruction. Il le dit lui-même, dans ses notes d'écrivain : « Il n'y a pas de deuxième acte dans les vies américaines ou dans les comédies américaines. »

« Gatsby avait foi en cette lumière verte, cet avenir orgastique qui, chaque année, recule devant nous, pour le moment il nous échappe, mais c'est sans importance, demain nous courrons plus vite, nous tendrons les mains plus avant, et un beau matin... [...] Et nous luttons ainsi, barques à contre-courant refoulées sans fin vers notre passé. »

Ce livre extraordinaire à l'écriture achevée, aux images et aux scènes fortes, n'obtient pourtant aucun succès. Alors Fitzgerald continue à écrire des nouvelles, rentre aux États-Unis, passe par Hollywood, retourne à Paris entre 1929 et 1931 puis, définitivement réinstallé dans son pays, publie, en avril 1934, *Tendre est la nuit (Tender Is the Night)*, son second chef-d'œuvre, un livre plus fort, plus riche, plus dense que les autres. Entre-temps, Zelda a été internée en Suisse dans un hôpital psychiatrique, d'autres séjours de plus en plus longs suivront aux États-Unis. *Tendre est la nuit* est imprégné d'éléments autobiographiques. Le roman raconte l'histoire de la désagrégation d'un couple. Sur la Côte d'Azur, le héros, Dick Diver, tombe amoureux d'une jeune actrice. Il est psychiatre et voit sa femme Nicole sombrer peu à peu dans la folie. Guérie, elle le quitte, et Dick Diver plonge alors dans l'alcoolisme.

Le texte met en scène les angoisses de l'auteur : Fitzgerald ne supporte pas la réalité sans appel du temps qui passe, qui échappe. Il refuse sa propre dégradation : la jeunesse qui s'éloigne, la virilité qui s'émousse, la beauté entamée. Dans *Tendre est la nuit*, il décrit une scène pathétique où Dick Diver essaie de porter quelqu'un sur ses épaules debout sur des skis nautiques, comme il le faisait avant, quand il était jeune. Il n'y arrive pas, il réessaie, et il se relève, et il se relève, et il se relève... Fitzgerald aime les défis physiques, mais il n'est pas pour autant aussi béhavioriste qu'un auteur comme Hemingway. Il fait preuve au contraire d'une sensibilité, d'un sens de la psychologie, d'une finesse rares. Sa prose est empreinte de poésie et de magie. Fitzgerald sait capter les émotions, raconter l'inimaginable qui fait la force de la littérature. Il a d'ailleurs beaucoup réfléchi à la condition de l'écrivain. Il disait, par exemple : « Un écrivain absorbe tout, c'est comme une éponge. » Dos Passos admirait ses réflexions sur l'écriture.

Une éponge, Fitzgerald l'est à coup sûr, qui ne cesse d'enregistrer, pour en nourrir son œuvre, les moments de bonheur comme les périodes de malheur qui devaient en vérité prendre rapidement, chez lui, le dessus. Zelda multiplie les séjours à l'hôpital (pour mourir tragiquement après son mari, en 1948, dans un incendie en Caroline du Nord), et lui subit en vain plusieurs cures de désintoxication. Il va sans dire que ni l'un ni l'autre ne savent être les parents de Scottie, leur fille.

Pendant les années 1930 donc, Fitzgerald aura brûlé sa vie. « On ne peut jamais être et avoir été », répète-t-il. Il regrette sa jeunesse, sa réussite, ses premiers succès. Instable, il plonge dans la dépression et se replie dans des hôtels bon marché à Baltimore ou ailleurs pour essayer d'écrire. Il tente même de se suicider. Cet homme, qui, dix ans auparavant, gagnait des dizaines de milliers de dollars de droits d'auteur, récolte péniblement trente-trois dollars par article... quand il écrit, parce qu'il n'écrit plus ou presque. En 1935, il reçoit, dans des circonstances particulières, la commande d'un texte qui va devenir, avec ses vingt-cinq pages, sans doute le document le plus émouvant et le plus intime qu'ait laissé Fitzgerald : *The Crack-up*, superbement traduit en français par *La Fêlure*. Cette fêlure, c'est celle d'un homme, Scott lui-même.

Ce court essai lui est demandé par Arnold Gingrich, le patron d'*Esquire*, mensuel renommé qui publie tous les textes des grands écrivains américains de l'époque. Nourrissant de la tendresse et de l'estime pour Fitzgerald, le responsable de la publication avait coutume de lui envoyer régulièrement un petit chèque pour l'aider sinon à survivre, du moins à acheter sa bouteille d'alcool quotidienne. C'est dans une petite chambre à Baltimore qu'il va un jour rencontrer Francis Scott : « Scott, il faut que vous écriviez quelque chose. Le comptable, les financiers, les administrateurs, tout le monde me demande ce que vous avez bien pu écrire pour que je continue à vous envoyer de l'argent. — Mais je ne peux plus écrire, lui répond Fitzgerald. — Eh bien, lui dit Gingrich, écrivez-moi que vous ne pouvez plus écrire. Faites-moi cinquante feuillets sur lesquels vous écrirez : "Je ne peux pas écrire, je ne peux pas écrire, je ne peux pas écrire", au moins j'aurai les feuillets. » C'est ainsi que naît *La Fêlure*, texte remarquable, édité en 1945, cinq ans après la mort de Fitzgerald, et qui commence par cette phrase, essentielle, reprise par la suite par bon nombre d'écrivains : « Toute vie est bien entendu un processus de démolition. » Il décrit ensuite les coups de la vie, les grands et les plus doux, les insidieux, qui font que, peu à peu, la fêlure se fait jour. D'autres phrases extraites de *La Fêlure* sont passées à la postérité. Rappelons Bobby Kennedy pendant sa campagne électorale, juste avant son assassinat, ou Yves Montand, qui citaient à plusieurs reprises ce très bel aphorisme : « La marque d'une intelligence de premier plan est qu'elle est capable de se fixer sur deux idées contradictoires sans perdre la possibilité de fonctionner. C'est ainsi que l'on devrait pouvoir comprendre que les choses sont sans espoir, et cependant être décidé à les changer. » Ou encore : « Dans la vraie nuit de l'âme, il est éternellement trois heures du matin. » À ce stade de son existence, au milieu des années 1930, il reste à Fitzgerald quatre ou cinq ans à vivre. C'est un homme fini. Et à ce drame s'en ajoute un autre, c'est qu'il en est conscient. Relisons cet autre extrait de *La Fêlure* :

« Je me rendis compte que pendant ces deux années, pour préserver quelque chose, un silence intérieur, peut-être, et peut-être non, je m'étais sevré de toutes les choses que j'aimais, que tous les actes de la vie — me brosser les dents le matin et avoir des amis à dîner le soir — me demandaient désormais un effort. Je m'aperçus que depuis longtemps je n'aimais plus les gens ni les choses, mais que je continuais tant bien que mal, et machinalement, à faire semblant de les aimer. Je m'aperçus que même l'amour que je portais à ceux qui m'étaient les plus proches était devenu tentative d'aimer, que mes rapports de hasard avec un directeur de journal, un marchand de tabac, l'enfant d'un ami, se bornaient seulement à ce que je me rappelais qu'il fallait dire d'après le passé. Il me suffit d'un mois pour que des choses telles que le bruit de la radio, la publicité dans les revues, le hurlement des rails, le silence de mort de la campagne me remplissent d'amertume, la douceur humaine de mépris, la dureté de ressentiment caché, mais immédiat, la nuit de haine parce que je ne pouvais pas dormir et le jour de haine parce qu'il aboutissait à la nuit. Je dormais désormais sur le côté du cœur, parce que je savais que plus vite je me fatiguerais, même légèrement, le cœur, plus vite viendrait le bienheureux moment du cauchemar qui, comme une catharsis, me permettrait de mieux accueillir le jour nouveau. »

La Fêlure en a dérouté plus d'un. Le texte a pu surprendre ceux pour qui Fitzgerald personnifiait la gaieté des années folles et une spectaculaire réussite. Au fond, ce qui ressort de son œuvre, c'est le désenchantement. Néanmoins, Fitzgerald n'est pas encore au bout de ses peines. Le coup fatal intervient à Hollywood où il part finalement et s'installe en 1939. Il n'écrit plus mais vit sa dernière histoire d'amour avec Sheilah Graham, une chroniqueuse qui connaissait son œuvre et l'admirait. Il finit là sa vie, anonyme, à quarante-quatre ans. Payé une misère à taper des scénarios, petit employé derrière sa machine à écrire, il est considéré par les producteurs d'Hollywood comme un simple « scribouillard ». C'est là qu'il s'entend dire, dans une librairie et alors qu'il accompagne Sheilah Graham, qu'aucun de ses livres n'est plus dans les rayonnages. On relate également un autre épisode : apprenant qu'une troupe de théâtre, à Hollywood, travaille à l'adaptation d'un de ses textes, Francis Scott va assister à l'une des répétitions des acteurs puis se rend dans les coulisses pour les féliciter... et tandis qu'il se présente prend conscience qu'on le regarde comme un revenant. Les comédiens le croyaient mort depuis longtemps.

Fitzgerald a laissé un roman malheureusement inachevé sur Hollywood, *Le Dernier Nabab (The Last Tycoon)*, qui parut en 1941, un an après sa mort. Nul doute que ce texte, mené à son terme, eût pu constituer un des livres les plus aboutis sur cet Hollywood, monde de l'argent, des apparences, du double discours et des fantasmes : incarnation parabolique en quelque sorte du rêve américain.

Il est sidérant a posteriori de songer qu'il a été reproché à Fitzgerald un style trop léger, un maniérisme dans l'écriture, voire une certaine mièvrerie. Il n'est que de relire *La Fêlure* pour se rendre compte qu'il s'agit du contraire. Dans ses dernières œuvres, il s'est livré à une tentative d'introspection et de méditation qui fait de lui autre chose qu'un chroniqueur des années fastes. Fitzgerald laisse une œuvre littéraire d'une grande force. Par-delà les péripéties de son existence, par-delà les drames et les conflits, on peut gager que Fitzgerald pensait que la vérité se trouvait dans les mots, dans l'écrit.

L'auteur meurt à Hollywood en 1940. Jusque dans les années 1960, on l'oublie presque tout à fait. Il a fallu que quelques écrivains reparlent de lui, qu'une première adaptation cinématographique soit tirée de son œuvre pour que ses livres soient réédités et qu'il soit enfin découvert par les jeunes générations. En France, il a même été retraduit, surtout grâce à Jacques Tournier, en raison de l'insuffisance des premières traductions. La France, de manière générale, a beaucoup aidé à la résurrection de Fitzgerald, sans doute parce qu'une partie de son œuvre s'y déroule mais plus essentiellement peut-être parce qu'il y a du Stendhal chez Fitzgerald et un romantisme qu'il est allé puiser chez les grands auteurs français. On a même ici créé un adjectif, « fitzgeraldien », pour décrire l'alliance de la splendeur et de la décadence. Il existe, malheureusement en version américaine uniquement, un carnet de notes de Fitzgerald. Dans ce *notebook*, organisé en abécédaire, il a notamment énuméré tous les hôtels dans lesquels il est descendu avec sa femme. La nostalgie qui en émane témoigne d'une extraordinaire sensibilité.

Fitzgerald a marqué le roman contemporain américain comme européen. Ses romans et ses nouvelles possèdent ce quelque chose qu'aucun critique ne saurait précisément analyser, quelque chose comme une saveur portée par la force du mot, le choix du verbe, et sous-tendue par une fondamentale désespérance.

Bibliographie

Absolution, Garnier-Flammarion Bilingue
La Ballade du rossignol roulant, Belfond ; Le Livre de Poche
The Cut-glass Bowl, Ellipses Marketing
Un diamant gros comme le Ritz et autres nouvelles, Robert Laffont, Pocket
Éclats du paradis, Julliard
De l'écriture, Complexe
Les Enfants du jazz, Gallimard, Folio
Entre trois et quatre et autres nouvelles, Belfond, LGF
L'Envers du paradis, Gallimard, L'Imaginaire
La Fêlure, Gallimard, Folio
Fragments du paradis, Belfond, Omnibus
Le Garçon riche, Robert Laffont
Gatsby le Magnifique, L'Âge d'Homme ; Grasset ; Le Livre de Poche
Les Heureux et les Damnés, Gallimard, Folio
Histoires de Pat Hobby, 10-18
Le Légume, L'Avant-Scène
Un légume ou le Président devenu facteur, Les Belles Lettres
Lettres à Zelda et autres correspondances, Gallimard
Lettres, Gallimard
Love Boat (vol. 1), Le Livre de Poche

Love Boat (vol. 2), Le Livre de Poche
Love Boat (vol. 3), Le Livre de Poche
Love Boat (vol. 4), Le Livre de Poche
Mille et Un Navires, Les Belles Lettres
Nouvelles, Pocket
Pat Hobby and Orson Welles, Le Livre de Poche en anglais
Le Pirate de haute mer, 10-18
Premier Mai, Aubier-Flammarion Bilingue
Tendre est la nuit, Belfond, LGF ; Le Livre de Poche
La Sorcière rousse, précédé de *La coupe de cristal taillé*, Gallimard, Folio
Un diamant gros comme le Ritz, Le Livre de Poche, édition bilingue
Carnets, Fayard

Filmographie

Gatsby le Magnifique, The Great Gatsby, USA, 1973
Réal. : Jack Clayton
Scén. : Francis Ford Coppola, d'après Fitzgerald
Photo : Douglas Slocombe
Musique : Nelson Riddle
Interprètes : Robert Redford (Jay Gatsby), Mia Farrow (Daisy), Bruce Dern (Tom)
Le Prix du silence, The Great Gatsby, USA, 1949
Réal. : Elliott Nugent
Scén. : Cyril Hume, Richard Maibaum, d'après F.S. Fitzgerald
Photo. : John F. Seitz
Musique : Robert Emmett Dolan
Interprètes : Alan Ladd (Jay Gatsby), Betty Field (Daisy Buchanan), Macdonald Carey (Nick Carraway)
Tendre est la nuit, Tender Is the Night, USA, 1961
Réal : Henry King
Scén. : Ivan Moffat, d'après Fitzgerald

Photo : Leon Shamroy
Musique : Bernard Hermann
Interprètes : Jennifer Jones (Nicole Diver), Jason Robards Jr (Dick Diver), Joan Fontaine (Baby Warren), Tom Ewell (Abe North)

ERNEST HEMINGWAY
(1899-1961)

Il était une fois un vieil homme, tout seul dans son bateau, qui pêchait au milieu du Gulf Stream. En quatre-vingt-quatre jours, il n'avait pas pris un poisson.

Bien sûr, de lui, géant incontestable, il ne faut retenir que sa prose, son amour pour la prose, son inlassable insatisfaction devant les quelques centaines de mots qu'il alignait chaque jour au cours des séances de travail dont il ressortait vanné, vidé, prêt à l'alcool et aux multiples bêtises. C'était un écrivain, plus fascinant que l'homme, mais il n'aurait pas écrit ce qu'il a écrit s'il n'avait pas aussi été cet homme, apparemment rude et macho triomphant, en réalité sensible et sentimental, troublé devant les femmes, bouleversé par la nature, obsédé par la mort, traumatisé par une mère castratrice et un père suicidaire, fragile, fragile comme chacun d'entre nous... Sa longue nouvelle sans dialogues, *La Rivière au cœur double*, est un pur chef-d'œuvre. Il est plus moderne encore aujourd'hui qu'hier. Et dans ses poèmes — souvent méconnus —, on trouve la clé de sa solitude et de sa dérision. La postérité n'a pas été une épreuve pour Hemingway, il la traverse sans effort, même s'il a eu l'humilité d'admettre : « Je sais qu'il y a une dimension supérieure mais je n'arrive pas à l'atteindre. » Il vaut beaucoup mieux que sa légende médiatique. Au-delà des photos spectaculaires, il y a un grand écrivain, tout simplement.

Hemingway, pour tout un chacun, c'est « papa Hemingway », le barbu roublard et costaud, toujours accompagné de jolies filles. C'est aussi le soldat qui libéra le Ritz à Paris, fusil à l'épaule, pour commander ensuite au bar un Martini, l'éternel voyageur, le prix Nobel fêté par Hollywood. Pourtant on peut raconter son histoire autrement. À nos yeux, la photographie la plus authentique d'Hemingway est celle où on le voit, écrivain, dans sa *finca* de La Havane, travaillant debout comme Victor Hugo, comme d'autres auteurs encore, avec une vieille machine à écrire Royal sur laquelle il tape avec un doigt.

Chez Hemingway, l'écriture s'apparentait à un rituel. Il écrivait alors sur une espèce de petit lutrin, à côté duquel était posé un petit tableau, sur lequel il portait chaque soir le nombre de mots laborieusement tracés dans la journée, comme le tableau de chasse quotidien d'un écrivain. Généralement, il n'en inscrivait guère plus de cinq cents. S'il en avait écrit six cents, satisfait, il s'interrompait. La hantise d'Hemingway, c'était de perdre le fil de ses pensées. Aussi se contraignait-il toujours à s'arrêter de peur de s'user en un jour et de ne plus rien avoir à écrire le lendemain. On était alors dans les années 1940, à Cuba.

Ernest Hemingway est né presque un demi-siècle auparavant, le 21 juillet 1899, à Oak Park, un des quartiers résidentiels de Chicago, dans l'Illinois, d'un père médecin, chasseur et pêcheur. La vie de famille manque de sérénité. L'épouse et mère, musicienne, est dure, exigeante, la caricature du matriarcat américain. Enceinte, elle rêve d'une fille, aussi Ernest portera-t-il jusqu'à l'âge de trois ans des tenues féminines... De quoi ravir les psychanalystes, et expliquer le rapport d'Hemingway à la sexualité qui court au fil de son œuvre.

Son père l'initie à la chasse et à la pêche dans les forêts qui bordent le lac Michigan. Le garçon, ainsi, fréquente des braconniers, rencontre ensuite une Indienne qui sera sa première amante. Hemingway a raconté très joliment, dans plusieurs nouvelles peut-être plus belles encore que ses romans, les parties de chasse avec son père et cette relation ambiguë et forte qu'ils entretiennent, l'extrême admiration du fils pour le père, l'atmosphère de leurs excursions solitaires. Adulte, d'ailleurs, Hemingway, tant à Key West, à Cuba que dans l'Idaho, choisira toujours de se fixer dans des régions faites pour la pêche et la chasse. Mais comme son grand-père, son père se suicidera (en 1928) et l'enfant est attentif également aux failles paternelles. Cet univers complexe fixe ses premières représentations enfantines.

À l'école, où il fugue plus souvent qu'à son tour, son institutrice décèle tôt ses dons d'écriture. « Ce garçon, il faut qu'il écrive », informe-t-elle les parents. Aussi, à dix-sept ans, sa scolarité terminée, délaissant les bancs de l'université, Hemingway s'engage dans le journalisme et entre en stage au *Kansas City Star*. C'est à l'époque le journal de référence, où l'on inculque aux jeunes recrues l'écriture journalistique pure, préconisée dans une charte stricte : « Écrivez un anglais vigoureux et souple. Utilisez des phrases courtes, peu d'adverbes et d'adjectifs, allez vers les faits et les images. » La leçon porte ses fruits et Hemingway, écrivain, devait s'en inspirer très largement. « Ce sont les meilleures règles dans l'art d'écrire que j'aie jamais apprises. Je ne les ai jamais oubliées. »

En avril 1917, les États-Unis entrent en guerre. Pas question pour Hemingway de ne pas y prendre part, mais, réformé pour une déficience visuelle, il ne peut s'engager que dans la Croix-Rouge. En 1918, il est ambulancier sur le front, en Italie. Peu avant son dix-neuvième anniversaire, il est blessé au genou et échappe de peu à la mort : cet événement est fondateur d'une partie de l'identité du jeune homme. « Depuis la nuit du 8 juillet 1918 — celle de sa blessure — j'ai découvert que ça aussi c'était du vent, je n'ai jamais été un "dur" du tout », dira-t-il ensuite. Il passe quelque temps à l'hôpital à Milan, s'amourache d'une infirmière, Agnes von Kurowsky, ce qui constituera la genèse d'un roman, *L'Adieu aux armes* (*A Farewell to Arms*), publié en 1929.

De retour aux États-Unis, il fait figure de héros de guerre dans sa petite ville, où il épouse une jeune fille, Hadley Richardson. Il n'a alors qu'une envie : repartir vers l'Europe. Il décroche une mission de correspondant européen pour le *Star* de Toronto, et se retrouve à Paris où il rencontre ses compatriotes Sherwood Anderson, Ezra Pound et Gertrude Stein.

Cette dernière se met en devoir de lui enseigner, parfois avec la dureté qu'il convient, à écrire avec une impitoyable économie de style, non plus des articles, mais des nouvelles et des romans. Une économie qui n'empêche pas son écriture d'être, d'emblée, très musicale. Dès ses premières nouvelles, Hemingway maîtrise son style, le style « maigre » qui tend parfois vers le télégraphique, et que l'on a considéré comme une morale d'écriture, comme une ascèse. Il n'est pas loin, à sa façon, de Flaubert qui avait fait une maxime de cette phrase : « Je veux une écriture pure. » Et si, pour celui-ci, « l'art exige des mains blanches », Hemingway va réaliser le même vœu d'écriture malgré des mains tachées de sang et de poudre.

Il publie en 1923 puis en 1925 ses deux premiers livres, *Trois Histoires et dix poèmes* (*Three Stories and Ten Poems*), et *De nos jours* (*in our time*, sans majuscule, pour faire avant-gardiste). Il écrit également nombre d'articles dans lesquels on retrouve ce même style, concis et lucide. Il faut relire pour mémoire son portrait de Mussolini par exemple, publié dans un recueil de ses écrits journalistiques, sous le titre *En ligne* (*On Line*) — et qui permet de redécouvrir son immense talent de reporter, sous lequel perce déjà le grand écrivain.

Dans l'incroyable effervescence des années 1920, entre Lipp et La Closerie des Lilas, Hemingway fréquente la crème des intellectuels de Paris : les romanciers, les peintres, les musiciens, les poètes. Il n'a pas d'argent, mais qu'importe. Il est porté par cette espèce de fièvre au corps : écrire et écrire toujours ! Il livre un roman oublié, *The Torrent of Spring*, puis celui que l'on considère comme son premier roman, et qui le rendra célèbre, *Le soleil se lève aussi* (*The Sun Also Rises*) en 1926 : avec le narrateur Jake Barnes, journaliste américain, nous suivons l'existence de jeunes expatriés à Paris, sur la rive gauche. Les hommes se déchirent autour de la somptueuse et fascinante Lady Brett Ashley, Brett que Jake Barnes a connue comme infirmière sur le front, alors qu'il était blessé (une blessure qui lui a ôté sa virilité — ce qui était la grande frayeur de l'auteur.)

« Brett était terriblement belle. Elle portait un pull-over en tricot, une jupe en tweed, et les cheveux rejetés en arrière, à la garçonne. Elle lançait ces modes. Elle n'était faite que de courbes, comme la coque d'un yacht de course, et ce jersey de laine n'en laissait ignorer aucune. »

Déjà, dans cette seule histoire, certains auteurs français trouveront matière à réflexion. À certains égards, il y a du *Soleil se lève aussi* dans les premiers romans de Sartre. *Le Mythe de Sisyphe* d'Albert Camus porte également la marque d'Hemingway : le stoïcisme, la part de l'absurde dans chaque vie...

« Vous êtes une génération perdue », lança un jour devant Gertrude Stein un garagiste, furieux, à un jeune homme. *Le soleil se lève aussi* est également l'histoire de cette « génération perdue », dont Hemingway et Fitzgerald sont les plus célèbres représentants.

Au sein de cette bande, Ernest Hemingway détonne quelque peu : costaud, avec une grosse moustache noire qui lui barre le visage, un visage carré, des beaux yeux bruns brillants, il est arrogant, au point qu'il défie à la boxe la plupart de ses amis. Si ce monstre d'orgueil et de fierté dissimule — on s'en doute — une timidité et une certaine inhibition, Hemingway incarne alors l'image de la masculinité brute. Il faut l'entendre se mettre au travail en clamant : « Aujourd'hui, je vais me faire Tolstoï », parce qu'en Tolstoï, de même qu'en Maupassant, Tourgueniev, Balzac, Dostoïevski, Dickens, il a trouvé ses maîtres.

C'est à Paris cependant qu'Hemingway perd ce qu'il possède de plus précieux. Sa femme égare autour de la gare de Lyon, sur un quai, son bien le plus cher, contenu dans une valise : ses premiers textes, des nouvelles, des contes. Un petit trésor, de l'aveu même d'Hemingway, sans doute ses meilleurs manuscrits, deux ans de travail envolés ! On peut penser, comme Hemingway l'a lui-même laissé entendre, que cette perte marquera le début de sa rupture avec sa première femme. Il y fera souvent allusion.

En 1929, deux ans après son retour aux

États-Unis, le suicide de son père, un premier divorce et un second mariage, il publie *L'Adieu aux armes*, un de ses livres les plus achevés. Frederick Henry, un Américain, est engagé volontaire sur le front italien, la guerre le rattrape, les canons donnent de la voix et Henry est blessé et envoyé dans un hôpital de Milan où il rencontre Catherine, une infirmière. Il en tombe amoureux et inverse, dans sa vie, l'ordre des priorités. Renvoyé au front, il déserte pour retrouver Catherine qui meurt en couches. Il part seul ensuite vers de nouvelles aventures.

Très influencé par les combats de la Première Guerre mondiale, Hemingway mène de front un roman sur la mort et une des plus fortes histoires d'amour de la littérature du début du XXe siècle. Et on ne se lasse pas, depuis, de lire et de relire la première phrase du roman, qui a inspiré des générations d'écrivains américains : « Cette année-là, à la fin de l'été, nous habitions une maison dans un village qui, par-delà la rivière et la plaine, donnait sur les montagnes. Dans le lit de la rivière, il y avait des cailloux et des galets, secs et blancs au soleil, et l'eau était claire et fuyait, rapide et bleue, dans les courants. » Il y a là tout le style de l'auteur : une simplicité, qui n'est qu'apparente, et qui lui aura demandé des heures et des heures de travail. Ce sont des journées de labeur que, toujours très pauvre, il passe aux tables des bistrots parisiens, à écrire avec un petit crayon sur un carnet comptable, en sauçant le peu d'huile du thon qu'on lui concède. Remettant chaque jour l'ouvrage sur le métier, il réécrit son texte inlassablement, jusqu'à être certain que chaque mot, chaque virgule soit bien à sa place. C'est ainsi qu'il remanie trente-neuf fois la fin de *L'Adieu aux armes*, pour exprimer au plus juste le pathétique, la douleur, et le tragique. La nouveauté littéraire qu'introduit Hemingway, c'est de traiter une situation romantique par excellence d'une façon qui ne l'est pas.

« Je m'assis sur une chaise devant une table où il y avait d'un côté des rapports d'infirmière suspendus par des agrafes. Je regardai par la fenêtre : je ne pouvais voir que l'obscurité et la pluie qui tombait dans la lumière de la fenêtre. Ainsi c'était ça. Le bébé était mort, c'est pour cela que le docteur avait l'air si fatigué. Mais pourquoi avait-il agi de cette façon dans la chambre ? Il pensait sans doute qu'il allait revenir à lui et se mettre à respirer. Je n'avais pas de religion, mais je savais qu'on aurait dû le baptiser. Et pourtant, s'il n'avait jamais respiré, il n'avait jamais vécu, sauf dans le sein de Catherine. Je l'y avais souvent senti remuer, mais pas dans la dernière semaine ; il était peut-être déjà étranglé. Pauvre petit gosse ! Comme j'aurais aimé être étranglé comme ça. Non. Et si, pourtant. Ça m'éviterait la mort, ce sale moment à passer. Maintenant, Catherine allait mourir, c'est toujours comme ça, on meurt, on ne comprend rien, on n'a jamais le temps d'apprendre, on vous pousse dans le jeu, on vous apprend les règles et, à la première faute, on vous tue. Ou bien vous êtes tué sans raison, comme Aymo, ou bien vous attrapez la syphilis, comme Rinaldi. Mais vous finissez toujours par être tué, ça, vous pouvez y compter, un peu de patience, et votre tour viendra. »

En 1930, il habite désormais dans sa maison de Key West en Floride. Il écrit *Mort dans l'après-midi* (*Death in the Afternoon*, 1932) qui exprime sa fascination des corridas ; des recueils de nouvelles, *Hommes sans femmes* (*Men Without Women*), en 1927, puis *Le gagnant ne gagne rien* (*Winner Takes Nothing*), en 1933. On y trouve sa grande prière nihiliste, qui reflète le fondamental athéisme de l'auteur : « Notre nada qui êtes aux nada, nada soit votre nom... » Tous les substantifs du Notre Père sont remplacés par le mot « nada » : rien. Je te salue, néant. Signe annonciateur de son suicide ?

Bientôt il repart, pour l'Afrique cette fois, où il passe trois mois à chasser pour publier ensuite, en 1935, *Les Vertes Collines d'Afrique* (*The Green Hills of Africa*), merveilleuse description des safaris au Kenya, au cœur d'une Afrique encore vierge. En 1937, entre un second divorce et un troisième mariage, il plante à Key West le cadre d'*En avoir ou pas* (*To Have or Have not*, 1937). Si ce roman peut paraître assez inabouti, il n'en marque pas moins un tournant dans l'œuvre d'Hemingway. C'est l'irruption dans son univers romanesque des valeurs de la lutte et de la révolte collectives. Cuba déjà y est présente.

L'intrigue repose sur le personnage d'un contrebandier, Harry Morgan, qui trafique des affaires entre la Floride et La Havane, et va incarner le conflit entre la jeunesse courageuse et virile et la bourgeoisie décadente prenant le soleil en hiver à Miami. *En avoir ou pas* est un échec commercial — même si cela deviendra un film exemplaire.

Il en faut plus pour abattre Hemingway, qui mène une vie de plus en plus active et militante. En 1936, il est en Espagne pour écrire le commentaire d'un film et choisit de s'engager aux côtés des forces républicaines. Dès l'année suivante, il y retourne comme correspondant de guerre. Aux yeux des conservateurs américains, son nom devient synonyme de communiste.

L'expérience de la guerre d'Espagne est féconde, tant pour l'homme que pour l'écrivain. Il en extrait, en 1938, son unique pièce de théâtre, *La Cinquième Colonne*, puis un chef-d'œuvre, en 1940, qui devient rapidement un triomphe : *Pour qui sonne le glas (For Whom the Bell Tolls)*, en 1940. Il vit désormais à Cuba, dans une grande maison en dehors de La Havane, qu'il a baptisée Finca Vigia.

L'ouvrage s'ouvre avec un sermon placé en exergue de John Donne, poète métaphysicien du XVIIe siècle : « Nul homme n'est une île complète en soi-même ; tout homme est un morceau du continent, une partie du tout... La mort de tout homme me diminue, parce que je suis solidaire du genre humain. Ainsi donc, n'envoie jamais demander : pour qui sonne le glas ? Il sonne pour toi. »

Le roman, plus romantique que les précédents, traduit l'idéalisme et la soif d'engagement des intellectuels de l'avant-guerre. L'action se déroule pendant la guerre d'Espagne. L'Américain Robert Jordan s'engage dans l'armée républicaine, qui le charge de faire sauter un pont. Pour cela, il rejoint le maquis où il partage la vie de Pilar, figure symbolique de la résistance espagnole, et de María, sauvée par Pilar après un viol par les franquistes, dont il tombe amoureux. La mort plane, la vie est là plus dense qu'ailleurs : il faut compenser le manque de temps. Les franquistes attaquent le maquis voisin et Jordan accepte tout de même d'accomplir sa mission, désormais vaine cependant. Blessé pendant l'opération, il choisit de se sacrifier et d'attendre la mort.

Pour la première fois, Hemingway rompt avec son écriture habituelle pour laisser la place à un certain lyrisme sentimental.

La Seconde Guerre mondiale confirme ce que l'on connaissait du tempérament de l'auteur. En 1944, correspondant de guerre encore, il entre dans Paris et chacun connaît l'histoire de son arrivée au Ritz avec sa bande de copains armés. Mais l'écriture reste au centre de ses préoccupations. En 1950, il écrit *Au-delà du fleuve et sous les arbres (Across the River and Into the Trees)*, qui conte la dernière histoire d'amour d'un vieux colonel de l'armée américaine avec une Vénitienne de dix-neuf ans. Le livre, jugé décevant, est mal reçu. On lui reproche de ne pas renouveler ses thèmes. La popularité de l'auteur s'émousse. Il en développe une grande rancœur vis-à-vis de la critique littéraire en général.

La bouderie du public n'est cependant que passagère. En 1952, Ernest Hemingway atteint le zénith de sa gloire avec un conte à vocation universelle, *Le Vieil Homme et la mer (The Old Man and the Sea)*, publié dans *Life Magazine* à cinq millions d'exemplaires — que le public va s'arracher dans les kiosques. Santiago, un vieux pêcheur, part en mer, alors que le poisson ne mord plus depuis des jours et des jours. Au large, il ferre une grosse prise. Après trois jours de lutte âpre, il harponne enfin un énorme espadon argenté. Mais, alors qu'il rentre au port, le sang de l'espadon attire les requins qui le dévorent, tandis que le vieux pêcheur se bat pour sauver sa prise. Santiago ne rapporte qu'« une longue arête blanche qui se soulevait et se balançait au gré du ressac », comme le symbole de son échec, mais personnifie, par sa lutte, l'espoir et la peine de toute la population. Le combat, aussi, de l'homme. Sisyphe, encore...

Les retombées de ce texte indémodable ne se font pas attendre : Hemingway remporte le prix Pulitzer pour le roman en 1953, et surtout, le 28 octobre 1954, le prix Nobel — pour lequel, lorsqu'il le recevra, il écrira un texte d'une modestie et d'une lucidité rares.

Le 2 juillet 1961, l'Amérique, sidérée, apprend le suicide d'Ernest Hemingway. Il était ce jour-là dans sa propriété de Ketchum, dans l'Idaho, une belle région de montagnes dans le Nord où il chassait avec des amis. L'homme est très handicapé depuis quelques années. Atteint peut-être par la maladie d'Alzheimer, il ne peut plus écrire. La vue diminuée, il n'arrive plus à viser les chamois. Les derniers temps, il est devenu paranoïaque : il se croit surveillé par le FBI à cause de son passé espagnol. Pour lui qui a toujours glorifié la puissance physique, sexuelle, la virilité, le courage, le glas a sonné. Dépressif, il se sait précocement vieilli, menacé par la folie. Ses traitements lui font perdre la mémoire. Il s'exprime de façon erratique.

Il aura profité ce matin-là d'un de ses moments de plus en plus rares de lucidité. Réveillé bien avant sa femme Mary, il descend doucement, en robe de chambre, arrive au rez-de-chaussée où se trouve le rack sur lequel sont rangés tous les fusils de chasse. Il en choisit un, le meilleur, il place deux cartouches dans le double canon, il l'ajuste sur sa tête, et il tire. C'est fini. Il ne laisse pas un mot derrière lui.

La nouvelle, connue, surprend et endeuille le monde entier. Pourtant, sur les photographies de son enterrement dans un petit cimetière de campagne, on ne voit que trois malheureuses voitures et une toute petite dizaine de personnes, des amis, du grand public. Mais la légende va s'amplifier encore plus que de son vivant, et son œuvre comme son personnage vont devenir l'objet d'innombrables récits, études, témoignages, analyses.

Hemingway a connu la plus brillante des carrières. Après lui, tous les écrivains américains vont adopter ce même credo : « Je veux être Hemingway ou rien », comme Victor Hugo disant à quatorze ans : « Je veux être Chateaubriand ou rien. »

Son œuvre est considérable, d'une rare intensité. Encore très lue, elle n'a absolument pas vieilli. C'est qu'à l'époque son style était révolutionnaire. Personne n'avait écrit comme lui. Influencé par Gertrude Stein et quelques autres, nourri des meilleures notions et des meilleurs préceptes du journalisme du *Kansas City Star*, il a installé et imposé un style tout à fait étonnant de beauté et de simplicité, mais en même temps subtil et malin. Car Hemingway est malin, il est roublard, il va chercher le lecteur. Qui mieux que lui a su créer son propre mythe, concourir à la fabrication de sa propre légende ? On se souvient par exemple de l'épisode de sa disparition dans la jungle, en 1954, à la suite d'un accident d'avion. Pendant quarante-huit heures, on le crut mort dans le Kilimandjaro. On fabulera beaucoup également sur ses amours nombreuses — dont une hypothétique aventure avec Marlene Dietrich.

Hemingway fit d'Hemingway un personnage, n'hésitant pas à parler de lui à la troisième personne : « Papa dit que » ou bien, en indien : « Bonjour, moi boire, vous donner verre à Papa. »...

Dans *Mort dans l'après-midi*, il confiait quelques-uns de ses principes : « La grande chose, c'est de durer, de faire son travail, de voir, d'entendre, d'apprendre et de comprendre. Et écrire lorsqu'on sait quelque chose, et non avant, ni trop longtemps après », et le légendaire : « L'important, c'est de durer. » Ses amours, ses voyages, ses drames, ses passions, ses engagements, sa vie aventureuse ont nourri sa vie avant de constituer la matrice de ses livres.

Trois ans après sa mort paraît un livre merveilleux, un de nos livres préférés de l'auteur : Paris est une fête (*Paris Is a Moveable Feast*).

« Quand il y avait la mauvaise saison, il fallait fermer les fenêtres la nuit pour empêcher la pluie d'entrer, et le vent froid arrachait les feuilles des arbres sur la place de la Contrescarpe. »

Le livre se présente comme une suite de jolis petits chapitres rédigés à la manière de courtes nouvelles. C'est un recueil de souvenirs mais aussi une œuvre d'imagination parce qu'il ne s'est pas privé de romancer ses souvenirs. Ainsi, il raconte Paris, la rue du Cardinal-Lemoine où il habite à son arrivée, Montparnasse où il déménage. On l'y voit absorber la vie par tous les pores : s'enivrer de bistrots, de visages, arpenter les salles de boxe, regarder les ivrognes et les clochards, assister aux courses d'Auteuil et observer les marchands de quatre-saisons. Il y dresse des portraits aussi : ceux de Gertrude Stein, de Fitzgerald, d'Ezra Pound, des peintres de Montparnasse.

On atteint dans ce texte à l'essence de l'auteur. Ainsi dans ce superbe passage où il parle de la faim, car alors il a faim et, comme il l'écrit : « Il y avait de quoi se sentir très affamé, quand on ne mangeait pas assez à Paris ; de si bonnes choses s'étalaient à la devanture des boulangeries, et les gens mangeaient dehors, attablés sur le trottoir, de sorte que vous étiez poursuivi par la vue ou le fumet de la nourriture. » Alors, pour tromper l'appétit, Hemingway parcourait les musées :

« Vous pouviez toujours aller au musée du Luxembourg et tous les tableaux étaient plus nets, plus clairs et plus beaux si vous aviez le ventre vide et vous sentiez creusé par la faim. J'appris à comprendre bien mieux Cézanne et à saisir vraiment comment il peignait ses paysages, quand j'étais affamé. Je me demandais s'il avait faim, lui aussi, lorsqu'il peignait. »

Malgré une certaine nostalgie, le livre est enlevé, prenant, et fascinant parce qu'on y voit un jeune homme devenir un écrivain. Les pages qu'il a écrites sur Paris restent un bel hommage à la ville comme à la jeunesse. Leur nostalgie égale leur charge poétique.

« Paris valait toujours la peine, et vous receviez toujours quelque chose en retour de ce que vous lui donniez. Mais tel était le Paris de notre jeunesse, au temps où nous étions très pauvres et très heureux. »

Le plus imité, le moins imitable, Hemingway, malgré la relative brièveté de son œuvre — six romans et une cinquantaine de nouvelles — a marqué, tant par son style que par la manière de l'homme, l'histoire de la littérature contemporaine.

Bibliographie

L'Adieu aux armes, Gallimard, Folio
Au-delà du fleuve et sous les arbres, Gallimard, Folio
Les Aventures de Nick Adams, Gallimard
Le Chaud et le Froid, Gallimard, Folio
Cinquante mille dollars, Gallimard, Folio
E.H. apprenti reporter : articles du Kansas City Star, Gallimard
En avoir ou pas, Gallimard, Folio
En ligne, Gallimard, Folio
L'Été dangereux, Gallimard, Folio
La Grande Rivière au cœur double, Le Mercure de France
Îles à la dérive
tome I, Gallimard, Folio
tome II, Gallimard, Folio
Le Jardin d'Éden, Gallimard
Lettres choisies, 1917-1961, Gallimard
Mort dans l'après-midi, Gallimard, Folio
Les Neiges du Kilimandjaro, suivi de *Dix Indiens*, Gallimard, Folio
Nouvelles complètes, Gallimard, Quarto
Œuvres romanesques, 2 volumes, Gallimard, la Pléiade
Paradis perdu, suivi de *La Cinquième Colonne*, Gallimard, Folio
Paris est une fête, Gallimard, Folio

Pour qui sonne le glas, Gallimard, Folio ; Le Livre de Poche, LGF
Quatre-vingts Poèmes, Gallimard
Le soleil se lève aussi, Gallimard, Folio
Two Stories, Bordas
La Vérité à la Lumière de l'aube, Gallimard
Les Vertes Collines d'Afrique, Gallimard, Folio
Le Vieil Homme et la mer, Gallimard, Folio ; Le Livre de Poche
Cinquante mille dollars et autres nouvelles, Gallimard, Folio Bilingue
Les neiges du Kilimandjaro et autres nouvelles, Gallimard, Folio Bilingue
Le Vieil homme et la mer, Gallimard, Folio Bilingue
Le Jardin d'Éden, Gallimard, Folio
L'étrange contrée, Gallimard, Folio

Filmographie

L'Adieu aux armes, A Farewell to Arms, USA, 1932
Réal. : Frank Borzage
Scén. : B. Glazer, O.H.P. Garrett, d'après Hemingway
Photo : C. Lang
Interprètes : Gary Cooper (Frederick Henry), Helen Hayes (Catherine Barkley), Adolphe Menjou (Rinaldi)
L'Adieu aux armes, A Farewell to Arms, USA, 1957
Réal. : Charles Vidor
Scén. : Ben Hecht, d'après Hemingway
Photo : Piero Portalupi, Oswald Morris
Musique : Mario Nascimbene
Interprètes : Rock Hudson (Frederick Henry), Jennifer Jones (Catherine), Vittorio De Sica (Rinaldi)
Pour qui sonne le glas, For Whom the Bell Tolls, USA, 1943
Réal. : Sam Wood
Scén. : Dudley Nichols, d'après Hemingway

Photo : Ray Rennahan
Musique : Victor Young
Interprètes : Gary Cooper (Robert Jordan), Ingrid Bergman (María), Akim Tamiroff (Pablo), Katina Praxinou (Pilar), Arturo De Cordova (Agustin)
Le Soleil se lève aussi, The Sun Also Rises, USA, 1957
Réal. : Henry King
Scén. : Peter Viertel, d'après Hemingway
Photo : Leo Tover
Musique : Hugo Friedhofer
Interprètes : Tyrone Power (Jack Burnes), Ava Gardner (Lady Ashley), Mel Ferrer (Robert Cohn), Errol Flynn (Myke Campbell), Eddie Albert (Bill), Juliette Gréco (Georgette)
Le Vieil Homme et la mer, The Old Man and the Sea, USA, 1958
Réal. : John Sturges
Scén. : Peter Viertel, d'après Hemingway
Photo : James Wong Howe
Musique : Dimitri Tiomkin
Interprètes : Spencer Tracy (Santiago), Felipe Pazos (Marolin), Harry Bellaver (Martin).

FITZGERALD ET HEMINGWAY

C'est drôle que je n'aie aucun souvenir de lui, dit Georges.

— Tous ces gens sont morts.

— On n'oublie quand même pas les gens parce qu'ils sont morts et on me pose beaucoup de questions sur lui. Il faut que vous me racontiez quelque chose sur lui, pour mes mémoires.

— D'accord.

ERNEST HEMINGWAY

L'histoire dont il est question ici, c'est celle qui a uni, opposé ces deux géants de la littérature américaine contemporaine que furent Francis Scott Fitzgerald et Ernest Hemingway. Entre ces deux hommes, il y eut une relation importante nourrie d'attirance, de tendresse et de reconnaissance en même temps que de rivalité et de cruauté.

Fitzgerald-Hemingway. Deux noms, deux personnalités, deux œuvres, trois années d'écart (Ernest est le benjamin). Beaucoup de choses les unissent rétrospectivement : il existe un mythe Fitzgerald comme un mythe Hemingway. L'un et l'autre ont marqué leur temps et laissent derrière eux une renommée qui tient sans doute autant à leur personnalité qu'à leurs œuvres. L'amitié aurait pu les lier, et pourtant l'histoire de leur relation est douce-amère, tant ces deux auteurs se sont cherchés pour finalement, en raison de leur tempérament même, se heurter. Quand il rencontre Fitzgerald à Paris au Diego Bar, en mai 1925, Hemingway est inconnu, alors que son aîné est déjà célèbre. Il a publié deux premiers livres, mais sa réputation ne s'établira qu'en 1926 avec *Le soleil se lève aussi* et plus encore en 1929 avec *L'Adieu aux armes*. Fitzgerald se rend compte très vite de la qualité d'auteur de son cadet. Aussi le recommande-t-il à son éditeur, Perkins, qui lui donne toutes ses chances. Si Hemingway devrait éprouver de la reconnaissance pour Fitzgerald, il n'en est rien. En plus d'être ingrat, Hemingway est orgueilleux. Et puis, Ernest se veut un « homme » au sens archétypal du terme : il est robuste, vigoureux, acharné, alors que Fitzgerald a déjà commencé à se détruire et lui présente l'image d'un alcoolique, terrorisé et fasciné par sa femme. Ernest Hemingway raconte, dans *Paris est une fête*, texte dans lequel il a consacré plusieurs chapitres à Fitzgerald, l'anecdote tragique suivante : Fitzgerald aurait emmené Hemingway déjeuner chez Michaud, à l'angle de la rue Jacob et de la rue des Saints-Pères, pour lui parler de Zelda puis très vite de leur sexualité. « Zelda m'a dit qu'étant donné la façon dont je suis bâti je ne pourrais jamais rendre aucune femme heureuse. Elle m'a dit que c'était une question de taille. » Hemingway proposa alors à Fitzgerald de descendre dans les toilettes lui montrer son sexe, ce qu'ils firent. Et Hemingway de lui dire alors : « Zelda est folle. Tu es tout à fait normal. Zelda ne cherche qu'à te détruire. » Hemingway détestait Zelda et l'emprise néfaste qu'elle exerçait sur son mari.

Plus tard, quand Fitzgerald publiera un texte très révélateur sur sa difficulté d'écrire, Hemingway lui enverra des lettres d'une dureté terrible : « Arrêtez de nous balancer au visage votre tragédie personnelle : nous portons tous des blessures ! Soyez simplement un écrivain. »

Hemingway n'est pas très charitable dans son jugement sur Fitzgerald, même s'il reconnaît l'importance de son œuvre. Plus grand, plus fort, plus viril en un mot, il devient plus célèbre également. Il saura écraser Fitzgerald de tout le poids de sa supériorité du moment. Pourtant, il y eut entre ces deux hommes une relation qui dépasse toutes ces anecdotes. On sait que Stendhal et Balzac s'étaient distingués l'un l'autre. On peut en dire de même de Fitzgerald et d'Hemingway. Il y a de l'émotion dans leur histoire. L'aîné des deux disait, évoquant leur relation : « Ernest parle avec l'autorité du succès, je parle avec l'autorité de l'échec. » Mais qui peut ignorer combien l'échec porte plus de fécondité en lui que la réussite... Il reste, en tout état de cause, ces lignes d'Hemingway sur Fitzgerald, tirées de *Paris est une fête* (1964) :

« Son talent était aussi naturel que les dessins poudrés sur les ailes d'un papillon. Au début il en était aussi inconscient que le papillon et, quand tout fut emporté ou saccagé, il ne s'en aperçut pas. Plus tard, il prit conscience de ses ailes endommagées et de leurs dessins, et il apprit à réfléchir, mais il ne pouvait plus voler car il avait perdu le goût du vol et il ne pouvait que se rappeler le temps où il s'y livrait sans effort. »

JOHN STEINBECK
(1902-1968)

Elle se débattait vigoureusement sous ses mains...
— Oh, je vous en prie, ne faites pas ça, supplia-t-il. George va dire que j'ai encore fait quelque chose de mal. Il m' laissera pas soigner les lapins.

Robuste, John Steinbeck est passé du panthéon au purgatoire, sans doute du fait de ses prises de position extrêmes pendant la guerre du Viêt-nam. Quel prodigieux narrateur pourtant ! Avec *Les Raisins de la colère*, il s'est lui aussi attelé à la rédaction du *great American novel* qui hante Dreiser autant qu'Hemingway. Il le réussit en tous points, ses personnages entrant de son vivant dans la légende. Le lyrisme de la terre et des aspirations humaines emplit ces pages balancées comme les films soviétiques de Dovjenko et d'Eisenstein. Le souffle chez lui nourrit l'inspiration, il ne l'étouffe pas.

On le considère parfois de nos jours comme un auteur mineur. Il n'est plus très lu. Quelle injustice ! John Steinbeck est l'auteur de trois textes majeurs de la littérature américaine de la première moitié du XXe siècle : *Tortilla Flat*, *Des souris et des hommes* et *Les Raisins de la colère*. Son univers peuplé d'ouvriers agricoles paumés hante encore les esprits et les consciences. Il a profondément compris son époque, celle de la dépression, et il a imposé un sens inouï de l'image, de la scène.

Loin des milieux intellectuels branchés, des gratte-ciel et des autoroutes, John Steinbeck est l'homme des petits vergers et des ports de pêche, des champs et des fermes délabrées, des eucalyptus et des sycomores. Son monde, c'est la Californie des années 1930, entre Salinas et Monterrey... Un monde à part, ravagé par la crise économique, où de pauvres bougres bien intentionnés tentent d'échapper à la misère.

Salinas : Steinbeck y naît lui-même en 1902, dans une famille d'origine irlando-allemande, d'une mère institutrice et d'un père fonctionnaire. S'il échappe à la pauvreté, il grandit dans un univers agraire et évolue très tôt parmi les paysans. L'été, adolescent, il travaille dans les fermes environnantes. Le garçon est une force de la nature, nez cabossé, pommettes saillantes.

Il a déjà une volonté de fer qui ne le quittera jamais.

Il fait des études, dès 1919, à l'université de Stanford. Pour les payer, à la manière américaine de cette époque, il exerce quantité de métiers, tantôt maçon, matelot, pêcheur, tantôt plongeur ou garçon de ferme. Étudiant, contrairement à ses contemporains européens, il ne s'enferme pas dans les études, ne se coupe pas de la société. Il est sans cesse en contact avec les petites gens, les ouvriers agricoles, les chômeurs, les trimardeurs.

Nous sommes aux marches de la grande dépression de l'entre-deux-guerres. Steinbeck développe une véritable conscience sociale et politique : le voilà militant. Déjà, en marge de l'establishment, il déclare qu'il ne brigue pas de diplôme. Dans le journal du campus, il signe ses premiers articles.

En 1925, il interrompt ses études et quitte les amphithéâtres. Délaissant l'univers qui donnera son âme à ses trois grands romans, il part vers l'est, à New York, pour devenir journaliste. Mais l'Est américain n'est pas son monde, il ne parvient ni à s'y fixer ni à y travailler vraiment. Il reprend le chemin de l'Ouest et trouve un premier emploi plutôt original : le voilà gardien d'un domaine près du lac Tahoe. Perdu en pleine nature, il a du temps devant lui. En hiver, il n'y a pas grand-chose à faire, la neige recouvre les terres. John Steinbeck commence à écrire et découvre sa vocation.

La partie toutefois est loin d'être gagnée. Il publie, en 1929, *La Coupe d'or (Cup of Gold)*. Aujourd'hui, ce texte sans grand intérêt, qui conte l'histoire d'un pirate dans les Caraïbes, est à peine lisible. À l'époque, il est mal reçu. Et ceux que Steinbeck qualifie de « racaille littéraire », les critiques, les habitués des salons, les journalistes de la côte Est, se forgent d'emblée des préjugés négatifs sur cet homme de la terre, qui plus est de l'Ouest. Steinbeck ne s'y arrête évidemment pas. Très appauvri, il passe du temps avec des pêcheurs, des petites gens de toutes sortes, à braver la prohibition. Il apprend la vie.

Il se marie et continue à écrire. En 1932, il publie *Les Pâturages du Ciel (The Pastures of Heaven)*, qui passe inaperçu, puis *Au Dieu inconnu* un an plus tard, qui ne fait guère plus de bruit dans le landerneau littéraire. Pourtant, ce texte porte une grande part de ce qui constituera la manière de Steinbeck. Il s'agit déjà d'une histoire de transhumance, qui voit une famille du Vermont, dans la Nouvelle-Angleterre, partir pour la Californie afin de fuir la misère. Mais l'Ouest n'est pas la terre promise et la sécheresse annihile toutes ses récoltes. Aussi, le frère cadet, chef de famille, qui préfigure le personnage qu'interprétera James Dean dans l'adaptation cinématographique de *À l'est d'Éden*, s'ouvre les veines pour arroser les champs de son sang et fertiliser la terre.

Symbolisme biblique, romantisme, élans poétiques (parfois un peu simplistes), culte de la nature : les fondements du monde littéraire de Steinbeck sont réunis, avec lesquels, dans les années suivantes, il rédigera ses œuvres majeures.

En 1935, l'Amérique lit *Tortilla Flat*, découvre son auteur et l'adopte. C'est la chronique de la vie des habitants de Tortilla Flat, une banlieue de Monterrey. Danny et ses copains, des *paisanos*, « zonent » dans la ville. Puis Danny hérite de deux masures dans lesquelles le groupe se livre à d'incessantes beuveries, drague les prostituées et survit grâce à toutes sortes de larcins. Mais Danny se lasse de cette existence dénuée de sens et d'objet et se suicide. Ses copains brûlent alors sa dernière maison et se dispersent.

Tortilla Flat révèle l'extraordinaire talent de Steinbeck dans l'art de décrire les hommes et frappe par sa fantaisie et son humour. Les critiques, enfin, le reconnaissent, et, surtout, les lecteurs vont aimer ses personnages.

Le style de Steinbeck évolue encore dans *Des souris et des hommes (Of Mice and Men)*, qui paraît en 1937. Là, l'auteur atteint au chef-d'œuvre, avec un petit volume et une histoire formidablement ramassée. Il faut être un grand auteur pour écrire de très bons petits livres. On pense bien sûr au *Vieil Homme et la mer* d'Hemingway, à *L'Ami retrouvé* de Fred Uhlman ou au *Petit Prince* de Saint-Exupéry dans cette capacité à trouver très exactement le mot juste, à écrire la vérité d'une situation et de ses personnages. Rien ne ravit plus que ces bijoux littéraires qui survivront à toutes les modes, seront traduits dans le monde entier et seront adaptés au théâtre et au cinéma.

Des souris et des hommes, ce sont deux hommes, George et Lennie, et derrière ces deux prénoms, le drame d'une société à la dérive. Nous sommes en Californie toujours, en pleines terres, entre des petits ranchs peu prospères, au sein d'une société de prolétaires-paysans. Lennie est un « doux colosse aux mains dévastatrices », un géant simplet qui aime ce qui est doux et soyeux. Il est ravi lorsqu'il déniche une souris, un lapin ou un petit chien. Il aime alors à les caresser, mais il est trop fort et maladroit et finit toujours par les tuer sans le vouloir. Heureusement, il y a George, un petit gars, sec et vif, qui aime Lennie sincèrement et le protège. Intelligent, celui-ci veut quitter leur vie misérable d'ouvriers agricoles. Entre les deux hommes, dans le non-dit, se nichent une tendresse, une complicité, une fraternité bouleversantes. Il y a du sentiment biblique là encore. Et Steinbeck prend son sujet à bras-le-corps, sans craindre d'être accusé de simplisme ni de sentimentalisme. Son art, la densité mais aussi la sobriété, la précision, le naturel de ses dialogues, et la manière dont il maîtrise son sujet et campe ses deux héros font de ce court roman un texte inoubliable.

En exergue, une phrase du poète anglais, Robert Burns : « Les plans les mieux conçus des souris et des hommes souvent ne se réalisent pas. » Quel est le plan de George et de Lennie ? Un plan génial tout simplement, dont la principale spécificité réside dans son existence même. Les autres paumés dans leur genre, les ouvriers qui se vendent ici et là sur les exploitations agricoles pour une semaine ou un mois, n'ont pas de plans, sinon de survivre, s'offrir des cigarettes, mater les filles. Alors que les deux amis sont portés par un rêve : s'acheter plus tard une petite ferme, un lopin de terre bien à eux. Quand ils ont un moment, Lennie demande inlassablement à George de lui raconter leur avenir, comme un enfant, ravi d'avance, réclame à sa mère sans cesse la même histoire :

« Raconte-moi... comme t'as fait d'autres fois.

— Te raconter quoi ?

— Les lapins. »

Et George lui raconte leur rêve :

« Les types comme nous, qui travaillent dans les ranchs, y a pas plus seuls au monde. Ils ont pas de famille. Ils ont pas de chez-soi. Ils vont dans un ranch, ils y font un peu d'argent, et puis ils vont en ville et ils le dépensent tout... ils ont pas de futur devant eux.

— C'est ça... c'est ça. Maintenant, raconte comment c'est pour nous. »

Et George lui répond :

« Pour nous, c'est pas comme ça. Nous, on a un futur. [...] Ben voilà. Un jour, on réunira tout not' pèze et on aura une petite maison et un ou deux hectares, et une vache et des cochons... »

Et Lennie hurle :

« Et on vivra comme des rentiers, et on aura des lapins ! Continue, George. Dis-moi ce qu'on aura dans le jardin, et les lapins dans les cages, et la pluie en hiver, et le poêle, et la crème sur le lait qui sera si épaisse qu'on pourra à peine la couper. Raconte-moi tout ça, George. »

Alors George lui raconte. Dès que Lennie dérive, qu'il se met en colère et qu'il menace d'être violent, George le rattrape ainsi, comme on calme un enfant, en lui répétant leur rêve. C'est d'une poésie extraordinaire.

Malheureusement, la société qui les entoure n'est pas à la hauteur de leurs fantasmes, la réalité les menace et le piège va se refermer sur eux. Il s'incarne dans la silhouette de la jolie femme de leur patron. Un peu garce, elle provoque Lennie et lui demande de lui caresser les cheveux. Lennie est heureux, tant la chevelure est douce et lui rappelle le pelage des lapins. Puis quelque chose s'emballe dans son pauvre cerveau, qu'il ne peut contrôler. Il caresse la fille d'une poigne de plus en plus ferme, elle crie, il s'affole et lui brise le cou.

La justice des hommes se met en place. Une chasse-poursuite s'engage entre George et les hommes du village pour retrouver Lennie. C'est George qui le déniche le premier, et se déroule alors une scène bouleversante où le petit homme s'apprête à « descendre » son seul ami, tout en lui racontant, une dernière fois, leur rêve commun. Le texte de Steinbeck, à cet endroit, est si précis, si descriptif et dans le même temps d'une poésie si évocatrice que le lecteur voit la scène. George parle et il sort un pistolet tout en racontant : « Et on aura peut-être bien un cochon et des poulets... et, dans le champ... un carré de luzerne... — Pour les lapins ! hurla Lennie. — Pour les lapins, répéta George. — Et c'est moi qui soignerai les lapins ! — Et c'est toi qui soigneras les lapins », et George s'approche... et presse la gâchette. « Lennie eut un soubresaut, puis il s'affaissa doucement, la face dans le sable, et il resta étendu sans le moindre frisson. » Aucun effet littéraire, pas un mot ni un adjectif de trop. Enfin, les autres hommes arrivent, George est là, on parle peu : « Viens, on va aller prendre un verre, tous les deux », lui dit Slim, un copain du ranch. Et le roman s'achève sur ce dialogue de deux témoins : « Qu'est-ce qu'ils peuvent bien avoir qui leur fait mal, ces deux-là ? T'as une idée, toi ? »

On ne peut s'empêcher de noter que si Steinbeck fait mourir Lennie, c'est qu'il juge qu'un crime — quelles que soient les circonstances dans lesquelles il est perpétré — doit être puni. Toutefois, la question principale de l'auteur semble être contenue dans la dernière phrase du roman : qu'est-ce qui fait mal aux hommes ?

Il faut croire que cette question touche véritablement à une interrogation universelle. *Des souris et des hommes* est un triomphe, que Steinbeck adapte lui-même à la scène. À New York uniquement, il se joue deux cents représentations de la pièce.

On pourrait s'attendre à ce qu'un tel livre stérilise momentanément son auteur. C'est tout le contraire qui se produit. Deux ans plus tard, John Steinbeck s'affiche sur les tables et dans les vitrines des libraires avec un nouveau livre, son maître livre, *Les Raisins de la colère (The Grapes of Wrath)* pour lequel il obtient, cette même année 1939, le prix Pulitzer et le National Book Award. Dans cette fresque de sept cents pages, l'auteur exprime de manière totalement aboutie sa vision sociale de l'Amérique et se fait le porte-parole des sans-grade oppressés par le système capitaliste. C'est un livre-phare, un monument.

Les Raisins de la colère, superbement adapté au cinéma par John Ford dès 1940, raconte l'épopée d'une famille de paysans de l'Oklahoma, les Joad, acculés à la faillite par les nouvelles règles de l'industrie agricole, chassés de leur terre par la sécheresse et les dettes. Installés dans une guimbarde, ils prennent la route 66 pour rejoindre une Californie fantasmatique et se louer dans les ranchs. La construction du roman repose sur le récit par chacun des personnages de l'histoire de leur odyssée tragique et sur des chapitres plus généraux sur la tentative de survie de ces petites gens déracinés. À cette même période, Steinbeck effectue pour le *San Francisco News* des reportages sur les camps de transit où se retrouvent, désespérés, des gens comme les Joad.

En anglais, *Wrath* signifie le courroux du Ciel : ce roman qui bouillonne comme un torrent laisse encore une fois deviner une influence biblique. Le livre, qui fait montre d'une ambition énorme, couvre le thème typiquement américain de l'errance, de la transhumance. À travers l'histoire d'une famille particulière, c'est bien entendu de l'Amérique des années 1930 qu'il est question.

Au début du roman, Steinbeck dépeint l'univers désolé que s'apprêtent à quitter les Joad : le texte foisonne de personnages. Il y a là le grand-père, la grand-mère, la mère, le père, l'oncle, l'adolescent, Al, Rose de Saron, enceinte, et son mari, des jeunes enfants... et enfin le fils, Tom, qui sort de prison pour homicide, et Jim Casy, le vieux prédicateur, qui aura une influence déterminante sur Tom. Et les voilà tous partis dans un camion bringuebalant sur les routes vers la Californie, dont les publicités vantent l'essor économique et la demande de main-d'œuvre. C'est qu'à cette époque les patrons des grandes exploitations de l'Ouest font en sorte d'attirer plus d'ouvriers qu'il n'en ont réellement besoin afin d'être libres d'engager leur personnel aux conditions les plus basses. La loi, c'est leur loi, et les pauvres exilés n'ont guère d'autre choix que de l'accepter ou de mourir de faim.

Le père Joad est ainsi bercé de douces illusions. Lorsqu'il arrive à la terre promise, aux portes de cette Californie tant idéalisée, il s'écrie en voyant « les vignobles, les vergers et la grande vallée plate, verte et resplendissante, les longues files d'arbres fruitiers et les fermes : "Dieu tout-puissant ! J'aurais jamais cru que ça pouvait exister, un pays aussi beau" ». Mais, très vite, les Joad déchantent. Ils prennent conscience que, là comme ailleurs, il n'y a pas de travail et qu'il faut trimer en ramassant durant des heures pommes, oranges ou avocats pour gagner quelques malheureux dollars. Quant à la liberté, elle se fait aussi rare que la satiété. Très mal accueillis, ces malheureux sont parqués dans des camps de rassemblement. C'est là que va naître la conscience politique de Tom.

Tom, à jamais incarné par Henry Fonda dans le film adapté du roman, est le personnage central de Steinbeck. C'est lui qui porte la parole de l'auteur, en prenant parti pour « la Cause », pour les ouvriers et les travailleurs contre la police d'État et les capitalistes. Quand son ami Casy, le prédicateur, est tué, il le venge et doit disparaître. Alors sa mère inquiète lui demande :

« Mais comment que j'aurai de tes nouvelles ?

— Ça n'a pas d'importance, je serai toujours là, partout, dans l'ombre. Partout où tu porteras tes yeux. Partout où y aura une bagarre pour que les gens puissent avoir à manger, je serai là. Partout où y aura un flic en train de passer un type à tabac, je serai là. [...] Dans les cris des gens qui se mettent en colère parce qu'ils n'ont rien dans le ventre, je serai là, et dans les rires des mioches qu'ont faim et qui savent que la soupe les attend, je serai là. Et quand les nôtres auront sur leurs tables ce qu'ils auront planté et récolté, quand ils habiteront dans les maisons qu'ils auront construites... eh ben, je serai là. »

Tom incarne ce mélange entre idéal socialiste et influence christique qui caractérise Steinbeck.

Mais *Les Raisins de la colère* compte également des personnages féminins symboliques, et en particulier celui de Rosasharn, Rose de Saron, l'une des filles de la famille. Rappelons en particulier cet épisode sur lequel se clôt le roman : Rose, entourée de ses parents, abandonnée par son mari Connie, vient d'accoucher dans une grange d'un enfant mort. Là est terré un homme qui s'est privé de tout pour pouvoir assurer le minimum à son fils et qui se trouve au seuil de la mort. Aussi Rose s'approche-t-elle de l'inconnu, le sein gorgé d'un lait désormais inutile :

« Dans la grange pleine de chuchotements et de murmures, Rose de Saron resta un instant immobile. Puis elle se remit péniblement debout, serrant le châle autour de ses épaules. Lentement, elle gagna le coin de la grange et se tint plantée devant l'étranger, considérant la face ravagée, les grands yeux angoissés. Et lentement elle s'étendit près de lui. Il secoua faiblement la tête. Rose de Saron écarta un coin du châle, découvrant un sein.

— Si, il le faut, dit-elle.

Elle se pressa contre lui et attira sa tête vers elle.

— Là ! Là.

Sa main glissa derrière la tête et la soutint. Ses doigts caressaient doucement les cheveux de l'homme. Elle leva les yeux, puis les baissa et regarda autour d'elle, dans l'ombre de la grange. Alors ses lèvres se rejoignirent dans un mystérieux sourire. »

Et Steinbeck termine ainsi son histoire, dans un dernier sursaut d'optimisme et d'idéalisme. En vérité, si Steinbeck a été beaucoup aimé (chez les intellectuels de gauche européens en particulier) et autant, sinon plus encore, détesté par la bourgeoisie américaine, inquiété par le gouvernement américain pour les convictions communistes qui lui étaient prêtées, son engagement porte davantage la marque d'une révolte, d'une générosité humanistes que d'une conscience politique construite et théorisée. Il croit avant tout à la solidarité.

En 1939, John Steinbeck est au sommet de son talent littéraire.

Par la suite, il publiera une vingtaine de romans de moindre importance — dont on retiendra *La Perle* (*The Pearl*, 1947) et *À l'est d'Éden* (*East of Eden*, 1952), tant pour le roman que pour son adaptation cinématographique par Elia Kazan avec James Dean — et des scénarios.

Correspondant de guerre au début des années 1940 puis bien plus tard au Viêt-nam, Steinbeck voyage, notamment en Russie, et poursuit sa carrière journalistique. En 1962, le prix Nobel de littérature couronne une œuvre originale et cohérente. L'auteur défend alors à Stockholm sa conception d'une littérature imprégnée du devoir de combattre pour un monde meilleur. Pourtant, à cette date, les positions idéologiques de l'auteur ont radicalement évolué. Sa défense de la guerre du Viêt-nam et du gouvernement américain lui vaut la « Medal of Freedom » que lui décerne Lyndon B. Johnson. Lui-même soutient n'avoir milité que pour une société américaine plus équitable.

Quand le « rouge » des années 1920 et 1930 meurt à New York en 1968, il s'est transformé en homme de la droite la plus réactionnaire. C'est néanmoins le souffle des *Raisins de la colère*, la générosité portée par *Des souris et des hommes* que l'histoire littéraire contemporaine retiendra, en oubliant la dérive de la fin de sa vie.

Bibliographie

À l'est d'Éden, Plon, Le Livre de Poche, LGF
Au Dieu inconnu, Gallimard, Folio
La Coupe d'or, Gallimard, Folio
En un combat douteux, Gallimard, Folio
La Flamme, Del Duca (épuisé)
La Grande Vallée, Gallimard, Folio
Journal russe, Gallimard
Lune noire, Jean-Claude Lattès ; Le Livre de Poche, LGF
Les Naufragés de l'autocar, Gallimard, Folio
Les Pâturages du ciel, Gallimard, Folio
La Perle, Gallimard, Folio et Folio Bilingue
Le Poney rouge, Gallimard, Folio Junior et Folio Bilingue
Les Raisins de la colère, Gallimard, Folio
Rue de la Sardine, Gallimard, Folio
Une saison amère, Le Livre de Poche
Des souris et des hommes, Gallimard, Folio
Tendre Jeudi, Del Duca ; Le Livre de Poche
Tortilla Flat, Gallimard, Folio
Voyage avec Charley, Actes Sud, Babel

Filmographie

À l'est d'Éden, *East of Eden*, USA, 1955
Réal., prod. : Elia Kazan
Scén. : Paul Osborn, d'après John Steinbeck
Photo : Ted McCord
Musique : Leonard Rosenman
Interprètes : James Dean (Caleb, « Cal » Trask), Julie Harris (Abra), Raymond Massey (Adam Trask), Richard Davalos (Aaron Trask)
La Perle, *The Pearl*, Mexique, 1944
Réal. : Emilio Fernandez
Scén. : Emilio Fernandez et Kack Wagner, d'après John Steinbeck
Photo : Gabriel Figueroa
Musique : Antonio Diaz Conde
Interprètes : Pedro Armendariz (Quino), Maria Elena Marques (Juana), Gilberto Gonzales (un policier)
Le Poney rouge, *The Red Pony*, USA, 1949
Réal. : Lewis Milestone
Scén. : John Steinbeck
Photo : Tony Gaudio
Musique : Aaron Copland
Interprètes : Myrna Loy (Alice Tiflin), Robert Mitchum (Billy Buck), Louis Calhern (Grand-Pa), Shepperd Strudwick (Fred Tiflin)
Les Raisins de la colère, *The Grapes of Wrath*, USA, 1940
Réal. : John Ford
Scén. : Nunnally Johnson, d'après John Steinbeck
Photo : Gregg Toland
Musique : Alfred Newman
Interprètes : Henry Fonda (Tom Joad), Jane Darwell (Ma Joad), John Carradine (Casy), Charley Crapewin (Grampa), Russell Simpson (Pa Joad)
Des souris et des hommes, *Of Mice and Men*, USA, 1939

Réal. : Lewis Milestone
Scén. : Eugene Solow, d'après John Steinbeck
Photo : Norbert Brodine
Musique : Aaron Copland
Interprètes : Burgess Meredith (George), Lon Chaney Jr (Lennie), Betty Field (Mae), Charles Bickford (Slim), Noah Berry Jr (Whit)

Des souris et des hommes, *Of Mice and Men*, USA, 1992
Réal. : Gary Sinise
Scén. : Horton Foote, d'après John Steinbeck
Interprètes : John Malkovich (Lennie), Gary Sinise (George), Ray Walston (Candy), Casey Siemaszko (Curley)

Tortilla Flat, USA, 1942
Réal. : Victor Fleming
Scén. : John Lee Mahin, Benjamin Glazer, d'après John Steinbeck
Photo : Karl Freund
Musique : Franz Waxman
Interprètes : Spencer Tracy (Pilon), John Garfield (Danny), Hedy Lamarr (Dolores Ramirez), Frank Morgan (Le Pirate), Akim Tamiroff (Pablo)

Réal. : Lewis Milestone. [illegible]
Scén. : [illegible] John Steinbeck.
Photo : [illegible]
Musique : Aaron Copland.
Interprètes : Burgess Meredith (George), Lon Chaney Jr. (Lennie), Betty Field (Mae), Charles Bickford (Slim), Noah Beery Jr. (Whit).
Des souris et des hommes (*Of Mice and Men*, U.S.A., 1939).
[illegible]
Scén. : [illegible] John Steinbeck.
[illegible]
[illegible]
[illegible]
[illegible] Burgess Meredith [illegible]
[illegible]
[illegible]
Musique : [illegible]
[illegible]
[illegible]

JOHN DOS PASSOS
(1896-1970)

Joe Harland erra sur Battery jusqu'à ce qu'il eût trouvé une place vide sur un banc. Alors il s'y laissa tomber. Derrière Jersey, le soleil se noyait dans les flots tumultueux de safran. Voilà, c'est fini. Il resta longtemps à fixer le soleil couchant comme on fixe un tableau dans la salle d'attente d'un dentiste.

Ce n'est pas seulement un romancier, mais un inventeur. Il aura été le premier à pratiquer des « collages » en littérature comme faisait Braque en peinture, le premier à faire du « montage » littéraire au rythme d'un Jean-Luc Godard au cinéma quelques longues décennies plus tard. À vrai dire, on ne sait pas, en relisant l'incroyable trilogie *USA*, si c'est Dos Passos qui s'est inspiré des techniques cinématographiques ou si ce ne sont pas les cinéastes qui l'ont, plus tard, imité, comme le fera Jean-Paul Sartre. Il y a du souffle épique, du réalisme, de la fascination, dans sa création romanesque. Comme la plupart de ses contemporains, il porte en lui une véritable relation amour-haine (*love-hate relationship*) à l'égard de l'américanité. Il n'est pratiquement plus lu, et pourtant, c'est un tournant dans l'histoire du roman moderne.

Avec John Dos Passos, nous abordons un autre membre de la génération perdue des auteurs américains. Et perdu, il l'est d'une certaine manière aux deux sens du terme : nous l'avons perdu de vue. Toutefois, à nos yeux, il figure, aux côtés de John Steinbeck, William Faulkner, Ernest Hemingway et Francis Scott Fitzgerald, parmi les cinq grands de la littérature américaine du XXe siècle. Il a laissé derrière lui une œuvre importante et a été l'artisan d'une vraie révolution littéraire qui a bouleversé les conceptions établies de l'art romanesque.

John Dos Passos a porté durant toute sa vie une ambition immense : décrire et raconter le siècle. Il a écrit, dans ce but, de gros romans. Sa manière, c'est cinq cents pages. Mais sans doute fallait-il bien cela pour créer une œuvre à la mesure de son sujet, tout aussi gigantesque et démesuré : New York, les États-Unis.

« Un grand tapage salue le nouveau siècle. Les organisations ouvrières saluent le nouveau siècle. Le pays entier salue l'aube du siècle. En réponse au toast à la gloire du XXe siècle, le sénateur Albert J. Beverage dit, entre autres choses : “Le XXe siècle sera américain, la pensée américaine le dominera, le progrès américain lui donnera son caractère et sa direction, des exploits américains le rendront illustre. La civilisation ne lâchera jamais Shanghai, la civilisation ne quittera jamais Hong Kong, les portes de Pékin ne seront plus fermées aux méthodes modernes. La renaissance du monde physique et moral est commencée, et les révolutions ne reviennent jamais en arrière.” »

John Roderigo Dos Passos est né en 1896 à Chicago dans une famille aisée d'origine en partie portugaise. Il reçoit l'éducation classique d'un fils de la bourgeoisie et entre à Harvard à seize ans. Il y mène une vie d'esthète, écrit des poèmes, fait des rencontres, en particulier celle du poète Edward Estlin Cummings (1894-1962), et en ressort diplômé avec les honneurs en 1917.

Il part ensuite pour l'Espagne afin de suivre des études d'architecture, qui sont interrompues par la guerre. Il s'engage alors dans les services d'ambulance de Norton-Harjes, en France et en Italie, et Dos Passos, l'homme raffiné et cultivé, devient un homme d'action. Très tôt confronté à l'épreuve du feu, à la mort, ayant éprouvé la solidarité entre les hommes, il fait le choix du journalisme. Il devient correspondant de guerre.

De son expérience militaire, il ressort marqué, endurci, sans illusions sur la société du moment, mais avec la conviction d'un autre monde possible. Il s'implique, devient militant, jusqu'à prendre sa carte du parti communiste, ce qui n'est pas si fréquent chez les écrivains américains.

Durant les années 1920, on le voit à Paris, entre Montmartre et Montparnasse. En 1924, il rencontre Ernest Hemingway. Ils ont en commun une nationalité, une œuvre à construire, un passé d'ambulancier. Pourtant, ils sont différents. Quand Hemingway tire de l'expérience de la guerre un récit sur les hommes au combat mais également un roman d'amour, *L'Adieu aux armes*, John Dos Passos publie des textes désenchantés. Ce seront, en 1920, *L'Initiation d'un homme (One Man's Initiation)* et, en 1921, *Trois Soldats (Three Soldiers)*.

Quand Dos Passos rentre d'Europe, il trouve chez lui une Amérique nouvelle et excentrique : celle des années folles, de l'opulence, de la folie de l'après-guerre décrite par Francis Scott Fitzgerald. Mais ce qui retient son attention et sa sensibilité, c'est l'Autre Amérique dont on parle moins, qui fonce droit vers la grande dépression de 1929. Il s'oriente alors vers le roman social. Son propos, c'est la description du contraste extraordinaire entre *the big money*, la grosse galette (ce sera le titre d'un de ses livres), et la réalité quotidienne de tous les jeunes gens paumés, de tous les prolétaires qui peinent à survivre. Tout en voyageant au Mexique, en Espagne, au Proche-Orient comme reporter, il s'attelle à l'écriture d'un gros livre, qui paraît en 1925 sous le titre *Manhattan Transfer*, et s'engage dans une nouvelle technique narrative qui, loin du seul suivi de quelques personnages, s'attache à raconter un ensemble de vies humaines, en menant simultanément leur récit. Il se promène au-dessus de ces quelques vies, comme une caméra survolant New York à basse altitude capterait, dans son œil, plusieurs scènes au même instant.

« Il leva le châssis de la fenêtre et se pencha. Un tram aérien grondait au bout de la rue, une bouffée de fumée de charbon lui monta aux narines. Penché à la fenêtre, il resta longtemps à regarder à droite et à gauche dans la rue. La seconde métropole du monde. Les maisons de briques, la lumière terne des réverbères, les voix d'enfants qui se taquinaient et se querellaient sur les marches de la maison d'en face, le pas ferme et régulier d'un policeman lui donnaient une impression de mouvement comme de soldats en marche, comme un bateau à roues remontant l'Hudson sous les palissades, comme un monôme électoral qui se dirigeait par de longues rues vers quelque chose de grand, tout blanc, rempli de colonnades d'une majestueuse somptuosité, métropole. »

New York est le personnage central et le héros de *Manhattan Transfer*. À cette époque déjà, Dos Passos s'intéresse à l'image : chaque début de chapitre s'ouvre avec une petite vignette en italique, représentant le plus souvent la ville.

« Il y avait Babylone et Ninive, elles étaient construites en briques ; Athènes était de colonnes de marbre et d'or, Rome reposait sur des grandes voûtes en moellons. L'acier, le verre, la brique, le béton seront les matériaux des gratte-ciel. Entassés dans l'île étroite — Manhattan — les édifices aux mille fenêtres se dresseront, étincelants, pyramide sur pyramide, sommets de nuages blancs au-dessus des orages. »

Comme tous les Américains, Dos Passos nourrit un rapport d'attirance et de répulsion envers New York qui, souligne-t-il, est en passe de devenir la deuxième métropole du monde. Sa taille et son effervescence le fascinent. Où peut-on, en un seul et même lieu, observer autant de destinées humaines ? Lui s'attache aux existences contrariées : il brosse une gigantesque fresque où cohabitent un nombre croissant de personnages peints dans un nombre plus important encore de situations. Il y a là des chômeurs, bien entendu, des immigrants, dont un Français. On fait la connaissance de Nelly, une femme admirable accompagnée d'un mari qui l'est moins.

Dos Passos sait manier les personnages secondaires, et raconter les petits riens qui font la vie, grande et unique, de chacun. On pense par exemple à ce modeste employé de bureau qui se promène dans la rue et tombe en arrêt devant une publicité pour un nouveau rasoir. Comme il est barbu, il n'en a pas l'usage, mais il l'achète tout de même, rentre chez lui et se rase. Dos Passos évoque alors le moment où l'épouse et la fille de cet homme, stupéfaites et effrayées, découvrent le petit employé imberbe et comment le pauvre homme se retrouve totalement désemparé devant leur réaction. Cette anecdote intervient au milieu d'une autre histoire. Elle n'est qu'un détail parmi une myriade d'autres détails. On ne reverra peut-être jamais ce personnage. C'est un instantané. Là est la grande révolution de Dos Passos : rompre avec la tradition du grand roman linéaire et ne plus s'attacher au destin précis d'un héros ou d'une héroïne. Son personnage principal, c'est l'humanité, sa condition, ses joies et ses misères. Il peint une fresque littéraire aux destins simultanés. Il crée le « simultanéisme littéraire ».

À travers la description du mode de vie américain et la mise en lumière du rôle aliénant de la société face à l'individu, Dos Passos précise sa contestation idéologique du boom économique et des années folles.

En 1927, on le retrouve dans la rue pour protester contre la condamnation à mort de Sacco et Vanzetti et il publie un poème, « Face à la chaise électrique » (*Facing the Chair*).

Manhattan Transfer a ébranlé le monde des lettres américaines, mais Dos Passos n'a pas dit pour autant son dernier mot. Avec les romans suivants, qui formeront la trilogie *USA*, son incontestable chef-d'œuvre, Dos Passos va à nouveau marquer fortement les esprits. À la fin des années 1920, journaliste, il se déchaîne, couvre les grandes grèves, défend les prisonniers politiques et accumule les informations qui nourriront, en 1930, *42e Parallèle (42nd Parallel)*, en 1932, *L'An premier du siècle (1919)* et, en 1934, *La Grosse Galette*. Le tout représente aujourd'hui, en collection de poche, chez Folio, la bagatelle de mille sept cents pages. En un mot, *USA* est une œuvre en elle-même.

Son ambition, qu'il partage avec d'autres écrivains américains, vise à décrire les trois premières décennies du siècle. L'originalité de l'entreprise tient donc moins dans le propos que dans la forme.

Dos Passos s'inspire de la technique du montage pour peindre sa fresque à travers une douzaine de personnages, qui sont autant de fragments extraits de la société, et qui renvoient par leurs rencontres quotidiennes à des centaines d'autres. Il invente une nouvelle manière de raconter. Il passe sans transition, dans le récit, d'un personnage à un autre, et intercale des séquences, des images, des coupures de journaux, des titres d'articles, des bouts de chansons, des actualités, des portraits de personnalités — Rudolph Valentino, Theodore Roosevelt, Edison —, réelles ou parfois inventées.

Formellement, chaque volume se présente sous la forme de chapitres portant le nom d'un personnage. Les récits se chevauchent et sont entrecoupés par trois types de rubrique : « Actualités » (*Newsreels*), « Chambre noire » (*The camera eye*), points de vue subjectifs, « Biographies » (*Celebrities*), dont la typographie et le style imitent les manchettes de journaux. Il fabrique ainsi un panorama, une fresque de son époque, à l'aide d'une technique qui casse l'outil du roman.

42e Parallèle produit l'effet d'une bombe. La surprise est totale, le roman, une révélation.

« Chambre noire (1). *Quand on marche dans la rue, il faut faire attention à poser les pieds rien que sur les pavés ronds de manière à ne pas fouler les pauvres brins d'herbe qui brillent ; c'est bien plus facile si on tient la main de maman, car alors on peut lever les pieds, mais quand on marche vite, on ne peut éviter de fouler tant de brins d'herbe ! Les pauvres langues vertes s'écrasent sous vos pieds*. [...]

Actualités 5. "L'EMPEREUR NICOLAS II DEVANT LA RÉVOLTE DE L'EMPIRE OCTROIE LA LIBERTÉ À SES SUJETS. Un chirurgien frappé de paralysie pendant qu'il opère. Un trait de plume fait passer dans l'histoire la dernière monarchie absolue d'Europe. Relégation dans une maison de correction pour avoir volé une statue d'ange."

Actualités 19. "NEW YORK ACCLAME AVEC ENTHOUSIASME LA DÉCLARATION DE GUERRE. LES ÉTATS-UNIS EN GUERRE.

Là-bas, Là-bas

À l'assemblée générale annuelle des actionnaires de la Colt Patent Company (Fabrique d'armes à feu) on répartit 2 500 000 dollars. Le capital social actuel a été augmenté. Les dividendes pour l'année étaient de 259 %.

Joyeuse surprise pour les Britanniques

Les Yanks arrivent

Nous arrivons, nous arriv-o-o-ons

Projet de loi interdisant aux nègres les régions peuplées de Blancs

Plusieurs millions dépensés pour le golf autour de Chicago. [...]"

BOB LE COMBATIF

"Lafolette naquit dans la banlieue de Primrose ; jusqu'à l'âge de dix-neuf ans il travailla dans une ferme à Dac County, Wisconsin. Il réussit à faire ses études à l'université de Wisconsin. Il voulait être acteur, il étudiait l'élocution. [...]" »

On comprend bien que ce n'est pas par hasard que Dos Passos publie une telle œuvre dès le début des années 1930. Cette date correspond au moment où le cinéma devient parlant. Il est manifeste que l'auteur a été prioritairement influencé par l'écriture cinématographique. Sa spécificité absolue, c'est d'être allé au bout de sa démarche. Quand les trois volumes sont réunis, en 1938, sous le titre *USA*, la renommée de Dos Passos et son inscription dans l'histoire littéraire sont assurées.

Lorsque Jean-Paul Sartre découvre Dos Passos, le choc est intense : « Dos Passos n'a inventé qu'une chose : un art de conter. Mais cela suffit pour créer un univers », écrit-il en 1938, pour ajouter : « Je considère Dos Passos comme le plus grand écrivain vivant. » Plus tard, il tentera d'ailleurs de s'inspirer de son style pour écrire *Les Chemins de la liberté* — une fiction presque réussie, mais adaptée à la réalité de la France à la veille de la Seconde Guerre mondiale.

Dans le fond, *USA* ressemble à ce que l'on savait de Dos Passos depuis *Manhattan Transfer*. S'il évoque des personnalités ou des patrons, il ne s'intéresse avant tout qu'aux petites gens, à l'ouvrier qui n'arrive pas à s'en sortir, au syndicaliste, au type qui, ayant fait une guerre formidable, a découvert une manière d'améliorer les moteurs d'avion, espère « toucher la grosse galette » mais se fait déposséder de son idée par des hommes d'affaires et sombre dans l'alcoolisme. Comme l'écrit si bien Sartre en 1938 : « Nous voilà des révoltés : son but est atteint. »

Toutefois si *42ᵉ Parallèle, L'An premier du siècle (1919)* et *La Grosse Galette* sont des livres majeurs, depuis les conventions littéraires ont souvent été brisées, les formes et les structures de récit bouleversées, et son œuvre a un peu perdu de sa puissance, de sa faculté à étonner. De plus, l'accès à l'œuvre de Dos Passos, l'appropriation de ses livres par le lecteur, demande un effort. Il faudrait presque le lire comme on se penche sur certains magazines intelligents : feuilleter, revenir, vagabonder d'un chapitre à l'autre, adopter un personnage, et se laisser prendre par son histoire. Dos Passos nous donne très envie de savoir ce que devient la petite secrétaire amoureuse d'un publiciste, ou Mac le prolétaire, ou encore cette petite actrice qui essaie de s'imposer à Hollywood. Il a réussi à fabriquer des symboles, des emblèmes du héros américain. Il n'est pas innocent que le dernier volume d'*USA* s'ouvre sur un jeune homme qui « tape la route », qui fait du stop, et s'achève sur ce même jeune homme, vagabond affamé, avec sa petite valise de cuir pourrie, sur le bord d'une grande route où il reçoit en plein visage l'oxyde de plomb, la poussière, la terre, tout cet univers de béton et de ciment. Mais qui part quand même, vers l'Ouest, vers la terre promise, cette obsession des Américains, obsession des romanciers, fantasme de tous ces nomades qui ont espéré qu'au bout de la route il y avait une réponse à leurs rêves. *USA*, c'est mille sept cents pages où l'on brasse l'immense nation américaine pour aboutir à un type tout seul qui, comme dans les films de Chaplin, reprend la route et repart vers l'aventure.

« Au-delà du Mississippi, à travers l'ombre sale qui couvre les grandes plaines, l'aube rampe lentement derrière le train. Des flaques de brume blanchissent parmi les collines de l'Iowa, voici des fermes, des barrières, des silos, l'éclair d'acier d'une rivière. Les yeux clignotants des phares rougissent dans le jour. Des voies fluviales veinent les collines usées.

Omaha. De grands cumulus s'entrebarattant depuis le cuivre jusqu'au blanc d'argent, en passant par le crémeux, laissent traîner de brunes bandes de pluie sur les plaines brûlantes. Terrains incultes, rouge et jaune, minuscules formes cornues de bétail.

Cheyenne. L'air frais et élevé sent bon l'herbe douce. Des nuages compressés vers l'ouest éclatent et se répandent en loques sur les collines couleur de paille. Des montagnes indigo font saillir leurs arêtes rocheuses. Et il attend avec la tête qui nage, avec les besoins qui lui nouent le ventre, avec ses mains inutiles qui se sont engourdies au bord de cette circulation qui s'accélère. Cent miles à faire à pied, par la route. »

« *USA* étudie l'histoire de la société moderne, de ses luttes sociales, de ses masses. Mais c'est une histoire de défaite. Point de drapeaux pour l'esprit, point de victoire hormis la victoire que l'intellect peut offrir à l'intégrité. C'est l'un des livres les plus tristes qu'ait jamais écrit un Américain », a écrit Alfred Kazin, le critique américain. Ce livre est dur, parfois désespéré, sans humour, et ne permet jamais de s'attacher à un personnage, contrairement aux romans d'Hemingway et de Fitzgerald, et avouons que parfois cela manque, comme l'absence de linéarité dans la structure narrative. Mais Dos Passos a mis l'accent à la fois sur notre permanente quête du sens de la vie et sur l'émergence de la puissance américaine, de l'impérialisme américain, au sein desquels il a craint que sa nation ne perde son âme. C'est en quoi le projet est colossal et ambitieux, et sa lecture incontournable. L'ambition, le défi, le *challenge*, comme disent les Américains, de Dos Passos, cet orgueil démesuré, chez un fils d'émigrés portugais, est absolument impressionnant.

En 1952, Dos Passos signe une seconde trilogie, *District of Columbia*, composée des *Aventures d'un jeune homme* (*Adventures of a Young Man*, 1939), l'histoire d'un ouvrier qui, après s'être dévoué pour le Parti, s'en fait exclure et meurt dans les maquis espagnols ; *Numéro Un* (*Number One*, 1943), où l'on suit la carrière d'un homme politique crapuleux ; et *Le Grand Dessein* (*The Grand Design*), écrit en 1949, où Dos Passos nous raconte les « grands desseins » de plusieurs personnages, tous bloqués par une bureaucratie excessive. Mais cette trilogie sera moins inspirée que la géniale *USA*.

Avec le temps, Dos Passos va changer et la période de la Seconde Guerre mondiale qu'il a couverte comme correspondant de guerre marque de manière incontestable un nouveau tournant dans son œuvre comme dans sa vie. Il s'attache désormais à mettre en lumière la spécificité américaine à travers les biographies de grands hommes de l'histoire contemporaine de son pays. Il est soudain devenu un grand « patriote ». En 1964, il défend la candidature du républicain Goldwater et soutient la guerre du Viêt-nam. Il meurt en 1970, riche fermier du Maryland. Comme Steinbeck, il aura suivi l'itinéraire fatal d'une jeunesse gauchiste pour atteindre à une maturité réactionnaire. Mais comme pour Steinbeck, on veut oublier son embourgeoisement pour ne retenir que la révolution dans le roman dont il a été l'inspirateur.

Bibliographie

L'Initiation d'un homme : 1917, Gallimard, Folio
Manhattan Transfer, Gallimard, Folio, Futuropolis, avec des illustrations de Tardi

Trilogie USA :

42e Parallèle, Gallimard, Folio
L'An premier du siècle : 1919, Gallimard, Folio
La Grosse Galette, Gallimard, Folio
Aventures d'un jeune homme, Gallimard, Folio
La Belle Vie, Mercure de France, Gallimard, L'Imaginaire
Bilan d'une nation, Éditions du Rocher
Le Grand Dessein, Gallimard
La Guerre de Monsieur Wilson, Stock
Milieu de siècle, Gallimard, L'Imaginaire
Orient-Express, Éditions du Rocher
Les Rues de la nuit, Écriture
Service commandé, Éditions du Rocher
Les Trois Femmes de Jed Morris, J'ai lu
Trois Soldats, Écriture
U.S.A. : Le 42e parallèle — 1919 — La grosse galette, Gallimard, Quarto

JEROME DAVID SALINGER
(né en 1919)

« Hey dites donc, vous avez vu les canards près de Central Park South ? Le petit lac ? Vous savez pas par hasard où ils vont ces canards, quand le lac est complètement gelé ? Vous savez pas ? » Je me rendais compte qu'il y avait guère plus d'une chance sur un million qu'il sache.

Il s'est retourné et il m'a regardé comme si j'étais vraiment fêlé.

« À quoi tu joues ? À te foutre de ma gueule ?

— Non — c'est seulement que ça m'intéresserait de savoir. »

Il a rien répondu. Et moi j'ai plus rien dit.

On peut toujours se demander, aujourd'hui, si c'est la réclusion absolue, le refus total de paraître et d'apparaître, qui ont fait de J.D. Salinger un mythe vivant, un sujet de roman et de film — mais ce serait injustement oublier la vérité : il a touché nos cœurs. *L'Attrape-cœurs* nous a attrapés. Nous nous souvenons de nos dix-huit ans lorsque, sur un campus de Virginie, nous découvrions le charme, le désespoir caché, l'inventivité du langage, l'audace des situations, la déconstruction du récit, la fausse naïveté, la vraie habileté de l'écriture — bref, le talent de ce J.D. Salinger qui allait devenir notre idole et dont, au même instant, sur chaque campus US, d'est en ouest, étudiants et étudiantes faisaient leur référence, leur maître à vivre, sinon maître à penser. Ah ! Salinger ! Quels ne furent pas notre effarement et notre surprise lorsque, plus de quarante ans plus tard, nous crûmes l'apercevoir, le toucher, entendre son hurlement de protestation dans le hall de Pennsylvania Station à New York à sept heures quarante du matin ! J.D. Salinger... il a accompagné une partie de notre itinéraire littéraire.

Il est certains écrivains dont l'identité est incertaine, comme Truman Capote par exemple qui joua à s'inventer des origines très éloignées de la réalité, et d'autres, comme Jerome David Salinger, qui ne trichent pas mais qui se cachent totalement, comme pour disparaître aux yeux du monde. J.D. Salinger a aujourd'hui plus de quatre-vingts ans, et vit reclus dans sa maison de Cornish dans le New Hampshire depuis le 1er janvier 1953. Il a coupé, depuis le milieu des années 1960, toute relation avec la société, y compris avec le monde des lettres et des éditeurs. Il ne reçoit pas, ne répond pas aux interviews, n'accepte aucune visite, et si parfois on l'aperçoit à New York, ce n'est jamais dans des circonstances mondaines. De temps en temps une photo de lui filtre dans la presse, volée au téléobjectif, sur laquelle il a toujours l'air furieux parce qu'on empiète sur sa vie privée. Il ne supporte pas que les photographes violent ce rempart qu'il a mis entre lui et le monde, quelques années après que son livre *L'Attrape-cœurs (The Catcher in the Rye)*, paru en 1951, a suscité un extraordinaire engouement de la part des adolescents américains, puis du monde entier.

Ce livre a été une révélation pour toute la génération qui a eu vingt ans durant les années 1950, et il a exercé une influence durable sur les suivantes. Il continue d'être le livre culte de millions d'adolescents.

On possède toutefois quelques éléments biographiques sur Salinger. Il naît à New York en 1919 dans une famille juive, d'un père importateur de produits alimentaires de luxe. Il passe quelque temps dans différentes universités et déclare déjà à qui veut l'entendre qu'il sera un grand écrivain. Son père l'expédie en Europe où il commence à écrire des nouvelles qui paraissent dans des revues vers 1940. Puis, lorsque l'Amérique s'engage dans la Seconde

Guerre mondiale, il prend les armes, participe au débarquement du 6 juin 1944, entre dans Paris en août suivant — où il rencontre Hemingway, avec lequel il aurait eu de mauvaises relations —, puis poursuit le combat vers l'Allemagne. Il est démobilisé en 1945.

Durant les années de guerre, il continue à écrire et à publier. Pas toujours avec succès. Pendant dix ans, il s'obstine à essayer de forcer la porte du célèbre magazine *The New Yorker*. En vain. Mais en 1949, cette revue, qui a joué un rôle essentiel dans l'émergence de nombreux auteurs américains, accepte *A Perfect Day for Banana-fish*, où apparaît le personnage, que l'on retrouvera plus tard, de Seymour Glass. Puis vient le succès avec *L'Attrape-cœurs*, deux années plus tard. Plus qu'un succès, c'est un phénomène socioculturel.

Le héros, Holden Caulfield, quitte son collège parce qu'il a eu de mauvaises notes et qu'il a peur d'affronter ses parents. Il fugue durant trois jours à New York et traîne son mal-être à Central Park. Il ne lui arrive pas d'aventures extraordinaires, mais, pendant ses pérégrinations, il médite, pense à tout, à rien et à sa petite sœur, la merveilleuse Phoebe. Avec elle il évoque un vers déformé d'un poème de Robert Burns : « *If a body catch a body coming through the rye.* » Il a alors une révélation : devenir dans la vie un « *catcher in the rye* », que l'on traduit littéralement par un « attrapeur dans un champ de seigle », qui retient les enfants avant qu'ils ne tombent et ne se fassent mal.

Pourquoi ce livre se répand-il dans tous les campus comme une sorte de tornade, sans médias, sans publicité, par le seul pouvoir du bouche à oreille, d'université en université, de collège en collège, d'école en école ? Grâce au pouvoir d'identification que le texte suscite. Les jeunes Américains se sont instantanément reconnus à travers le héros. Ils lisent enfin un roman qui les raconte, eux. Qui dit leur difficulté d'entrer dans l'âge adulte et qui le dit avec leurs mots, dans un argot qui a, certes, considérablement vieilli mais qui sonnait si juste à l'époque. Ils découvrent enfin un auteur qui sait exprimer leur rejet du conformisme, leur mal-être, leur refus des adultes, leur refus de grandir. Salinger adopte et comprend le regard des jeunes sur le monde des vieux. Il se fait le représentant de toute une génération en disant : « Nous vous regardons, vous les adultes, et ne croyez pas que nous soyons dupes de la comédie que vous nous et que vous vous jouez. »

Si l'on voulait risquer une comparaison, on pourrait dire qu'une dizaine d'années plus tard la France a connu un phénomène similaire avec *L'Écume des jours* de Boris Vian, ce romantisme, cette nostalgie de l'enfance qui malgré tout s'en va, l'envie de demeurer jeune, et ce regard très critique sur les parents et les adultes. Chaque génération a son « petit livre », celui qui à lui seul résume, captive, capture la sensibilité d'une époque. *L'Attrape-cœurs* a été parmi ceux-là, mais sa portée va encore au-delà puisqu'il continue de se vendre à des millions d'exemplaires dans le monde entier. C'est qu'il contient une vérité qui dépasse le cadre générationnel, et qui tient sans doute à son ton, à son rythme, au style et au sous-texte, à ce qui reste quand on l'a lu.

« On était en décembre et tout, un jour drôlement frisquet, à cailler sur place, spécialement en haut de cette foutue colline. J'avais seulement mon imper, et pas de gants ni rien. La semaine d'avant, quelqu'un m'avait piqué mon manteau en poil de chameau, dans ma piaule, avec mes gants fourrés qui étaient dans ma poche. Pennsy, c'est rempli de gangsters. Y a un tas de types qui viennent de familles à fric, mais c'est quand même rempli de gangsters. Plus une école coûte cher, et plus y en a qui fauchent. Sans blague. Bon, j'étais toujours là-haut, près de ce canon de malheur, à regarder le match et à me geler le cul, sauf que le match m'intéressait pas trop. Ce qui m'intéressait, c'était plutôt de bien me pénétrer de l'idée que je faisais des adieux. Y a eu d'autres collèges, d'autres endroits, quand je les ai quittés, je l'ai pas vraiment senti. Je déteste ça. L'adieu, je veux bien qu'il soit triste, ou pas réussi, mais au moins je veux SAVOIR que je m'en vais. Sinon, c'est encore pire. »

Jerome David Salinger a ensuite publié en 1953 un recueil de nouvelles, *Nine Stories (Neuf Nouvelles)*, puis *Franny et Zooey* (1961), *Dressez haut la poutre maîtresse, charpentiers* et *Seymour, une introduction* (1963), quatre autres longues nouvelles. Au total son œuvre compte trente-cinq nouvelles et quatre romans.

Si l'on excepte Holden Caulfield, héros de *L'Attrape-cœurs*, les personnages de ses livres sont membres d'une même famille juive new-yorkaise, les Glass. Dans cette tribu, il y a sept enfants dont l'aîné, Seymour, s'est suicidé (*Un jour rêvé pour le poisson-banane*) et est devenu l'idole et la mémoire de cette famille très autarcique, qui refuse le monde, possède son code et ses langages. Il y a aussi Buddy, sorte de double de Salinger, qui vit loin de tout ; Boo Boo, évoquée dans la nouvelle « En bas sur le canot » ; Walt, mort accidentellement *(Oncle déglingué au Connecticut)*, et son jumeau Waker, prêtre ; et enfin les deux cadets, Zachary dit Zooey et Frances dite Franny.

L'influence et la notoriété de cette petite saga seront bientôt mondiales. Si elle est, par certains aspects, assez superficielle et anecdotique, elle possède également un charme fou, et on se laisse volontiers envoûter par la description de cet univers clos traversé par les névroses de chacun, raconté à la manière si spécifique de l'humour juif new-yorkais. Aujourd'hui, certains se demandent parfois comment on a pu comparer Salinger à Mailer, Capote, Hemingway ou Fitzgerald. Répondons en tout cas que *L'Attrape-cœurs* est un livre unique dans son genre et qui dépasse largement le phénomène de mode. Par sa sensibilité et son humour, Salinger a su traduire — au travers de Holden Caulfield mais aussi des jeunes de la famille Glass — l'esprit et la lettre d'une révolte qui, tout au moins dans le monde occidental, touche à l'universel.

Cette révolte, ce refus de l'establishment, cette peur du monde extérieur, ce narcissisme post-puberté, Salinger les a mis en actes dès le milieu des années 1950. Dans le même temps qu'il se réfugie dans le New Hampshire, il cherche un remède à l'angoisse du côté du bouddhisme, du zen, du taoïsme, et préfigure ainsi les beatniks et le mouvement hippie.

Entre 1961 et 1963, il publie trois livres puis apporte sa dernière contribution, en 1965, au *New Yorker*. Ensuite, sa réclusion est totale. De temps en temps, il répond à une lettre : une jeune lycéenne lui avait écrit, par exemple, pour lui dire à quel point elle avait été exaltée par la lecture de *L'Attrape-cœurs* et comment elle s'était identifiée à la Franny de *Franny et Zooey*. Il l'a reçue et elle est devenue plus ou moins sa maîtresse. Quarante ans plus tard, cette femme aujourd'hui mariée avec enfant racontera dans un livre à scandale très récent ses amours complexes avec Salinger. Sa propre fille voudra, elle aussi, raconter son père au moyen de Mémoires plutôt banals.

Au-delà de l'anecdote, la psychologie et le retrait du monde de l'auteur ont eu des conséquences évidentes sur son œuvre. Salinger, contrairement à l'essentiel de ses confrères, ne s'est jamais penché sur l'histoire de son pays. Son œuvre, et c'est une exception dans la littérature américaine, ne raconte pas les travers de la société, ni ses transformations économiques ou politiques. Salinger n'a pas « fait la route » ni tâté des petits métiers. Son œuvre, c'est lui. Ce qui l'intéresse, c'est son univers intime, une famille juive à New York, un jeune homme réfugié autour du lac de Central Park, une jeune fille névrosée, des amours impossibles.

Aujourd'hui, des millions de jeunes gens dans le monde portent à l'envers ces fameuses casquettes, les *base-ball caps*. Ils croient, ce faisant, imiter Michael Jordan et les stars du basket-ball ou du football américain. Ils ne savent pas qu'ils ont hérité de la casquette de Holden

Caulfield, qui la portait à l'envers en manière de rébellion. Ils ne sauront sans doute pas, le jour venu, que son créateur, un romancier seul, coupé du monde, un ermite mythique, adulé et discuté, Jerome David Salinger, a cessé de vivre. Et peut-être, nous non plus. (Mais on peut parier le contraire : l'invisible Salinger sera plus visible mort que vivant !)

Bibliographie

L'Attrape-cœurs, Robert Laffont, Pocket
Dressez haut la poutre maîtresse, charpentiers ; *Seymour, une introduction*, Robert Laffont, 10-18
Nouvelles, Robert Laffont, Pocket, Le Livre de Poche
Franny et Zooey, Robert Laffont
Nouvelles, Pocket

TRUMAN CAPOTE
(1924-1984)

De l'intérieur du pays on peut entrer dans Noon City par deux routes : l'une vient du nord, l'autre du sud ; cette dernière, connue sous le nom de route de Paradise Chapel, est la meilleure des deux quoiqu'elles se ressemblent fort ; de chaque côté, de mornes kilomètres de marais, de champs, de forêts s'étendent sans autre interruption que, çà et là, quelque réclame : Red Dot 5 c. Cigards, Dr Pepper, Nehi, Hrove's Chill Tonie et 666.

Zézayant et zozotant, farfadet insolite, une belle tête blonde et rose sur un corps d'abord svelte mais que l'alcool déformera très tôt, des yeux clairs et pervers sous des sourcils moqueurs, avec son accent du Sud et son choix de mots exquis ou persifleurs, il envahissait un salon malgré sa taille de nain. Il fascinait les hommes et enthousiasmait les dames. Truman, comme elles l'appelaient, avait un authentique génie d'écriture et son *De sang-froid* peut être lu et relu avec, chaque fois, la découverte d'une nouvelle perle, d'une nouvelle trouvaille. Observateur de son temps, malgré ses allures de folle et une certaine superficialité inhérente à tout parasite mondain, il savait aussi déceler la gravité et la misère humaines. Il savait discerner l'obscurité des êtres. Et puis, avec lui, il y a toujours une surprise au bout d'une phrase, ou d'une page. L'imprévisibilité de son jugement, la cadence de sa prose lui permettent de se détacher du lot de ceux au milieu desquels il aurait pu stagner : les chroniqueurs mondains, les victimes de la mode.

Truman Capote compte parmi les personnalités les plus étranges et les plus complexes de notre très subjectif panorama des lettres américaines. Il naît à La Nouvelle-Orléans en 1924 sous le nom de Truman Strekfus Persons. En 1931, ses parents divorcent et sa mère se remarie avec un certain Joseph Garcia Capote. Un an plus tard, l'enfant change de nom : le voici maintenant Truman Garcia Capote. Confié à des tantes, Truman Capote connaît une enfance détachée de tout et très « déstructurante ». Ses tutrices, un peu excentriques, développent son imagination en lui racontant des histoires et des fables qui le fascinent. L'enfant prend goût à ces univers livresques, loin des réalités.

Bientôt, Truman Capote découvre qu'il n'est pas comme les autres : tandis que les garçons de son école grandissent et commencent, comme le veut la coutume américaine, à faire du sport et à se tailler des allures d'athlète, lui reste tout petit et se laisse aller à des poses plutôt féminines. Il zozote légèrement, s'habille de façon surprenante et, peu à peu, se coupe de ses camarades. Très jeune, il connaît des expériences homosexuelles avec des adultes et il ne s'en cache pas. On pourrait le croire mal parti dans l'existence. Ce serait compter sans un don très précoce pour l'écriture, qu'encourage l'une de ses professeurs de lettres, à laquelle longtemps il rendra hommage. Truman Capote, dès ses premiers textes, manifeste cette qualité rare : une grande faculté d'observation, de mémoire, de synthèse et une capacité à restituer le matériau enregistré avec un rythme, une musique, un sens des mots, une phrase très belle. On se souvient que son contemporain et grand écrivain également, Norman Mailer, dira de lui : « Capote avait pratiquement la phrase impeccable. »

Truman Capote, en vérité, est obsédé par le mot, la virgule, le point-virgule. C'est un « Paganini de l'écriture », selon sa propre formule, un vrai styliste, un homme qui sculpte la phrase. Un conteur est né.

« C'est un mythe. La ville même, ses chambres et ses fenêtres, ses rues qui crachent de la vapeur. Pour qui que ce soit, pour chacun de nous, un mythe différent. Le masque d'une idole qui aurait des yeux en feu rouge et en feu vert, l'un du vert le plus tendre, l'autre d'un rouge cynique. Cette île qui flotte dans l'eau de l'Hudson comme un iceberg en diamant, appelez-la New York ou donnez-lui le nom que vous voudrez, le nom importe peu. Car lorsqu'on y pénètre en venant d'un autre endroit, plus réel, ce dont on est en quête ici, c'est d'un lieu pour se cacher à soi-même, pour se perdre ou se découvrir, pour faire un rêve où l'on se prouverait que peut-être, après tout, on n'est pas un vilain petit canard, mais un être merveilleux et digne d'amour, comme on le pensait du temps que l'on était assis sous le porche de la maison et que l'on voyait passer les Ford. Comme on le pensait alors qu'on se préparait à la quête d'une ville. »

En 1941, il entre comme *copyboy* au *New Yorker*, dont il est licencié trois ans plus tard. Dès 1945, il envoie des nouvelles à des magazines sophistiqués, dont la réputation de sérieux n'est plus à faire, au même *New Yorker* notamment, et au *Harper's Bazaar*. Il est publié sans tarder dans ce dernier.

Pour lui, c'est essentiel à plusieurs titres. La

réputation de ces revues n'est plus à faire et l'on sait quel rôle elles ont joué dans l'émergence de nombreux écrivains américains. En outre, ces collaborations sont très lucratives, la publication d'une nouvelle — une *short story*, en américain — permettant à un auteur de vivre pendant presque un an.

Truman Capote s'impose très rapidement, d'autant qu'il publie, en 1948, son premier livre, *Les Domaines hantés (Other Voices, Other Rooms)*, qui est un immense succès.

Déjà, la renommée de Truman Capote ne va pas sans un fort parfum de scandale. Le texte lui-même n'y est pas pour rien qui met en scène, dans une vieille maison perdue, toutes les ambiguïtés de la vie et des relations sexuelles, mais le personnage de l'auteur compte pour beaucoup. Adulte, il a encore un curieux visage de bébé, de bébé-femme, si l'on peut dire, et un regard plein de perversion, de malice, volontiers scrutateur et qui semble mettre à nu ses interlocuteurs. Sa photo, pleine page de la « quatrième de couverture », va faire jaser la bien-pensante Amérique.

Capote devient très vite l'un des personnages phares de la société new-yorkaise. Il publie beaucoup : un recueil de nouvelles, *Un arbre de nuit (A Tree of Night and Other Stories*, 1949), *Local Colour* (1950) et un deuxième roman, *La*

Harpe d'herbes (The Grass Harp, 1952), encore mieux accueilli que le premier.

Rapidement, il comprend que c'est du côté du journalisme, de l'investigation et de l'observation du quotidien qu'il trouvera de quoi nourrir sa littérature : en 1956, il suit la tournée de la troupe de *Porgy and Bess* en URSS. De cette expérience naît un livre, *Les Muses parlent (The Muses Are Heard)*, dans lequel il raconte, sur deux cents pages, la vie de la troupe américaine en Union soviétique. C'est irrésistible. On dit que les Soviétiques s'intéressèrent à Truman Capote davantage qu'aux acteurs et qu'ils le montrèrent du doigt en disant : « Des types comme ça, on en a nous aussi, à Moscou, mais on les cache. »

Vient ensuite, en 1958, *Breakfast at Tiffany's (Petit Déjeuner chez Tiffany)*, un très joli petit roman qui obtient un profond succès. L'héroïne, Holly Golightly — *go lightly* veut dire « je vais légèrement » —, représente le symbole de la jeune fille américaine excentrique, un peu cinglée, qui se cherche et ne sait pas où se poser. Audrey Hepburn incarnera le personnage dans la version cinématographique (*Diamants sur canapé*) — on peut d'ailleurs s'étonner que la production ait, un temps, imaginé Marilyn Monroe dans ce rôle. La renommée de Truman Capote s'étend dès lors au-delà des États-Unis.

Alors qu'il est au sommet de la gloire, un événement va radicalement changer sa vie et son écriture. À l'origine de cette révolution, quatre lignes d'un fait divers lues dans le *New York Times*, quatre lignes où il est question d'une famille de fermiers, les Clutter, assassinés dans le Kansas. Et Truman Capote a une intuition géniale : il entrevoit qu'il a entre les mains un sujet fort, qui va lui permettre de s'extraire totalement de son univers. Alors il part dans la plaine perdue du Kansas s'immerger au sein de la petite communauté locale terrorisée par le meurtre. Pendant cinq ans, il va participer à l'enquête, prendre quatre mille pages de notes dactylographiées, devenir l'ami et le confident de tout le monde — l'épicière, le boucher, le shérif, le flic qui mène les recherches. Il suit la découverte des assassins, Perry Smith et Dick Hickock, deux voyous dégénérés, les interviewe dans leur prison, entame une relation verbale et épistolaire avec Smith dont il est un peu amoureux, et assiste même à leur exécution. Pendant cinq ans, cette histoire va remplir sa vie : il est obsédé par son travail, ne fait plus que cela. Et lorsqu'il revient du Kansas, il tient son chef-d'œuvre. Car *De sang-froid — In Cold Blood* — est un vrai chef-d'œuvre.

« Aussi longtemps qu'il avait fait soleil, la journée avait été sèche et chaude, un temps d'octobre en janvier. Mais quand le soleil se mit à décliner, quand les ombres des arbres géants du square se touchèrent et se fondirent, le froid aussi bien que l'obscurité engourdirent la foule. L'engourdirent et la réduisirent. À dix-huit heures, il restait moins de trois cents personnes. Maudissant le retard excessif, les journalistes battaient la semelle et frappaient de leurs mains nues et glacées leurs oreilles gelées. Soudain, un murmure s'éleva à un bout du square ; les voitures arrivaient. Bien qu'aucun des journalistes ne s'attendît à des actes de violence, plusieurs avaient prédit des bordées d'injures. Mais lorsque la foule aperçut les meurtriers, avec leur escorte de policiers de la route vêtus de manteaux bleus, un silence se fit, comme si elle était étonnée de voir qu'ils avaient une forme humaine. Menottes aux poignets, le visage pâle, aveuglés et clignant des yeux, les deux hommes étincelèrent sous l'éclat des flashes et des projecteurs. Poursuivant les prisonniers et la police à l'intérieur du palais de justice, et jusqu'au dernier étage, les opérateurs photographièrent la porte de la prison du comté, qui se referma en claquant. »

Avec *De sang-froid*, qui paraît en 1966, Truman Capote invente le « roman non roman », le *non-fiction novel*. Il se situe à la charnière entre la fiction et la non-fiction, entre le roman et l'enquête d'investigation. Il est flic, journaliste et écrivain à la fois. Parti de la réalité, et d'une réalité largement vécue, il a écrit comme un romancier, avec son sens de la prose, de la psychologie des êtres, avec sa vision des hommes et des femmes, avec la poésie, la compassion, la sympathie et la pitié que lui inspirent les personnages du drame — les assassins, il ne les condamne pas. Son livre se lit comme un roman policier. C'est un livre sur les mœurs américaines, sur la province américaine, sur la psychologie des êtres, sur la jeunesse détruite par un assassinat terrible, sur la folie de deux meurtriers minables, sur les flics... Mais *De sang-froid* est aussi un texte sur les éléments, sur la nature, sur le vent dans les plaines du Kansas, sur les champs de blé, le ciel, la poussière, l'ennui. Ses phrases, d'une extraordinaire musicalité, possèdent une grande force d'évocation : « Aux petites heures de ce matin de novembre un dimanche, certains bruits étrangers empiétèrent sur les rumeurs nocturnes habituelles de Holcomb, sur l'hystérie perçante des coyotes, le frottement sec des graines d'ecballium dans leur course précipitée, la plainte affolée et décroissante des sifflets de locomotive. » Quelle musique !

Le livre va connaître une extraordinaire carrière. Il devient un phénomène littéraire : dix millions d'exemplaires dans le monde, et un film admirable de Richard Brooks qui ne connut pas le succès mérité.

Mais la gloire de Truman Capote est telle qu'il va en perdre en partie la tête. Il organise, le 28 novembre 1966, un bal masqué au Plaza, soirée en noir et blanc où il invite les cinq cents membres du Tout-New York. Même s'il est la coqueluche, l'ami, le courtisan et le confident de ce petit monde, il en est aussi l'observateur méchant et aigri. Depuis les années 1950, il s'est fait le spécialiste des ragots, de la calomnie, du qu'en-dira-t-on. Lui-même en est un sujet idéal : il boit, il se drogue, se disperse dans des histoires d'amour minables avec des camionneurs et des garçons de café. Peu à peu, il galvaude son talent, il perd une partie de son génie. Ça ne l'empêche pas d'être toujours une célébrité : on le voit beaucoup à la télévision, où il étonne et détonne, il dresse des portraits d'acteurs et de contemporains assez surprenants : Marilyn Monroe, Elizabeth Taylor ; il est de toutes les mondanités. Mais il va se couper lui-même de cette *high society* à laquelle il voulait tant appartenir en livrant ses secrets sur les uns et les autres dans *Prières exaucées*, dont il fait paraître trois chapitres dans *Esquire* en 1975 et 1976. Ces publications déclenchent de nombreux scandales et lui valent immédiatement la haine de la « haute société », qui se sent flouée par cet excentrique qu'elle avait si bien accueilli et par lequel elle se voit trahie. Il est rejeté du « beau monde » de manière aussi cruelle qu'il a voulu le décrire. C'est désormais dans la solitude qu'il doit s'abandonner à ses rancœurs, à son alcoolisme et à sa toxicomanie.

Pourtant, il publie encore en 1980 un dernier recueil de textes étincelants, *Musique pour caméléons*. Il y a là l'histoire d'un caméléon qui prend les couleurs des gens qui le nourrissent, ainsi que toutes sortes d'histoires, des entretiens, des souvenirs, des petites nouvelles. Dans une de celles-ci, prodigieuse, *Mister Jones*, Truman Capote trace le portrait d'un homme anodin, handicapé, qui est son voisin à New York et qu'il retrouve quelque dix ans plus tard, dans des circonstances extraordinaires, sur le quai d'un métro à Moscou. Il s'aperçoit alors que M. Jones n'est pas du tout handicapé et qu'il marche. On peut croire, mais il ne le dira jamais, que M. Jones avait été une taupe soviétique, un espion de la guerre froide. C'est éblouissant dans la concision et le mystère et aussi dans cette interrogation que Capote sait toujours provoquer : dit-il vrai ou est-ce de la fiction ?

Truman Capote a fini sa vie malheureux, perdu, alcoolique, malade. Il meurt jeune, en 1984, à soixante ans, en appelant sa mère : « J'ai froid, maman. » On pense à la mort de

Proust, parlant à sa mère et lui disant : « Il y a une dame noire qui est venue me visiter, j'ai peur. » De Truman Capote, il faut retenir une musique comme écriture, un style, et un regard acéré et juste sur son époque, sur les êtres les plus connus, les plus célèbres, comme les anonymes, comme ces fermiers du Kansas et leurs minables assassins. Cet écrivain mineur-majeur a créé un genre : le nouveau journalisme, dans lequel vont s'engouffrer d'autres membres de sa génération ou des générations à venir, en particulier Norman Mailer et Tom Wolfe. Mais il laisse aussi des pages d'une prose superbe, proche de la poésie, et l'on ne sait ce qu'il faut admirer le plus, du conteur ou du styliste.

Bibliographie

Un arbre de nuit, Gallimard, Du monde entier, L'Étrangère

Les chiens aboient, Gallimard, L'Étrangère

De sang-froid, Gallimard, Folio

Les Domaines hantés, Gallimard, L'Imaginaire

La Harpe d'herbes, Gallimard, L'Imaginaire

L'Invité d'un jour, Gallimard, Folio Bilingue

Les Muses parlent, Gallimard, L'Imaginaire

Musique pour caméléons, Gallimard, Folio

Un Noël, Gallimard, Folio Bilingue

Nouvelles — Romans — Impressions de voyages — Portraits — Propos, Gallimard

Petit Déjeuner chez Tiffany, Gallimard, Folio et Folio Bilingue

Portraits et impressions de voyage, Gallimard

Cercueils sur mesure, Gallimard, Folio

Filmographie

De sang-froid, In Cold Blood, USA, 1967

Réal. : Richard Brooks

Scén. : Richard Brooks, d'après Truman Capote

Photo : Conrad Hall
Musique : Quincy Jones
Interprètes : Robert Blake (Perry Smith), Scott Wilson (Dick Hickock), John Forsythe (Alvin Dewey).

Diamants sur canapé, Breakfast at Tiffany's, USA, 1961
Réal. : Blake Edwards
Scén. : George Axelrod, d'après T. Capote
Photo : Franz Planer
Montage : Howard Smith
Musique : Henry Mancini
Interprètes : Audrey Hepburn (Lullaby « Holly » Golightly), George Peppard (Paul Varjak), Patricia Neal (Edith Parenson), Buddy Ebsen (Doc Golightly), Alan Reed (Sally Tomato)

Plus fort que le diable, Beat the Devil, USA, 1954
Réal. : John Huston
Scén. : John Huston, A. Veiller, Peter Viertel, d'après J. Helvick
Dialogues : Truman Capote
Photo : Oswald Morris
Musique : Franco Mannino
Interprètes : Humphrey Bogart (Billy Dannreuther), Jennifer Jones (Gwendolen Chelm), Gina Lollobrigida (Maria Dannreuther), Peter Lorre (O'Hara)

NORMAN MAILER
(né en 1923)

Personne ne pouvait dormir. Quand le matin sera venu, les embarcations d'assaut seront mises à la mer et une première vague de troupes piquera à travers le ressac et débarquera sur la plage d'Anapopei. Dans le convoi, à bord de chaque navire, l'on savait que dans quelques heures quelques-uns seraient morts.

Il y a une inépuisable réserve de puissance et d'énergie dans son œuvre autant que dans sa vie. Comme beaucoup d'écrivains américains, Norman Mailer impose autant par sa personnalité que par son travail. C'est une boule de nerfs, boule de feu, c'est un étonnant « conversationniste », il a su emprunter à Truman Capote l'outil du « roman non roman » et a imposé, dans sa pratique du journalisme, la subjectivité du romancier qui se met lui-même en scène. Nos rencontres ont toujours été des moments d'intensité jubilatoire. Et l'on retrouve dans son écriture la même voracité, le même regard critique et féroce sur les mensonges politiques, le pouvoir de l'argent, le capitalisme sauvage. Mailer perpétue prodigieusement la tradition de l'écrivain américain seul face à une société qui se moque éperdument de la littérature. Il est seul. Il n'appartient à aucune « école », aucune coterie. Il a tout construit (et tout détruit) tout seul.

Norman Mailer est né en 1923 dans le New Jersey, d'une famille juive. Il grandit à Brooklyn et intègre l'université Harvard en 1939. S'il commence déjà à écrire, il suit néanmoins des études d'ingénieur en aéronautique.

La Seconde Guerre mondiale marque une rupture irréversible dans sa vie. En janvier 1944, il est incorporé dans l'infanterie et part faire la guerre dans le Pacifique. Il a vingt et un ans.

Démobilisé, il part pour Paris où il reste un an entre 1947 et 1948. Cette même année, il publie son premier roman : *Les Nus et les Morts (The Naked and the Dead)*.

« Le bombardement naval d'Anapopei commença à quatre heures zéro minute, peu d'instants après que la fausse aurore des tropiques eut rechuté dans le noir. Les grosses pièces de la flotte d'invasion partirent l'une après l'autre, à deux secondes d'intervalle, et la nuit tremblait et oscillait comme un grand tronc d'arbre qui s'écrase sur les brisants. Les bâtiments roulaient et claquaient sous la décharge, fouaillant l'eau avec fureur. Le temps d'une minute, la nuit déchiquetée et immense fut saisie de convulsions démoniaques. »

« Je savais qu'en allant à la guerre j'en reviendrais avec un roman », dira-t-il ensuite. C'est en tout cas ce qu'il fait, et pour cela qu'il reçoit le prix Pulitzer. *Les Nus et les Morts* est une grande épopée sur l'occupation d'une île japonaise par des Américains. Empruntant, comme certains critiques l'ont relevé, le procédé de narration utilisé par Dos Passos, il met en scène plusieurs personnages représentant autant de stéréotypes : le juif de Brooklyn, le garçon d'origine italienne, le lieutenant un peu intellectuel qui mourra (Mailer sacrifiant ainsi son propre porte-parole), le Noir, le vilain sergent, macho, aigri, abandonné par les femmes, le général Cummings, une ordure absolue, un manipulateur obsédé par le pouvoir.

Le livre connaît un énorme succès, qui propulse son auteur sur les devants de la scène littéraire. Norman Mailer en profite. La scène, il ne la quittera plus.

Cet homme est une nature. Petit de taille — toute sa vie, il essaiera de surpasser ce qu'il considère comme un handicap —, il est pourtant épais, costaud : c'est un boxeur toujours prêt à se battre. Il est d'ailleurs allé sur les rings, provoquant les gens au combat comme l'avait fait Hemingway, dont l'image et l'œuvre l'obsèdent. Il a un très beau visage, une belle tête d'empereur romain, avec des cheveux bouclés, un regard bleu porcelaine, et surtout un verbe, un vocabulaire, une faculté de parler de tout et tout le temps à un débit très rapide avec un accent atypique. Mailer, c'est un mélange de charme et de charisme, auquel s'ajoute un très grand sens de la provocation, de l'agression, de la destruction. Narcissique, misogyne, grand amateur de femmes, il va jusqu'à donner pour titre à l'un de ses meilleurs livres *Advertisements for Myself* (*Publicités pour moi-même*, 1959). Aujourd'hui, à plus de soixante-dix ans, Norman Mailer a été marié cinq fois, a une bonne douzaine d'enfants et une ribambelle de petits-enfants.

Après le succès des *Nus et les Morts*, il est tenté par le journalisme. Il pourrait jouer le « gentil garçon juif », mais choisit d'être plutôt « l'enfant terrible des lettres américaines ». Il comprend l'importance d'être extrêmement présent sur la scène médiatique américaine : il est l'un des premiers à avoir su utiliser les médias pour franchir le mur de l'anonymat, pour devenir célèbre — ce qui est l'une de ses ambitions. Dès l'émergence de la télévision, il se sert avec génie des *talkshows*. Il vient devant les caméras, il renverse les tables, discute avec tout le monde, provocant, toujours prêt à fabriquer des controverses, même artificielles ; il nourrit des rivalités invraisemblables, en particulier avec l'écrivain américain Gore Vidal, qu'il se fait un plaisir de brocarder. Un jour, par exemple, Mailer écrit une lettre à un journal dans lequel Gore Vidal l'a attaqué : « Gore Vidal, je crois, a parlé dans vos pages de ma haine des femmes. Permettez-moi de vous communiquer les éléments suivants : nombre de mariages : Mailer : cinq, Vidal : zéro. Nombre de garçons : Mailer : sept, Vidal : zéro. Nombre de filles : Mailer : cinq, Vidal : zéro. »

Mailer, tout au long de sa vie, dans tous ses écrits, ses essais, son journalisme, va tourner autour des questions du pouvoir, de la puissance, de la violence... Sans oublier le sexe, qui est présent dans toute son œuvre, dans ses choix de vie. Les deux livres qu'il écrit, respectivement en 1951 et 1955, sont très influencés par les problèmes politiques. Dans *Rivage de barbarie (Barbary Shore)*, il traite de la corruption du monde à travers les conversations de plusieurs personnages ; dans *Le Parc aux cerfs (The Deer Park)*, il brosse un tableau violent du milieu cinématographique pendant le maccarthysme.

Le deuxième chapitre de sa vie, son deuxième grand tournant, débute à la fin des années 1950, avec l'arrivée des Kennedy au pouvoir, le développement du mouvement hippie, la folie des années 1960 américaines. Mailer se déchaîne. Il est partout, prend parti pour les idées de gauche. En 1955, il est cofondateur de *Village Voice*, l'hebdomadaire de la rive gauche new-yorkaise. Il écrit un très beau reportage sur les *Armées de la nuit* (1968), il suit les grèves, les mouvements civiques, les marches dans le Sud. Il commente tout, et tout le monde : les Kennedy, la politique, le capitalisme, la CIA, les services secrets, la mafia, le football, le base-ball, la littérature, le totalitarisme architectural, le puritanisme des bien-pensants. Toutefois, il poursuit son œuvre d'écrivain et d'essayiste. En 1957, il a publié *Un nègre blanc (The White Negro)*, sur les rapports entre la violence et la création. Il ne jure que par les alternatives extrêmes, glorifie les conflits.

Sa vie privée est au cœur de son évolution d'auteur. Il ne s'en cache pas : « Picasso changeait de période et de style avec ses femmes, et moi aussi, à chaque femme nouvelle, ç'a été un roman nouveau. »

En 1965, le nouveau roman dont il s'agit, c'est *Un rêve américain (An American Dream)*, l'un de ses meilleurs livres. Il se fait l'écho d'un épisode de la vie de Mailer, qui a lui-même poignardé l'une de ses épouses. Le personnage principal, Steven Rojack, vétéran de la Seconde Guerre mondiale, tue sa femme par strangulation, puis simule le suicide en la jetant par la fenêtre. Il passe alors dans l'office et y retrouve la gouvernante allemande, Ruta, à qui il impose différents sévices sexuels, comme pour se délivrer, sur cette nazie virtuelle, de sa propre violence. Il tombe ensuite amoureux d'une chanteuse de cabaret, avec laquelle il découvre l'amour. Mais celle-ci est assassinée par son ex-amant, que le narrateur tuera plus tard à son tour. Rojack, innocenté du meurtre de sa femme dont il apprend qu'elle espionnait pour la CIA, part au Mexique pour commencer une nouvelle vie.

Le récit, voyage initiatique très prenant, est mené avec la fureur d'une espèce de délire. Il met en scène tous les fantasmes de Mailer : la proximité du sexe et de la mort, son rapport avec les femmes, le meurtre, la criminalité, la corruption.

En 1967, il écrit son troisième grand livre (après *Les Nus et les Morts* et *Un rêve américain*), étonnant, *Pourquoi sommes-nous au Vietnam ?* (*Why Are we in Vietnam ?*). Dans ce roman, il est apparemment question de tout, sauf du Viêtnam. Le récit est mené à la première personne par un personnage dont on ne sait pas s'il est noir ou blanc, qui s'appelle D.J., comme disc-jockey. Il raconte la virée d'industriels du Texas qui montent en Alaska pour chasser l'ours, tuer, échanger des obscénités... Le texte est drôle, comme l'avant-propos des traducteurs de la première édition française en 1968 : « Ça n'est pas sans effroi ni sans dommage que les traducteurs se sont plongés durant cinq mois dans le déchiffrement et la retranscription approximative de ce livre intraduisible, sans équivalent dans aucune autre langue. »

Pourquoi sommes-nous au Vietnam ? est un pamphlet truculent, célinien par moments. Mailer, sans ligne narrative précise ni structurée, déverse à travers ce livre ce qu'il sait ou comprend de la civilisation américaine, des origines de la violence en Amérique, de la conquête du territoire, des Texans. Le texte s'achève sur cette phrase : « *Vietnam, Vietnam, goddam Vietnam !* », que prononce le narrateur, et on sent toute l'impatience de l'homme devenu bête, qui veut y aller, au Viêt-nam, et tuer, et flinguer, et détruire... Si Norman Mailer a toujours entretenu des rapports ambigus avec la violence, il l'a toujours condamnée. C'est une grande tradition américaine : on est à la fois horrifié et fasciné.

Mais, incroyablement prolifique et éclectique, Norman Mailer ne s'est pas contenté d'écrire des romans, des essais, et de faire du journalisme. Il a été candidat, en 1969, à la mairie de New York, il s'est battu, il a été metteur en scène de cinéma, il a tourné deux petits films en noir et blanc, assez mauvais d'ailleurs, qu'il a interprétés lui-même. Il a imité Capote avec son *Chant du bourreau*, même démarche de la non-fiction interprétée comme une fiction. Même fascination pour les criminels. Dans un domaine plus intimiste, il a publié un livre assez touchant, *Mémoires imaginaires de Marilyn (Of Women and their Elegance)*, dans lequel il se met à la place de Marilyn Monroe ; il raconte sa vie, lui fait dire des choses étranges, notamment sur Robert de Montesquiou qu'on ne peut soupçonner Marilyn d'avoir rencontré. Toutefois, on sent à travers les lignes une réelle proximité de l'auteur avec l'actrice. Mailer ose d'ailleurs écrire que, plutôt que d'épouser Arthur Miller, Marilyn aurait mieux fait de l'épouser, lui.

La prolixité lui a néanmoins joué des tours. De même qu'il ne s'imagine pas cesser de faire des enfants, ou ne pas se remarier après un divorce, il ne conçoit pas la vie sans l'écriture. Par conséquent, il a publié d'innombrables textes sans grand intérêt : une saga égyptienne illisible et une histoire sur Jésus-Christ, par exemple. Plus ces ouvrages étaient volumineux, moins ils renfermaient de son talent original.

On retient toutefois, outre ses trois grands romans, son essai sur Lee Harvey Oswald, l'assassin présumé de Kennedy (*Oswald*) — car, comme tous les membres de cette génération-là, il est hanté par les années Kennedy et par le rôle de la mafia, de la CIA, des forces secrètes dans la vie publique américaine —, *Miami et le siège de Chicago* (*Miami and the Siege of Chicago*, 1968), *Bivouac sur la Lune* (*Of a Fire on the Moon*, 1971), *Prisonnier du sexe* (*The Prisonner of Sex*, 1971), *Le Chant du bourreau* (*The Executioner's Song*, 1979), *Les vrais durs ne dansent pas* (*Tough Guys Don't Dance*, 1984).

Il nous semble que l'on peut considérer que la seule ligne directrice de son œuvre foisonnante tient en son refus des pouvoirs occultes, sa lutte permanente contre les totalitarismes qui conduisent la société américaine contemporaine. Norman Mailer est un pionnier américain, un champion de l'individualisme : c'est un homme seul mais libre. Son intelligence éclectique et sa fureur d'écrire le situent hors des normes. Mais si l'on veut comprendre l'Amérique des années 1960 et 1970, il faudra se référer à lui et oublier le saltimbanque de talent pour ne retenir que l'observateur sans complexe ni complaisance.

Bibliographie

L'Amérique, Plon
Amérique, nouvelles du front, Plon
Les Armées de la nuit, Grasset, Les Cahiers rouges
L'Évangile selon le fils, Plon, Pocket
Harlot et son fantôme, Robert Laffont, Pavillons
Mémoires imaginaires de Marilyn, Robert Laffont, 10-18
Morceaux de bravoure, Robert Laffont, Folio
Les Nus et les Morts, Albin Michel, Le Livre de Poche
Oswald : un mystère américain, Plon
Pourquoi sommes-nous au Vietnam ? Grasset, Les Cahiers rouges
Publicités pour moi-même, Arléa
Un rêve américain, Grasset, Les Cahiers rouges
Rivage de Barbarie, La Table ronde, Gallimard, Folio
Vie et débauche, Buchet-Chastel
Les vrais durs ne dansent pas, Robert Laffont, Pavillons ; Rivages
Le combat du siècle, Denoël, Gallimard, Folio
Pourquoi sommes-nous en guerre ?, Denoël

Filmographie

Les Nus et les Morts, *The Naked and the Dead*, 1958
Réal. : Raoul Walsh
Scén. : Raoul Walsh, Terry et Denis Sanders, d'après Norman Mailer
Photo : Joseph LaShelle
Musique : Bernard Herrmann
Prod. : Paul Gregory/RKO
Interprètes : Aldo Ray (sergent Croft), Cliff Robertson (lieutenant Hearn), Raymond Massey (général Cummings), Lili St-Cyr (Lily)

PHILIP ROTH
(né en 1933)

Ah, comme il s'était éloigné d'elle depuis ce jour de 1942 où Nathan Zuckerman était tombé amoureux de Betty Zuckerman de la façon dont les hommes tombent amoureux des femmes au cinéma — oui, il s'était épris d'elle comme si elle n'avait pas été sa mère, mais une célèbre actrice qui, pour quelque incroyable raison, aurait en même temps préparé ses repas et tenu en ordre sa chambre.

Longtemps Philip Roth a été tellement obsédé par Philip Roth qu'il n'a pu parler que de Philip Roth dans ses livres. Au point de finir par lasser un peu les lecteurs et... Philip Roth lui-même. La soixantaine approchant, il change de style et raconte dans *Opération Shylock* le dédoublement de Philip Roth en deux personnages antinomiques. Comment mieux traduire la conscience d'une impasse ? Du coup, l'écrivain caustique et monomaniaque des débuts révèle une nature épique inattendue et séduisante. On n'en a pas fini avec lui.

Philip Roth est un pur produit de la société juive américaine de New York. Il naît en 1933, dans une famille assez aisée du quartier juif de Newark. Son enfance est heureuse, son adolescence également, trop peut-être. Il fait des études brillantes à Bucknell University en Pennsylvanie puis à Chicago où il entame une carrière universitaire.

En 1954, il publie *Philosophy, or Something Like That*, dont le titre porte déjà la marque de Roth : l'humour comme refuge et comme moyen d'aborder les quelques thèmes qu'il développe bientôt de manière obsessionnelle, la condition juive, les difficultés sexuelles d'un garçon trop aimé par sa mère, forcément castratrice et envahissante, la culpabilité.

Contrairement à son contemporain Norman Mailer, Philip Roth ne fait qu'écrire. Il est très tôt totalement dévoué à la littérature. Il ne fait pas la guerre, ne penche pas vers le journalisme non plus que vers les affaires. Il n'appartient pas à la catégorie des « écrivains ayant eu une vie aventureuse ».

En 1959, il écrit son premier livre, *Goodbye, Columbus*, un recueil de nouvelles inspiré de son passage à l'université et pour lequel il obtient le National Book Award. Tout à fait dans la veine américaine, il y observe la vie des jeunes gens de sa génération, avec humour et vivacité, un peu de méchanceté aussi, dans un univers uniquement juif et obsédé par les filles. Il fait scandale pour sa satire peu amène, il est vrai, de la bourgeoisie juive américaine. Mais le monde des lettres l'adopte : brillant, intéressant, volontiers féroce, on lui prédit un bel avenir.

Deux ans plus tard, Roth publie son premier roman, *Laisser courir (Letting Go)*, l'histoire d'un jeune universitaire juif névrosé qui s'immisce au sein d'un couple, formé d'un autre étudiant juif et d'une belle et bonne catholique américaine, jusqu'à provoquer une crise conjugale. L'intrigue peut sembler relever du vaudeville, mais le propos est bien plus complexe, les relations entre les personnages volontiers malsaines et perturbantes. Les prémices de l'univers de Philip Roth sont posées : le couple, les liaisons amoureuses et amicales, la sexualité, avec une manière bien spécifique de pénétrer les intimités et de décrire au plus près, et donc parfois au plus cru. On est toutefois loin encore du scandale que provoquera en 1969 la parution de *Portnoy et son complexe (Portnoy's Complaint)*.

« Vint ensuite l'adolescence, la moitié de mon existence à l'état de veille passée enfermé dans la salle de bains, à expédier mon foutre soit dans la cuvette des cabinets, soit au milieu des affaires sales dans le panier à linge, soit, flac, projeté de bas en haut contre la glace de l'armoire à pharmacie devant laquelle je me tenais planté, caleçon baissé, pour voir à quoi ça ressemblait à la sortie. »

Grâce à *Portnoy et son complexe*, nul ne peut plus désormais ignorer ce que peut être l'enfance d'un garçon consacrée pour une part à se masturber dans les toilettes, et pour l'autre à culpabiliser de cette obsessionnelle activité.

Philip Roth atteint alors à son propre génie. Il est drôle, brillant, féroce, et traduit avec beaucoup d'à-propos les bouleversements de son époque. En 1969, nous sommes en pleine décennie de libération sexuelle et *Portnoy et son complexe* traduit et illustre l'émancipation des mœurs et du langage. En ce sens, c'est un roman sur l'Amérique du moment, largement autobiographique, exhibitionniste mais empreint d'une bonne dose d'autodérision.

Portnoy, employé à la mairie de New York, n'arrive pas à accéder à une sexualité adulte, parce qu'il est obsédé par l'image de sa mère. Il lui reproche de l'avoir envahi de son amour maternel et d'avoir étouffé son père dont l'angoisse, terrible, se manifeste par une constipation chronique. Portnoy a pourtant des aventures amoureuses. Mieux encore, plus sa carrière évolue, plus elles sont nombreuses. Mais, malheureusement, elles se terminent, pour lui, en d'épouvantables et éprouvants fiascos : il ne peut tirer aucune jouissance de ses rencontres sexuelles qui se finissent irrémédiablement en masturbations solitaires. Le récit, hilarant, mené à la première personne, se révèle être le monologue d'un patient allongé sur le divan de son psychanalyste. À la fin, une voix surgit et prononce cette phrase assassine : « Pon. Alors, maintenant nous beut-être bouvoir gommencer, oui ? »

À compter de *Portnoy et son complexe*, Roth devient un personnage pratiquement « incontournable » de la vie littéraire américaine. En 1971, il change pourtant de registre, avec *Tricard Dixon et ses copains* (*Our Gang*, c'est-à-dire « notre bande, notre gang »), féroce satire contre Nixon, ses malversations et sa vulgarité, notamment langagière. Le ton est violent et l'effet humoristique irrésistible. Car Philip Roth est toujours drôle. Il observe tout avec humour, y compris ce dont il souffre et qu'il rejette, voire surtout ce dont il souffre et qu'il rejette. De ce point de vue, il incarne typiquement l'intellectuel juif. Il ne craint pas de choquer et provoque en permanence ses lecteurs.

Mais, peu à peu, il se laisse aller à cette manière qui lui a réussi, à la description narcissique et volontiers complaisante de sa vie, de ses problèmes conjugaux et sexuels. Jacques Cabau, un des meilleurs analystes du roman américain d'aujourd'hui, disait de lui : « Philip Roth porte son sexe comme une étoile jaune. »

L'une de ses femmes meurt dans un accident de voiture ? Immédiatement, il en fait un roman. Il divorce de l'actrice Claire Bloom ? Il écrit un livre dévastateur sur leur vie commune, et tout New York bruisse de ce scandale qui rebondit lorsque, quelques années plus tard, celle-ci prend à son tour la plume contre lui.

Si l'ensemble de ces textes compose une œuvre, traduit un ton et une continuité, Philip Roth peine à se renouveler. Le public et les critiques se lassent, même si chacun de ses livres constitue un événement sur la scène littéraire.

« Mais pourquoi fais-tu des choses pareilles ?

— Oh, c'est bien simple. Pourquoi Ronald Nimkin a-t-il renoncé à l'existence et au piano ? Parce que nous en avons jusque-là ! Parce que vous autres, les mères juives, vous êtes tellement chiantes qu'on ne peut pas vous supporter ! Que voulons-nous, moi, Ronald et Leonard ? Qu'on nous foute la paix, ne serait-ce qu'une demi-heure d'affilée ! Cessez donc de nous tanner pour nous exhorter à être sages, nous exhorter à être gentils ! Fichez-nous la paix, nom de Dieu, et laissez-nous nous tripoter tranquillement nos petites quéquettes et ruminer nos petites pensées égoïstes ! »

En 1979, Roth inaugure, avec *L'Écrivain des ombres*, une tétralogie dans laquelle il plante le personnage de Zuckerman, qui n'est autre qu'un double de lui-même. Toutefois il renouvelle son genre et commence à sortir de son univers privé. En 1981, dans *Zuckerman délivré*, il évoque dans un très beau passage qui se déroule à Prague, et de manière beaucoup plus apaisée, le vert paradis des amours enfantines et son désir ancien de s'en libérer. Il continue ensuite à faire vivre Zuckerman dans *La Leçon d'anatomie* (*The Anatomy Lesson*, 1974) puis dans *La Contrevie* (*The Counterlife*, 1986). Avec *Opération Shylock* (1995), qui se déroule à Jérusalem, il annonce le ton de Paul Auster puisque, arrivé à Jérusalem, Philip Roth rencontre quelqu'un qui précisément s'appelle Philip Roth. Il étonne, d'une autre manière, et émeut en 1995 par la publication de *Patrimoine*, où il raconte la mort de son père.

Philip Roth a d'ores et déjà écrit un nombre considérable d'ouvrages, dont certains n'ont pas été traduits en français. Il a remporté à plusieurs reprises le National Book Award et marqué de sa patte particulière la littérature américaine du dernier demi-siècle. S'il n'est pas à classer parmi les plus grands, on ne saurait faire l'économie de sa lecture : féroce et drôle, elle est assurément vivifiante. Elle a beaucoup séduit un large public français et européen.

Bibliographie

La Contrevie, Gallimard, Folio
L'Écrivain des ombres, Gallimard
Épilogue : L'orgie de Prague, Gallimard, Folio
Les Faits : autobiographie d'un romancier, Gallimard
Goodbye, Columbus, Gallimard, Folio
Le Grand Roman américain, Gallimard
J'ai épousé un communiste, Gallimard, Folio
Laisser courir, Gallimard, Folio
La Leçon d'anatomie, Gallimard
Ma vie d'homme, Gallimard, Folio
Opération Shylock : une confession, Gallimard, Folio
Pastorale américaine, Gallimard, Folio
Patrimoine : une histoire vraie, Gallimard, Folio
Portnoy et son complexe, Gallimard, Folio
Professeur de désir, Gallimard, Folio
Le Professeur de désir, Gallimard
Quand elle était gentille, Gallimard, Folio
Le Sein, Gallimard, Folio
Le Théâtre de Sabbath, Gallimard, Folio
Tricard Dixon et ses copains, Gallimard
Tromperie, Gallimard, Folio
Zuckerman délivré, Gallimard
Zuckerman enchaîné, Gallimard
Du côté de Portnoy et autres essais, Gallimard

L'habit ne fait pas le moine, précédé de *Défenseur de la foi*, Gallimard, Folio
La tache, Gallimard

Filmographie

Goodbye, Colombus, USA, 1969
Réal. : Larry Peerce
Scén. : Arnold Schulman, d'après Philip Roth
Photo : Gerald Hirschfeld
Musique : Charles Fox
Interprètes : Richard Benjamin (Neil), Ali McGraw (Brenda), Jack Klugman, Lori Shelle

PAUL AUSTER
(né en 1947)

Le langage n'est pas la vérité, il est notre matière d'exister dans l'univers.

Le téléphone a sonné. Je l'ai su aussitôt : quelque chose n'allait pas. Personne n'appelle un dimanche à huit heures du matin sinon pour annoncer une nouvelle qui ne peut attendre. Et une nouvelle qui ne peut attendre est toujours mauvaise.

Je ne fus capable d'aucune pensée élevée.

À l'instar de Woody Allen, dont on l'a souvent rapproché — tous deux sont new-yorkais, juifs, et particulièrement appréciés en France —, Paul Auster déploie un univers à la fois réaliste et onirique. Mais lui nous offre dans beaucoup de ses romans comme une dérive où l'irrationnel, le hasard ont toute leur place : c'est plutôt au premier Wim Wenders, celui d'*Au fil du temps*, que font penser *La Chambre dérobée, Léviathan* ou *Mr. Vertigo*. Aussi maître de son récit et de son style que Flaubert,

Auster est un constructeur de séduction, chez qui le détail insolite s'inscrit pour toujours dans le souvenir du lecteur.

« La carte n'est encore qu'ébauchée, actuellement elle comporte de nombreux trous, de nombreux territoires inexplorés. Mais si je persévère assez longtemps, les blancs finiront peut-être par être tous remplis », écrivait Paul Auster dans *L'Art de la faim*.

C'était il y a vingt ans, mais aujourd'hui encore Paul Auster est loin d'avoir terminé son œuvre d'écrivain. Il est à ce titre, avec Tom Wolfe et Norman Mailer, un peu à part dans notre évocation des auteurs américains du XXe siècle. Il se prête moins que ses confrères à la synthèse de son œuvre, ainsi qu'aux jugements définitifs. Cependant, il a d'ores et déjà livré suffisamment de textes pour que les lignes générales de son travail se dégagent clairement.

Paul Auster est peut-être, avec William Faulkner, l'écrivain américain le plus européen, tant par l'influence que la littérature du vieux continent a exercée sur lui, que par le temps passé à plusieurs reprises outre-Atlantique et particulièrement en France. Il maîtrise d'ailleurs remarquablement la langue française, pour avoir effectué une partie de ses études à Paris et traduit des auteurs aussi difficiles que Mallarmé,

Blanchot ou encore du Bouchet. Atypique au sein de sa génération, c'est un intellectuel, un homme de culture polyvalent, nourri tant d'histoire littéraire que de cinéma.

Par opposition à nombre d'auteurs américains du siècle, il s'est assez peu attaché à la description de la société de son pays : l'argent, les conflits raciaux et sociaux, la violence ne comptent pas parmi ses thèmes de prédilection. L'univers de Paul Auster est intimiste et ses romans s'inscrivent dans la lignée des lettres européennes du XIXe siècle. Lui-même n'a jamais fait mystère de l'influence de Flaubert sur son œuvre. Une œuvre dont les retentissements doivent d'ailleurs beaucoup à la France, et à son éditeur exclusif, Actes Sud, qui fut l'artisan dans notre pays de son succès, toujours aujourd'hui plus important ici qu'aux États-Unis.

S'il vit à Brooklyn, comme de nombreux artistes new-yorkais, Paul Auster est né dans la banlieue de Newark, en 1947, dans une famille des classes moyennes américaines sur laquelle pèse, dès la naissance de l'enfant, la mauvaise entente du couple parental. Se sentant comme un « émigré exilé au sein de sa propre famille », Paul Auster ne connaît pas une enfance facile.

Les débuts de sa vie d'adulte ne sont guère

plus aisés, du moins financièrement. Il a beaucoup lu durant l'adolescence, est entré à l'université aux États-Unis, pour poursuivre ensuite ses études en Europe. De retour à New York, il publie des articles de critique littéraire et cinématographique, tout en étant contraint pour vivre à accepter des travaux sans grand rapport avec ses centres d'intérêt. Il commence plusieurs romans, qu'il ne mène pas à leur terme, écrit de la poésie un peu ésotérique.

« Je n'avais aucune idée de ce que j'allais faire. Après avoir quitté l'appartement ce matin-là, je me mis simplement à marcher. J'allais où mes pieds me menaient, dans la mesure où je pensais, c'était à laisser le hasard décider des événements, à suivre la voie de l'impulsivité et de l'arbitraire. Mes premiers pas se dirigeaient vers le sud, je continuai donc vers le sud et me rendis compte, deux ou trois rues plus loin, que, de toute façon, il valait sans doute mieux m'éloigner de mon quartier. On peut remarquer que l'orgueil avait atténué ma volonté de détachement envers ma misère, l'orgueil et un sentiment de honte. Une part de moi-même était consternée que j'eusse accepté d'en arriver là, et je ne souhaitais pas courir le risque de rencontrer quelqu'une de mes connaissances. Le Nord, cela voulait dire Morningside Heights, où les rues seraient peuplées de visages familiers. J'étais certain d'y tomber sur des gens qui, s'ils n'étaient pas des amis, me connaissaient au moins de vue. »

Le monde de Paul Auster est intérieur. Les préoccupations d'ordre psychologique, voire psychanalytique, y prévalent. Son premier texte explicitement personnel, *L'Invention de la solitude* (*The Invention of Solitude*), paraît en 1982, en même temps que son anthologie de poésie française (*The Random House Book of Twentieth Century of French Poetry*) et qu'un recueil d'essais, *L'Art de la faim* (*The Art of Hunger*).

La mort de son père est un choc. L'émotion provoquée par ce décès joue un rôle de catalyseur dans son rapport à l'écriture. D'emblée il entame un récit à la première personne dans une volonté d'introspection identitaire. *L'Invention de la solitude* marque l'affranchissement de l'homme par rapport à ses premières années.

Aussitôt après, dégagé grâce à l'héritage paternel de ses principales contraintes financières, il s'attelle à la rédaction de *La Cité de verre*. Après avoir longuement cherché un éditeur, essuyé de nombreux refus, il est enfin publié en 1985 et reçoit un accueil très favorable. L'année suivante, c'est le tour de *Revenants* et en 1987 de *La Chambre dérobée* (*City of Glass*, 1985, *Ghosts*, 1986, *The Locked Room*, 1986), le tout formant sa *Trilogie new-yorkaise* (*The New York Trilogy*), qui paraît en France à compter de

1987 et obtient dans notre pays un succès considérable.

Dans le premier volume de ce triptyque, le héros est lui-même écrivain. On y trouve un passage formidable, qui est à lui-même presque une nouvelle : dans la salle d'attente d'une gare, le héros, William Wilson, observe une jeune fille d'une vingtaine d'années, boutonneuse, qui mâche du chewing-gum en lisant un livre. Il se penche vers elle, et il s'aperçoit qu'il est l'auteur du volume. Il regarde la fille, qui lui lance :

« Dites-moi, vous avez un problème ?

— Non, pas de problème. Je me demandais seulement si ce livre vous plaisait.

— J'en ai lu de meilleurs et j'en ai lu de pires. [...]

— Est-ce que vous le trouvez palpitant ?

— Assez. Il y a un endroit où le détective se perd qui fait pas mal peur.

— Est-ce qu'il est malin, comme détective ?

— Ouais, il est malin. Mais il parle trop.

— Vous voudriez qu'il y ait plus d'action ?

— Je crois.

— S'il ne vous plaît pas, pourquoi est-ce que vous continuez à le lire ?

— Je sais pas. Ça fait passer le temps, sans doute. Bon, mais c'est pas une grosse affaire. Ce n'est qu'un livre. »

Et l'auteur, déçu, furieux, de quitter la salle à grands pas...

À sa manière, Auster fait là son autocritique : elle a peut-être raison, somme toute, cette gamine. Dans son livre, il n'y a pas beaucoup d'action, mais on parle énormément. Non pas par dialogues, mais en manière de monologue intérieur. C'est que, d'une certaine façon, les textes d'Auster s'apparentent à des plongées dans l'âme de l'auteur.

Paul Auster déconcerte. Cet auteur juif ne possède aucun des traits caractéristiques des écrivains juifs new-yorkais reconnus, de Philip Roth à Norman Mailer. Ses textes ne traduisent aucune obsession de la question juive, non plus que de la sexualité. Sa question, récurrente, porte sur l'identité humaine : qui suis-je ? Qui sont les autres ? Paul Auster procède sans cesse à des dédoublements de personnalité et se met lui-même en scène : dans *La Cité de verre*, Quinn, l'auteur, est réveillé par le coup de téléphone de quelqu'un qui cherche un détective, un certain Paul Auster. Profitant de l'erreur, Quinn, dont la vie stagnait, se fait passer pour Paul Auster et commence une enquête... *Revenants* met en scène des individus à l'identité étrange : Noir, Blanc et Bleu (ce qui n'est pas sans rappeler les héros du film de Quentin Tarantino, *Reservoir Dogs*). Dans le troisième volume, *La Chambre dérobée*, Auster raconte l'histoire de Fanshawe, un écrivain qui disparaît en confiant des manuscrits au narrateur, lui-même écrivain. Tout au long du livre, le personnage principal va tenter de retrouver Fanshawe. Jusqu'à ce qu'effectivement il le repère au fond d'une petite maison inaccessible, reclus comme Salinger, et ne communiquant avec l'extérieur qu'à travers des manuscrits glissés sous la porte. La symbolique est très forte !

Paul Auster n'est pas étranger à certaines matrices du roman américain : l'image, la séquence, le montage. C'est dans le deuxième tome de la trilogie, *Revenants*, qu'on sent précisément l'emprise du cinéma sur l'auteur, quand Monsieur Bleu évoque sur plusieurs pages les polars américains des années 1940, en noir et blanc, et en particulier *La Griffe du passé*, merveilleux film avec Robert Mitchum. On ne s'étonne donc pas que, dans les années 1990, Auster se soit lancé dans l'écriture et la coréalisation de plusieurs longs-métrages de cinéma : *Smoke, Brooklyn Boogie, Lulu on the Bridge* et, récemment, *Center of the World*. Continuant, à travers le cinéma, à se livrer à l'incessant jeu de miroir mis en scène dans ses romans, il baptise William Hurt, qui joue le rôle d'un écrivain dans *Smoke*, Paul Benjamin, du nom du pseudonyme dont il usa en 1982 pour signer un roman policier à vocation alimentaire...

« Quinn avait trente-cinq ans, sa femme et son fils étaient morts. Autrefois, il avait écrit des poèmes, des pièces de théâtre et des essais, mais il avait tout abandonné d'un coup. Une part de lui avait disparu, il ne voulait pas qu'elle revînt le hanter. Il écrivait désormais des romans policiers signés William Wilson, Quinn n'existait plus pour personne, sauf pour lui-même, personne n'avait percé son secret. Il racontait à ses amis qu'il avait hérité de sa femme une rente, mais la vérité, c'était que sa femme n'avait jamais eu d'argent, et la vérité, c'était qu'il n'avait plus d'amis. Ce que Quinn aimait par-dessus tout, c'était marcher. New York était un labyrinthe de pas infinis qui, où qu'il allât, lui donnait toujours la sensation qu'il s'était perdu. À chaque promenade, il avait l'impression de se quitter lui-même. En s'abandonnant au fil des rues, en se réduisant à un œil qui regarde, il pouvait cesser de penser. Tous les lieux devenaient égaux et, dans les meilleurs cas, il avait l'impression de n'être nulle part. C'était tout ce qu'il demandait : être nulle part. New York était le nulle part qu'il avait construit autour de lui, et il n'avait aucune intention de le quitter. Tout cela remontait à plus de cinq ans. Il n'y pensait plus très souvent. De loin en loin, il retrouvait soudain la sensation qu'il avait connue en tenant dans ses bras le petit garçon de trois ans, c'était une empreinte que le passé avait laissée dans son corps. Ces moments survenaient moins souvent à présent. Il avait continué à écrire, parce que c'était la seule chose dont il se sentait capable. »

Tandis qu'il rédige sa trilogie, Auster songe à un roman qui l'obsède et qu'il commence à rédiger, et dont il publie les premières trente pages, avant qu'il ne devienne, en 1987, *Le Voyage d'Anna Blume* (*In the Country of Last Things*, 1987). Le texte se présente sous la forme d'une lettre que l'héroïne écrit à un ami d'enfance. Elle a abandonné une existence aisée pour partir à la recherche de son frère disparu et a pénétré dans une cité de la destruction. Enfermée dans ce pays des choses dernières, cerclé de murs, elle brosse une peinture de la désintégration absolue de la société humaine, lorsqu'il n'y a plus d'amour, ni d'amitié, ni de culture, et que l'horreur économique est allée à son terme.

En 1989, Auster enchaîne avec *Moon Palace* (1989), l'histoire, hautement symbolique, d'un homme qui hérite d'une bibliothèque, dont la lecture des livres sert de fil conducteur au récit. En 1990, ce sera *La Musique du hasard* (*The Music of Chance*, 1990), un texte d'esprit kafkaïen, qui relate l'existence invraisemblable de deux types qui perdent au poker à Las Vegas et n'ont pas les moyens de payer leur dette. Leurs vainqueurs, homosexuels millionnaires et excentriques qui vivent dans un château, demandent aux malchanceux de venir construire un mur immense autour de chez eux, dont ils essaieront par la suite de s'échapper. Vérité ou légende ? Paul Auster aurait achevé son manuscrit le 9 novembre 1989, date de la chute du mur de Berlin.

Après *Léviathan* (1992), l'histoire d'un dédoublement et de retrouvailles, il convient encore de mettre l'accent sur un livre très différent des autres. *Mr. Vertigo*, paru en 1994, est un texte extrêmement touchant, très accessible et qui raconte une aventure pour une fois linéaire qui se déroule en 1927. Son personnage principal s'exprime à la première personne : « J'avais douze ans la première fois que j'ai marché sur l'eau. » Maître Yéhudi se charge de son éducation, qui le conduit à faire une extraordinaire carrière au cirque. Ensemble, ils parcourent les États-Unis au moment de la grande crise, quand Charles Lindbergh traverse l'Atlantique. Paul Auster a trouvé, avec ce texte, la structure et le format habituel du grand roman américain picaresque. Grâce à *Mr. Vertigo* peut-être, Paul Auster finira par s'imposer véritablement dans ce pays, son propre pays, où des millions de lecteurs ne savent pas qu'il existe et qu'ils l'attendent. Il le mérite.

Bibliographie

Le Carnet rouge, suivi de *L'Art de la faim*, Actes Sud, Babel

Dans la tourmente, éditions Unes

Le Diable par la queue, suivi de *Pourquoi écrire ?*, Actes Sud

Effigies, éditions Unes

Espaces blancs, éditions Unes

Fragments du froid, éditions Unes

Le Gotham Handbook (livre VII), en collaboration avec Sophie Calle, Actes Sud-Arts plastiques

L'Invention de la solitude, Actes Sud, Babel ; Le Livre de Poche

Laurel et Hardy vont au paradis, suivi de *Black-Out* et *Cache-cache*, Actes Sud-Papiers

Léviathan, Actes Sud, Babel ; Le Livre de Poche

Lulu on the Bridge, Actes Sud, Le Livre de Poche

Moon Palace, Actes Sud, Babel ; Le Livre de Poche

Mr. Vertigo, Actes Sud, Babel ; Le Livre de Poche

Murales, éditions Unes

La Musique du hasard, Actes Sud, Babel ; Le Livre de Poche

Le Noël d'Auggie Wren, Actes Sud Junior

Smoke, suivi de *Brooklyn Boogie*, Actes Sud, Babel

Tombouctou, Actes Sud

Trilogie new-yorkaise :

Cité de verre, Actes Sud, Le Livre de Poche
La Chambre dérobée, Actes Sud, Le Livre de Poche
Revenants, Actes Sud, Le Livre de Poche
Le Voyage d'Anna Blume, Actes Sud, Babel ; Le Livre de Poche
Le livre des illusions, Actes Sud, Babel
Constat d'accident et autres textes, Actes Sud
Je pensais que mon père était Dieu, Actes Sud, Babel
Sous le pseudonyme de Paul Benjamin : *Fausse balle*, Gallimard, Série noire

Filmographie

Brooklyn Boogie, *Blue in the Face*, USA, 1995
Réal. : Wayne Wang, Paul Auster
Scén. : Paul Auster, Wayne Wang
Musique : John Lurie, Billie Martin, Calvin Weston
Interprètes : Lou Reed (L'homme aux lunettes), Michael J. Fox (Pete Maloney), Roseanne (La femme de Vinnie), Jim Jarmusch (Bob), Giancarlo Esposito, Madonna, Mira Sorvino, Harvey Keitel, etc.
The Center of the World, USA, 2000
Réal. : Wayne Wang
Scén. : Paul Auster, Siri Hustvedt, Wayne Wang, Miranda July
Photo : Mauro Fiore
Interprètes : Balthazar Getty, Carla Gugino, Shirley Knight, Molly Parker, Peter Sarsgaard.
Lulu on the Bridge, USA, 1998
Réal. : Paul Auster
Scén. : Paul Auster
Photo : Alik Sakharkov
Musique : John Lurie, Graeme Revell
Interprètes : Harvey Keitel (Izzy Maurer), Richard Ed-

son (Dave Reilly), Mira Sorvino (Celia Burns), Vanessa Redgrave (Catherine Moore), Lou Reed (Not Lou Reed)...

The Music of Chance, USA, 1993
Réal. : Philip Haas
Scén. : Belinda Haas, d'après Paul Auster
Musique : Philip Johnston, Wendy White
Interprètes : James Spader (Jack Pozzi), Mandy Patinkin (Jim Nashe), Chris Penn (Floyd), Paul Auster (Le chauffeur)...

Smoke, USA, 1995
Réal. : Wayne Wang
Scén. : Paul Auster
Photo : Adam Holender
Musique : Rachel Portman et Tom Waits
Interprètes : Harvey Keitel (Auggie Wren), William Hurt (Paul Benjamin), Forrest Whitaker (Cyrus Cole), Ashley Judd (Felicity), Giancarlo Esposito...

TOM WOLFE

(né en 1931)

Par cette chaude nuit d'avril, à neuf heures passées, il faisait noir dehors, et Raymond Peepgass devait affronter ce moment qu'il redoutait entre tous, les soirées solitaires dans sa méchante petite unité locative — unité locative ! — à 625 $ par mois — appartement numéro XXXA, en bas de la pente asphaltée de la résidence des Lais-Normands, au pied de la falaise de béton haute de vingt mètres qui supportait l'autoroute 75.

Le vrai problème de Tom Wolfe, pour un lecteur français, c'est la traduction. Parmi les nombreux talents de cet ancien journaliste devenu romancier à part entière, et qui s'est voulu le Zola-Balzac de sa génération, il y a celui d'être capable de reproduire, sur papier, les sons, les accents, les tics verbaux de ses congénères, en particulier ceux du sud des États-Unis. Or, c'est proprement intraduisible — quelle que soit la qualité du travail effectué — et cela manque pour comprendre l'apport particulier de Wolfe au roman américain — cette petite touche de génie qui le différencie de ses contemporains. Son talent de créateur ne s'arrête pas là. L'inventeur du *new journalism* est un redoutable polémiste, un puits de culture, un imaginatif doublé d'un implacable reporter. Comme on l'a compris, nous avons un préjugé très favorable à son égard.

On a souvent vu en Tom Wolfe un descendant de Truman Capote. Et il est vrai que Tom Wolfe lui aussi est monté à New York et qu'il a en commun avec son confrère l'allure physique, la démarche, la manière de s'habiller, et qu'il est comme lui l'un des principaux représentants du « nouveau journalisme ». Mais c'est oublier leurs différences : quand Capote est petit, complexé, et assume mal son homosexualité, Tom Wolfe est devenu un grand bourgeois marié et père de deux enfants. Surtout, leurs œuvres, même si elles sont parallèles, ne sont pas comparables.

Thomas Kennerly Wolfe naît en 1931 à Richmond, capitale de la vieille Virginie, où son père est rédacteur en chef de la revue *Le Planteur du Sud*. Il fait ses études dans la prestigieuse université du Sud, Washington and Lee, et les termine à Yale, le meilleur campus de la côte Est. Quand il arrive à New York, il ne possède en tout et pour tout qu'une simple valise contenant un petit costume blanc. Il débute dans la vie active comme reporter pour le *Springfield Union*, le *Washington Post* et le *New York Herald Tribune*. Il traîne dans les commissariats, dans les cocktails, dans les bars d'hôtels. Il se fait vite remarquer puis reconnaître : c'est l'homme au costume blanc, dont il fera son image de marque. Pour l'heure, il a quelque chose des détectives des films américains : homme de terrain, il se déplace avec un petit galure et son imperméable. C'est muni de ces accessoires vestimentaires qu'il fait irruption dans le monde des lettres et participe à l'invention du « nouveau journalisme ».

Nous sommes au début des années 1960. Ils sont quelques romanciers chevronnés, dont Norman Mailer (*Les Armées de la nuit*), Truman Capote (*De sang-froid*), et plusieurs débutants dont Tom Wolfe, décidés à casser les conventions journalistiques américaines. À cette époque, le genre se veut neutre, factuel, objectif. La règle est stricte : les premiers paragraphes doivent imperturbablement répondre aux cinq W : *where, who, when, what, why* (où, qui, quand, quoi, pourquoi). Tom Wolfe, plus que d'autres, veut bouleverser la rigidité de cet exercice qui ne laisse aucune place à la subjectivité du reporter au profit d'un journalisme beaucoup plus engagé, plus littéraire, plus impressionniste, moins linéaire et structuré. Dès ses premiers reportages, il n'hésite pas à faire parler les individus dont il rend compte — et qui n'ont rien de personnages fictifs —, à coucher sur le papier leurs monologues intérieurs et à les interpréter.

Mais revenons un instant en arrière. Tout démarre un jour où le magazine *Esquire*, qui a un passé glorieux de découvreur d'Hemingway et Fitzgerald, l'envoie en Californie pour faire un grand reportage sur les « cinglés » des voitures et les courses de stock-car. À son retour, lorsque son rédacteur en chef lui demande sa copie, Wolfe répond qu'il n'arrive pas à l'écrire, ni à la construire, et ne sait pas comment commencer. Il lui laisse donc ses notes, que le rédacteur en chef a l'intelligence de publier telles quelles. On n'avait pas encore lu un tel article : il ne présente ni début, ni milieu, ni fin ; les idées et les informations sont entrecoupées d'extraits de dialogues et de citations, comme une mosaïque d'éléments disparates. Il inaugure ce que l'on appellera le nouveau journalisme. D'une certaine manière, il y a du Dos Passos là-dedans.

Wolfe comprend l'importance et le potentiel impact du genre qu'il vient de créer presque par accident. Il se rue dans cette nouvelle voie et l'applique désormais systématiquement à son travail d'enquêteur. Il sait « aller sur le terrain » mais, devant sa machine à écrire, il devient un peintre cubiste ou pointilliste ou impressionniste !

Rappelons tout de même que ce qui se met en œuvre aux États-Unis ne pouvait guère avoir d'équivalent en France, et même en Europe, tant les méthodes journalistiques d'un côté à l'autre de l'Atlantique diffèrent. Quand, sur le vieux continent, un reporter dispose de trois ou quatre jours pour mener son enquête, le même journaliste en Amérique bénéficie de trois, quatre, voire six mois de travail et de moyens financiers bien supérieurs. Si bien que l'étendue des recherches de Wolfe lui permet d'écrire non seulement des articles, mais des livres. Le premier, écrit en 1965, porte le titre de *The Electric Kool-Aid Acid Test* (*Acid Test*). C'est l'odyssée d'un bus psychédélique conduit par Neal Cassady, beatnik des années 1950, héros vivant de Jack Kerouac, et par les Merry Pranksters, la bande de copains « shootée » au LSD du romancier Ken Kesey, auteur de *Vol au-dessus d'un nid de coucou* et athlète de la défonce. Tom Wolfe y raconte l'épopée de ce bus qui, durant l'été 1964, a traversé les États-Unis d'ouest en est. Le récit est impressionnant tant par le fond que par la forme qui, dans l'édition de poche française, compte plus de quatre cents pages. Tom Wolfe est très prolifique, il travaille et écrit beaucoup.

Il devient, après ce premier livre, un journaliste très sollicité. Il couvre toute l'hystérie des années 1960. Formellement, il poursuit dans la voie qu'il a inventée, et, dix ans plus tard, publie un manifeste sur le roman américain, *The « Me » Decade and the Third Great Awakening*, qui paraît dans le *New Yorker* durant l'été 1976 puis, dans la même année, dans le recueil *Mauves Gloves & Madmen, Clutter & Vines, La Décennie du Moi*. Il y soutient que les romanciers américains sont en train de se fourvoyer : narcissiques, ils puisent leur inspiration en eux-mêmes. Lui affirme qu'il faut s'orienter vers le réalisme, vers le naturalisme, et s'inspirer de l'héritage de Zola, de Balzac, de Dickens, de Dos Passos, des réalistes américains du début du siècle. La référence absolue de Wolfe, c'est *Le Ventre de Paris* de Zola. Il a choisi sa voie : aller sonder le ventre, les tripes de l'Amérique. Dans *The Right Stuff* (*L'Étoffe des héros*, 1979), il retrace l'aventure spatiale américaine. Cette histoire ne se lit pas comme une enquête journalistique, mais comme un roman, à un détail près, essentiel : les personnages ont existé et existent encore. Et Wolfe a vécu de longues semaines à leurs côtés, carnet en main. John Glenn est un des personnages essentiels de ce livre passionnant.

« Aaah ! ça devenait intéressant ! Après quarante minutes de vol, tandis qu'il approchait de l'océan Indien, non loin des côtes africaines, il entra dans les ténèbres. Comme il voyageait vers l'est, il s'éloignait du soleil à la vitesse de 28 000 kilomètres à l'heure. Mais, avançant à reculons, il voyait le soleil par la fenêtre, qui disparaissait comme disparaît la lune, vue de la terre. Le bord du disque solaire commença à toucher la ligne d'horizon. Glenn n'aurait su dire de quelle partie de la terre il s'agissait. Partout, des nuages, qui faisaient comme une brume à l'horizon. L'éclatante lumière, au-dessus de la terre, commença à s'obscurcir, comme un rhéostat que l'on baisse. Cela dura cinq ou six minutes. Lentement, toutes les lumières faiblirent. Puis le soleil disparut de sa vue, mais il restait une extraordinaire bande de lumière orange tendue d'un bout à l'autre du ciel, comme si le soleil, tel un liquide en fusion, s'était déversé dans un tube le long de l'horizon. »

Tom Wolfe décrit des personnages réels comme s'ils étaient des héros de roman. Il perfectionne, livre après livre, ce qui va devenir l'une de ses caractéristiques d'écriture : le monologue intérieur des personnages, et aussi, il n'a pas son pareil pour coucher sur le papier, dans des dialogues irrésistibles, les accents et les onomatopées, exclamations et obscénités de cette langue si vivante et si crue qu'est l'américain parlé. C'est la vie qu'il reproduit. Du reste, pour lui, l'Amérique est un roman vivant : il la regarde comme une scène de théâtre, un film, où se meuvent et se déplacent toutes sortes de gens, d'objets et de tendances. Peu à peu, sous le journaliste, on voit poindre le romancier, le satiriste, le caricaturiste, le metteur en scène de la « comédie humaine » *made in USA*.

En 1987, il publie son premier vrai grand texte littéraire sur les mœurs des années 1980, *The Bonfire of Vanities* (*Le Bûcher des vanités*). Ce gros roman, très touffu, gigantesque et épatant, se savoure page après page : un *trader* — un homme d'affaires de la Bourse de New York — est installé dans une vie confortable : il a un somptueux appartement, une femme, une maîtresse, une voiture. Mais tout ce « bûcher de vanités » va s'écrouler en un soir quand, en voiture, sa maîtresse renverse un jeune Noir et que, lui-même, pris de panique, accumule les erreurs, se trouve piégé dans un engrenage implacable et connaît une descente vers l'enfer. Tom Wolfe met toujours ses personnages dans des situations terribles, héros ou ordures auxquels on s'identifie, dont le sort nous amuse ou nous inquiète. Il réussit à faire en sorte que le lecteur s'identifie à « l'emmerdement majeur » dans lequel sont plongés les protagonistes de ses récits.

« Ils avançaient vers le nord, sous l'autoroute. Mais quelle autoroute ? Deux voies, vers le nord toutes les deux. Sur la gauche, un mur de soutènement, un grillage et des colonnes de béton supportant l'autoroute. Je devrais tourner vers l'ouest pour trouver une rue vers Manhattan, tourner à gauche... Mais il ne peut pas tourner à gauche, à cause du mur. Voyons, voyons... 138e Rue, mais où est-elle ? Là, le panneau, 138e Rue. Il reste sur sa gauche, prêt à tourner... mais il ne peut pas tourner à gauche : sur sa gauche, quatre ou cinq voies : deux qui vont vers le nord, deux qui vont vers le sud, et encore une autre, au-delà, des voitures et des camions, grondant dans les deux sens. Il n'a aucun moyen de couper cette circulation. Alors il continue tout droit, dans le Bronx. »

Le livre connaît un succès immense. Tom Wolfe est devenu la coqueluche des New-Yorkais. Ses conférences et ses articles sont grassement payés. Le *Bûcher* est adapté à l'écran — mauvais film mais qui permet à Wolfe de placer son argent et d'être un homme libre de toute attache. Pourtant le succès du *Bûcher* semble le paralyser et il va longtemps attendre avant d'offrir, pour la deuxième fois, une fresque best-seller.

Le procédé narratif qui lui a servi à décrire la

société américaine des années 1980, les années fastes et « friquées », il va l'appliquer à nouveau et ce durant onze années de travail, pour publier finalement, en 1998, *A Man in Full (Un homme, un vrai)*. C'est une somme de huit cents pages, dont il a réécrit quatre fois le manuscrit et pour laquelle il a procédé à une enquête multiple aux quatre coins des États-Unis, accumulant des tonnes de notes et documents.

L'action se déroule à Atlanta, en Géorgie, mais aussi en Californie, et un peu partout, car Wolfe durant ces années a voyagé dans chacune de ces régions. Ce qu'il raconte et décrit, il l'a vu. Certaines scènes se déroulent dans une prison californienne, que Wolfe a visitée. D'autres séquences se passent dans un entrepôt où des prolétaires travaillent sur des produits congelés à moins quarante, et Wolfe a rencontré ces gens-là. Il a emprunté leur argot, leurs dialogues. Et puis il y a la patte du journaliste : c'est extraordinaire de voir à quel point il n'y a pas une voiture, un vélo, une boisson, un paquet de cigarettes, un vêtement, qui ne soit pas identifié, étiqueté. Tout est vrai, authentique. Et néanmoins, à partir de cette énorme matière, il raconte une véritable histoire, de la vraie fiction. Avec *Un homme, un vrai*, qui est un triomphe, il va déranger toute l'institution littéraire américaine et se faire beaucoup d'ennemis. Norman Mailer, John Updike, qui se prennent pour les papes actuels de la littérature américaine, estiment, parce que cela les rassure, que ce type de roman n'est pas de la littérature, et qu'ainsi Wolfe ne les concurrence pas. Mais en vérité, Tom Wolfe a totalement empiété sur leur terrain, et les a même dépassés, et il ne se gêne pas pour le dire, articles et polémiques à l'appui. Sa veine de satiriste et de caricaturiste le lui permet.

Le personnage de l'auteur est à part, il se situe hors normes. Depuis qu'il en a les moyens financiers, Wolfe est devenu un dandy, un coquet qui adore le vêtement et jouit d'une garde-robe absolument « hallucinante » composée de centaines de costumes et surtout de cravates ou souliers à guêtres. On le croirait sorti d'une comédie musicale de Fred Astaire des années 1920 et 1930. Mais Tom Wolfe est aussi un esthète, un homme qui aime les beaux meubles, les objets rares. Il dessine, et a étudié l'architecture, la décoration, le design. Sa culture est plurielle. Il cite les grands peintres, les écrivains français du XIXe siècle, il vénère Émile Zola. Si, dans dix ou quinze ans, on cherche à quoi ressemblait cette chose disparate, contradictoire, cruelle, violente, étonnante, fascinante, qu'était l'Amérique de la fin du XXe siècle, il faudra lire Tom Wolfe. Ses deux livres, *Le Bûcher des vanités* et *Un homme, un vrai*, livrent sa vision réaliste et sans concession de l'Amérique. Tom Wolfe, l'homme au costume blanc, est le chantre et le portraitiste de cette nation si paradoxale et si complexe. Son œuvre n'est pas achevée, loin de là ! Aux dernières nouvelles, il prépare un nouveau roman consacré, cette fois, à la jeunesse et au monde des universités US. Les campus en tremblent déjà...

Bibliographie

Acid Test, Le Seuil, Points-Seuil
Le Bûcher des vanités, Robert Laffont, Best-sellers ; Le Livre de Poche
Embuscade à Fort Bragg, Robert Laffont, Pavillons ; 10-18
L'Étoffe des héros, Gallimard, Folio
Le Gauchisme de Park Avenue, Gallimard
Un homme, un vrai, Robert Laffont, Best-sellers
Le Mot peint, Gallimard, Folio-essais
Sam et Charlie vont en bateau, Gallimard

Filmographie

Le Bûcher des vanités, The Bonfire of Vanities, USA, 1990
Réal. : Brian DePalma
Scén. : Michael Cristofer, d'après le roman de Tom Wolfe
Photo : Vilmos Zsigmond
Musique : Dave Grusin
Interprètes : Tom Hanks (Sherman McCoy), Bruce Willis (Peter Fallow), Melanie Griffith (Maria Ruskin)
L'Étoffe des héros, The Right Stuff, USA, 1983

Réal. : Philip Kaufman
Scén. : Philip Kaufman
Photo : Caleb Deschanel
Musique : Bill Conti
Interprètes : Sam Shepard (Chuck Yeager), Scott Glen (Alan Shepard), Ed Harris (John Glenn), Dennis Quaid (Gordon Cooper), Fred Ward (Gus Grissom).

DES AMÉRICAINS À PARIS

GERTRUDE STEIN (1874-1946)
HENRY MILLER (1891-1980)
JAMES JONES (1921-1977)

Je me rappelle maintenant comment le chauffeur se pencha au-dehors pour regarder vers le fleuve, du côté de Passy. Un regard si sain, si simple, un regard approbateur, comme s'il se disait à lui-même : « Ah ! le printemps arrive ! » Et Dieu sait, quand le printemps arrive à Paris, le plus humble mortel a vraiment l'impression qu'il habite au paradis !

MILLER

Les auteurs américains ont été longtemps fascinés par Paris ; certains le sont encore. Au XIXe siècle, on y rencontre Henry James et Edith Wharton. Plus tard, à l'occasion de la Première Guerre mondiale, les échanges entre le Nouveau Continent et la France s'intensifient. L'Amérique sort de son isolationnisme, découvre l'Europe, pour laquelle ses soldats se sont battus. Paris personnifie alors la Ville lumière par excellence, une cité ouverte où se croisent des artistes hongrois, argentins, espagnols, des peintres, des sculpteurs, des écrivains.

Dans la première moitié du XXe siècle, quelle ville peut prétendre rivaliser en pouvoir de séduction ? Elle devient un vivier de créateurs, attire des jeunes dont l'envie première est de trouver un cadre propice à leur désir d'expression.

Dans les années 1910, 1920, 1930, Paris accueille Fitzgerald et Hemingway, Henry Miller et Gertrude Stein, puis, plus tard, au lendemain de la Seconde Guerre mondiale, James Jones et Irwin Shaw. L'air y est plus vif et plus libre que partout ailleurs.

GERTRUDE STEIN

Dans sa vie, prophétesse de la libération des femmes, Gertrude Stein écrivain est une pure intellectuelle à l'européenne, comme Germaine de Staël ou Virginia Woolf. Elle a été l'âme d'un complot chaleureux, celui des Américains de Paris entre Belle Époque et années folles. Parlant beaucoup, écrivant peu : une figure de proue.

« C'est l'âge où tout le monde avait vingt-six ans », dira Gertrude Stein pour exprimer les meilleures années des Américains à Paris. Gertrude Stein, grande figure américaine à Paris, arrive dans la capitale en 1903 et habite un appartement 27, rue de Fleurus, devant le Luxembourg. Elle y tient salon, au sens du XVIIIe siècle, chose impensable aux États-Unis où il n'y a pas de salons littéraires. Tout autour, dans les bistrots, on rencontre des jeunes gens inconnus, français et étrangers, qui ont pour nom Ernest Hemingway, Francis Scott Fitzgerald, T.S. Eliot, Ezra Pound, Joyce, Juan Gris, Max Jacob, Apollinaire, Picasso, Braque... Tous vont chez Gertrude Stein. Qu'y trouvent-ils ? Une effervescence, un bouillonnement culturel, artistique, humain ; là, ils apprennent à se connaître, se jalousent, s'aiment, se parlent. Les Américains se sentent là comme des poissons dans l'eau. Ils ont quitté un pays qui ne glorifie que ceux qui font de l'argent, les ingénieurs, les industriels, les inventeurs, les savants, les hommes durs. À Paris, dans ce cercle qui se forme chez Gertrude Stein, ils ont enfin leur place. Ils sont dans la Ville lumière !

Gertrude Stein — visage dur au nez un peu fort, menton très volontaire, regard acéré — possède une connaissance, une compréhension et une psychologie des êtres étonnantes. Elle n'a pas son pareil pour détecter les vrais talents des faux. Elle ne s'intéresse pourtant pas qu'aux arts. Elle se délecte dans l'échange de rumeurs, elle aime les bavardages, et, en outre, c'est une marieuse : elle présente les gens les uns aux autres, fabrique des intrigues.

Rue de Fleurus, elle vit avec Alice B. Toklas, dont elle contera, en 1933, l'existence, *L'Autobiographie d'Alice B. Toklas (The Autobiography of Alice B. Toklas)*, dans un beau livre qui raconte la vie sociale de ces années-là. Il faut lire Gertrude Stein pour connaître le Paris des premières décennies du siècle dernier car elle a reçu, chez elle, trois générations d'artistes : ceux de l'avant-1914, des années 1920, puis des années 1930. C'est ainsi que s'est créé, autour d'elle, un mythe.

Sa légende est d'autant plus surprenante que la vie de Gertrude Stein, en soi, n'offre rien d'exceptionnel. Née en 1874 en Pennsylvanie, d'une riche famille juive d'origine autrichienne, qu'elle a décrite dans *Américains d'Amérique* (*The Making of Americans*, 1925), elle fait de brillantes études, puis se fixe à Paris où elle commence à acheter des tableaux à des amis et à écrire. En tant qu'écrivain, elle expérimente une prose intrigante et un peu obscure. Elle écrit au fil de sa pensée, sans jamais faire de corrections, reproduisant ce qu'elle vient d'entendre et le mêlant à ce qui lui passe par la tête — selon ses propres termes. On cite souvent cette phrase minimaliste et poétique : « Une rose est une rose est une rose est une rose » (« *A Rose is a rose is a rose is a rose* »)... C'est sa manière à elle d'exprimer que l'imaginaire est sans limites, que tout est possible avec les mots. (On peut retrouver, évidemment, son influence dans le style d'Hemingway et, d'une certaine manière, beaucoup plus tard, chez Marguerite Duras.)

« Ne vous préoccupez pas des virgules qui ne sont pas là, ne vous inquiétez pas du sens qui est là. Lisez les mots vite », disait-elle, ou encore : « Ce livre a été écrit pour qu'on en ait du plaisir. »

Gertrude Stein a écrit, entre autres, en 1914, *Tendres Boutons (Tender Buttons : Objects, Food, Romms)*, un recueil de poésie expérimentale à la manière cubiste qui a influencé toute la poésie du début du siècle. Elle a également publié de nombreux portraits de son entourage : *Dix Portraits* (1930), *Matisse, Picasso et Gerturde Stein* (1933). Elle a aussi fait paraître, avant sa mort à Neuilly, en 1946, *Brewsie et Willie*, qui regroupe les conversations qu'elle a eues avec des GI's après la guerre. Elle reste notamment comme celle qui introduisit dans le langage courant, caractérisant les auteurs de l'après-guerre, la belle formule de la « génération perdue ».

HENRY MILLER

D'abord un jouisseur, un graphomane habité par le désir de baiser et d'écrire. Et de ce fait, dans son pays, un provocateur par qui le scandale arrive. Mais bien sûr, il est davantage que cela, il n'est que de suivre son regard tout de sensibilité sur la Grèce dans *Le Colosse de Maroussi*. Et puis Miller, pour nous Français, est aussi un merveilleux témoin du Paris mythique de l'entre-deux-guerres dont il raconte moins les splendeurs que la misère. Apaisé par l'Europe, il finit, ô paradoxe, par incarner la sagesse conquise, dans sa résidence de Big Sur, face à l'océan Pacifique.

Quand on songe aux Américains à Paris, on pense d'abord à Henry Miller, qui y arrive en 1928. Fils d'immigrés allemands, il est né en 1891 à New York, en face de Manhattan, dans le quartier de Williamsburg, la Little Germany de Brooklyn. Sa famille, pauvre et austère, vient du Hanovre ; son père est tailleur, et Henry Miller désigné pour lui succéder. Le garçon ne l'entend pas ainsi. Il entre dans la fameuse compagnie du télégraphe, la Western Union. À presque quarante ans, il en est le directeur du personnel. Il s'est marié puis a divorcé. On pourrait croire que sa vie est toute tracée.

Pourtant, Henry Miller prend la tangente : il quitte son entreprise, Brooklyn, l'Amérique, et traverse l'Atlantique. Il vient voir la France. Il pense y passer un court séjour. Il va y rester dix ans. C'est là qu'il entrevoit la matière de son œuvre littéraire : Paris est une révélation, de même que l'Europe tout entière. Il visite le Paris touristique, mais aussi le Paris des petits métiers, des petites rues et des petites gens. Et ce tableau agit comme une libération. Adieu le puritanisme, l'hypocrisie, tout ce par quoi, aux États-Unis, il s'est senti bridé et freiné. Il découvre la vie et le sexe.

« Rien de mieux, entre cinq et sept, que d'être bahuté dans cette presse, de suivre une jambe ou une belle poitrine, d'avancer avec le flot, alors que la tête vous tourne. Joie étrange de cette époque : pas de rendez-vous, pas d'invitations à dîner, pas de programme, pas de fric. L'âge d'or où je n'avais aucun ami. Courir çà et là comme une punaise, ramasser des mégots de temps à autre, tantôt furtivement, tantôt faisant le brave ; m'asseoir sur un banc et me serrer les tripes pour arrêter les crampes ;

me promener dans le jardin des Tuileries et bander en regardant les statues muettes. Ou bien errer le long de la Seine, la nuit, errer sans fin, devenir fou de sa beauté, arbres penchés, reflets brisés dans l'eau, la ruée du courant sous les lumières sanglantes des ponts, les femmes endormies sur les seuils des portes, dormant sur des journaux, dormant sous la pluie. Partout, les porches moisis des cathédrales et les mendiants et les poux et les vieilles haillonneuses, tout agitées de danses de Saint-Guy. Charrettes à bras, rangées comme des tonneaux de vin dans les rues adjacentes, l'odeur des fraises sur la place du marché, et la vieille église entourée de légumes et de lampes à arc bleu, les ruisseaux des rues gluants d'ordures, et des femmes en escarpins de soie titubant à travers l'ordure et la vermine, après une nuit d'orgie. »

Henry Miller découvre le quartier de Montparnasse, à la suite d'autres émigrés américains venus et repartis durant les années 1920. Là règnent le sculpteur Zadkine, le photographe Brassaï, Raymond Queneau, Blaise Cendrars, dont il deviendra un des grands amis.

Curieusement, au lieu de s'installer à Paris, il élit domicile à Clichy. Mais Clichy n'est pas un si mauvais choix. C'est dans ce faubourg qu'exerce le docteur Destouches. En 1932, Destouches, alias Louis-Ferdinand Céline, publie *Voyage au bout de la nuit*. Pour Miller, c'est une découverte absolue. Il est fasciné par le génie inventif, par la liberté de mots de l'auteur.

« C'est maintenant l'automne de ma seconde année à Paris, je n'ai pas d'argent, pas de ressources, pas d'espérance, je suis le plus heureux des hommes au monde. Il y a un an, si moi je pensais que j'étais un artiste ? Je n'y pense plus, je SUIS. Tout ce qui était littérature s'est détaché de moi, plus de livres à écrire, Dieu merci. Et alors, celui-ci, c'est pas un livre ? Non, c'est pas un livre, c'est une insulte, un crachat, un coup de pied dans le cul à Dieu, à l'homme, au destin, au temps, à la beauté, ce que vous voudrez. Je m'en vais chanter pour vous, je chanterai pendant que vous crèverez, je danserai sur votre ignoble cadavre. »

Henry Miller se met à écrire. En 1934, il publie *Tropique du Cancer (Tropique of Cancer)*, en langue anglaise, mais chez un éditeur parisien, qui stupéfie ses lecteurs et bouscule le monde des lettres. On ne peut pas dire que le livre fasse scandale en France, mais aux États-Unis, c'est l'opprobre.

À relire Miller aujourd'hui, on a du mal à comprendre comment il a pu choquer autant. Pourtant *Tropique du Cancer*, puis *Tropique du Capricorne*, qu'il fait paraître en 1939, sont interdits aux États-Unis. Ils n'ont pas été publiés, dans le pays, jusqu'en 1960 et donc lus uniquement de manière clandestine. Qu'y a-t-il donc dans ces deux brûlots ? La découverte par Miller des plaisirs de la vie : *Tropique du Cancer* raconte l'amour, les femmes, les prostituées, et un Paris picaresque, les bistrots, l'accordéon, les petites rues, la banlieue ; *Tropique du Capricorne*, la vie de Miller en Amérique avant son départ. Le vocabulaire est très cru, mais la charge dérangeante de l'écriture toutefois bien moins saisissante que chez Céline.

« Oh, Tania, où sont maintenant ton sexe brûlant, tes épaisses, tes lourdes jarretières, tes douces cuisses si dodues ? J'ai un os de six pouces dans la queue. J'aplatirai tous les plis de ton vagin, Tania, et le remplirai de semence. Je te renverrai à ton Sylvestre le ventre douloureux et la matrice sens dessus dessous. Ton Sylvestre, oui, il sait bien allumer un feu, mais moi je sais comment enflammer un sexe. Je te rive des boulons brûlants dans le ventre, Tania. »

Le style rappelle celui des écrivains américains du début du siècle, fascinés par le retour à la nature. Le sexe, pour Miller, c'est la nature, la vie première. Lorsqu'il raconte avec beaucoup de simplicité qu'il a eu une violente érection en croisant une prostituée dans un bistrot, ça n'est en fait ni scandaleux ni exhibitionniste. Miller n'arrête pas de bander, et s'émerveille sans cesse de ce pouvoir. C'est une découverte, comme si, durant les quarante premières années de sa vie américaine, il n'avait rien connu du sexe. Mais ce serait un contresens et une injustice de réduire Henry Miller à un homme fasciné par ses érections. C'est la vie humaine qui est au centre d'une œuvre importante, difficile à définir.

Il écrit quelque chose qui n'est ni du roman ni du récit, non plus que des mémoires ou un journal : c'est un peu de tout cela à la fois. C'est un chant avec des temps morts, des temps lents, et des éruptions, un carnet de notes, carnet de voyage d'un Américain qui n'en croit pas ses yeux. Il est ébahi par ce que Paris et l'Europe lui offrent : la liberté, la différence, l'insolite, l'exotique, au point de bouleverser son humeur, son esprit, son caractère.

Alors qu'il vivait de manière très confortable aux États-Unis, il a accepté de « crever de faim » pour pouvoir rester à Paris. Heureusement, il est aidé. Ses amis artistes de Montparnasse le nourrissent. Il profite des femmes également, et en particulier de celle qui devient sa muse. Écrivain, américaine également, Anaïs Nin est la fille d'un pianiste catalan et d'une danseuse danoise. Elle l'entretient et l'accompagne.

« Tu es comme l'ours, Henry : tout de douceur dans une enveloppe de dureté, avec une délicieuse rugosité suave qui me fait fondre. Je suis désolée que tu n'aies pas poussé plus avant la lecture du journal. Il y avait des tas de choses tendres sur toi. Je ne comprends toujours pas très bien ce qui t'a arrêté. Hier soir, je me demandais comment je pourrais te montrer, te montrer par le moyen qui me coûterait le plus, que je t'aime. Et je n'en ai trouvé qu'un seul : t'envoyer de l'argent pour que tu le dépenses avec une femme. J'ai pensé à la Noire, je l'aime bien, parce qu'au moins elle m'attendrit. Je t'en prie, ne va pas avec une putain trop bon marché, trop ordinaire. Et puis, ne m'en parle pas, puisque je suis persuadée que tu l'as déjà fait. Laisse-moi croire que c'est moi qui t'ai fait ce cadeau. »

Les livres d'Henry Miller, sorte d'autobiographies de ses émotions, influencent l'art littéraire parce qu'ils agissent comme une véritable délivrance pour les écrivains : ils brisent les modèles et les structures établis. Henry Miller produit beaucoup : il publie, entre les deux *Tropiques*, *Aller-retour New York* en 1935, *Printemps noir* (*Black Spring*, 1936), *Max et les phagocytes* (*Max and the White Phagocytes*, 1938) et *L'Œil cosmologique* (*The Cosmological Eye*, 1939).

« J'ai parcouru les rues de bien des pays du monde ; nulle part je n'ai connu dégradation, humiliation plus grandes qu'en Amérique. Je les vois, toutes ces rues d'Amérique, combinant toutes ensemble une énorme fosse d'aisances, la fosse d'aisances de l'esprit, pompant et drainant toutes choses au royaume de la merde éternelle. Et sur ce cloaque, le démon du travail tisse et jette une trame magique. Usines et palais surgissent côte à côte avec les fabriques de munitions et de produits chimiques, les aciéries, les sanas, les prisons, les asiles d'aliénés. Le continent entier n'est qu'un cauchemar à fabriquer la plus grande misère possible pour le plus grand nombre de gens possible. »

Tropique du Capricorne, c'est la condamnation totale de la société américaine coercitive, de son puritanisme, de ses freins, de sa machine, de la loi de l'argent et du succès. Personne, avant lui, n'a critiqué de manière aussi radicale le système dans son ensemble. Il faut d'ailleurs reconnaître que la remise en cause des États-Unis est toujours venue des Américains eux-mêmes. Or, Miller, même s'il est le fils d'immigrés allemands, est l'Américain type. Il a vécu quarante ans dans son pays, et sa stature, son langage et même sa façon de prendre de la distance avec son pays sont très nord-américains.

En 1941, Miller écrit *Le Colosse de Maroussi (The Colossus of Maroussi)* chez son ami Lawrence Durrell, l'auteur irlandais du *Quatuor d'Alexandrie*, après un voyage en Grèce deux ans auparavant. Là encore, s'appuyant sur son expérience vécue, il innove du point de vue de la forme. Parti de Paris, s'étant promené en France, Miller découvre bientôt la Grèce. À ses yeux, la Grèce est moins le berceau de la civilisation occidentale, la descendante du monde antique, qu'un lieu de rencontres extraordinaires. Il est ébloui par la lumière, et séduit par les Grecs modernes. Il se passionne pour les hommes et les femmes, les ports, les petits pêcheurs. Il goûte le spectacle du retour de pêche, des poissons qui sèchent vendus à la criée, des petits bals spontanés dans les villages, du vin qui coule à flots. Ses rencontres, il en fait des personnages, à l'image de Katsimbalis, figure centrale du *Colosse de Maroussi*. L'épicurien Miller écrit : « La nourriture me donne une joie inouïe. » Il a compris, comme les Grecs, la beauté de la nature, de la terre, des fruits, de la vie. Katsimbalis est capable de parler seul, de monologuer pendant des heures : Miller en est absolument abasourdi. Pourtant, s'il ne s'en rend pas compte, il lui ressemble. Ses textes sont, eux-mêmes, comme d'immenses monologues ! Tous ses livres offrent un récit de ses propres expériences, de sa propre vibration par rapport à l'existence, que ce soit *Le Colosse de Maroussi*, les deux *Tropiques* ou la trilogie dite *Crucifixion en rose* (*The Rosy Crucifixion*), qu'il écrira après la guerre.

Le second conflit mondial le contraint à retourner dans son pays. Avec le peintre Abe Rattner, car il adore la compagnie des peintres et des sculpteurs, il effectue un grand voyage à travers l'Amérique. Ensemble, ils sont horrifiés par ce qu'ils voient du conformisme américain, de l'esclavagisme, du diktat de la réussite sociale. En 1945, à la manière des grands romans réalistes du XIXe siècle, il livre un portrait impitoyable des grandes villes de son pays, de la machine qui avance, fournit, produit, fabrique, et l'effraie, dans *Le Cauchemar climatisé (The Air Conditioned Nightmare)*, puis dans *Souvenir, souvenirs*, en 1947. Au fond, il se sent désormais très étranger dans son pays natal.

Il revient ensuite d'une manière assez étonnante à l'autobiographie, qui est, on l'a compris, sa principale veine. Des deux volets de son existence, racontés dans les *Tropiques*, il livre une seconde version en trois parties, qu'il titre de manière pittoresque *La Crucifixion en rose*, composée de *Plexus, Nexus* et *Sexus*, qui paraissent respectivement en 1949, 1953 et 1960. Il s'y raconte de manière un peu répétitive, sur deux mille pages.

Henry Miller aura ensuite une troisième vie, dans sa terre d'origine qu'il a si radicalement rejetée. Après de nombreux détours, il trouve le paradis sur terre, à Big Sur, en Californie, face au Pacifique. L'endroit est très beau, et plus encore, magique. Miller le décrit comme, au XIXe siècle, Thoreau ou Whitman racontaient la grande nature américaine, « la grandeur, le silence, les oiseaux, les séquoias à feuilles persistantes, le bleu du ciel, le faucon, l'aigle et le busard, les traînées de brouillard, la mer de nuages qui s'étend à l'infini, recouvrant tout l'océan, l'air est frais, vivifiant, le ciel pur, le soleil encore assez chaud pour qu'on puisse vivre à moitié nu ».

Miller, cet homme au visage ridé, presque oriental, est maintenant sur la fin de sa vie, et se passionne pour le bouddhisme, le taoïsme, le zen, les civilisations des Japonais et des Chinois, tout en continuant à vivre avec toutes sortes de femmes, bien plus jeunes que lui, souvent venues de l'Orient. Il tient alors un discours, nouveau, par lequel il deviendra, par la suite, le précurseur et le gourou des hippies et des beatniks. Il publie encore *Jours tranquilles à Clichy (Quiet Days in Clichy)* en 1956, *Le Temps des assassins (The Time of Assassins*, 1956), livre consacré à Rimbaud ; *Big Sur et les oranges de Jérôme Bosch (Big Sur and the Oranges of Hieronymus Bosch)* en 1957, où il décrit Big Sur, le Jardin des Délices où vivent ceux qui se sont éloignés du « cauchemar climatisé ». Il édite également ses nombreuses correspondances, avec Lawrence Durrell (*Une correspondance pri-*

vée, 1963) ou avec Anaïs Nin (*Lettres à Anaïs Nin*, 1965). Il meurt en 1980, en Californie, après être passé du statut d'écrivain maudit et pornographique à celui de prophète.

Ce serait un contresens de ne retenir de Miller que sa découverte émerveillée de Paris et du sexe. Sa philosophie de la vie, son panthéisme, son épicurisme, sa liberté face à la langue et sa réflexion sur les hypocrisies et sur les barrières puritaines en font une figure majeure, singulière, unique. Si Miller n'a pas été un écrivain au sens traditionnel et académique du terme, il fut certainement un pionnier, et pour beaucoup, un modèle, presque un sage.

JAMES JONES ET IRWIN SHAW

Après la Seconde Guerre mondiale, des Américains continuent à venir s'installer à Paris, perpétuant ainsi — et imitant — la tradition de leurs aînés des années 1920, Hemingway et Fitzgerald. On pense notamment à James Jones, qui vécut là une grande partie de sa vie. James Jones fait partie de ces écrivains dont le titre des œuvres, grâce au cinéma en particulier, est davantage connu que le leur propre. Jones est l'auteur de *Tant qu'il y aura des hommes* (*From Here to Eternity*, 1951), de *Comme un torrent* (*Some Came Running*, 1957) et de *Mourir et crever* (*La Ligne rouge, The Thin Red Line*, 1962).

James Jones avait toutes les raisons d'intéresser l'industrie cinématographique : il possède un sens extraordinaire du récit et toute son œuvre tourne autour de la guerre du Pacifique. Pour lui, comme pour beaucoup, c'est dans la guerre que les hommes se révèlent.

Né en 1921 dans l'Illinois, il voit son avenir remis en cause par la grande dépression, pendant laquelle sa famille est ruinée. Plutôt que de faire de coûteuses études, il s'engage dans l'armée. Il est ainsi GI à Pearl Harbor ainsi qu'à Guadalcanal, d'où il revient blessé. *Tant qu'il y aura des hommes*, gros livre, réaliste et passionnant, détaille la vie quotidienne des conscrits américains dans les casernes de Pearl Harbor, à la veille du bombardement surprise effectué par les Japonais. On ne « lâche » pas les héros de James Jones, et les Américains vont lui faire un triomphe. Du jour au lendemain, cet autodidacte devient une gloire littéraire.

À Paris, James Jones écrit ses romans, et

fédère, un peu comme Gertrude Stein les décennies précédentes, les écrivains américains expatriés. Mais le temps lui est compté : comme d'autres de ses collègues, il se laisse ruiner par l'alcool. En douze ans, il publie ses trois romans, que des « grands » du cinéma s'approprieront : Fred Zinnemann, Vincente Minnelli, ou récemment Terrence Malick. Les personnages de James Jones passeront ainsi à la postérité sous les traits de Montgomery Clift, Frank Sinatra, Dean Martin, Shirley MacLaine ou encore Sean Penn. James Jones est mort en 1977 à l'âge de cinquante-cinq ans.

Citons, pour finir, le nom et l'œuvre d'Irwin Shaw. Lui aussi a fait la guerre, mais en Europe. De cette expérience, il tire un premier roman, *The Young Lions* (*Le Bal des maudits* en 1948), qui devient aussi un grand best-seller et sera adapté au cinéma avec Marlon Brando, Montgomery Clift et Dean Martin.

Bibliographies et filmographies

GERTRUDE STEIN

Autobiographie d'Alice Toklas, Gallimard, L'Imaginaire
Autobiographie de tout le monde, Le Seuil, Points-Seuil
Brewsie et Willie, Rivages
Les Guerres que j'ai vues, Christian Bourgois
L'Histoire géographique de l'Amérique ou la Relation de la nature humaine avec l'esprit humain, Christian Bourgois
Ida, Le Seuil, Points-Seuil
Lectures en Amérique, Christian Bourgois
Le monde est rond, Le Seuil, Points-Seuil
Paris France, Le Rocher
QED : les choses comme elles sont, Vlasta Remue-ménage
Le Roi ou On ne sait quoi : le public est invité à danser, Main courante
Du sang sur le sol de la salle à manger, Christian Bourgois
Trois Vies, Gallimard, L'Imaginaire

ALICE B. TOKLAS

Ma vie avec Gertrude Stein, Le Rocher

HENRY MILLER

Bibliographie

Aller-retour New York, Buchet-Chastel
Aquarelles, Arléa
Art et outrage, essais, tome 1, Christian Bourgois
Big Sur et les oranges de Jérôme Bosch, Buchet-Chastel
Le Cauchemar climatisé, Gallimard, Folio
Le Colosse de Maroussi, Stock ; Le Livre de Poche
Correspondance 1934-1979 avec Blaise Cendrars, Denoël
Correspondance passionnée avec Anaïs Nin, Stock
Correspondance privée avec John Cowper Powys, Critérion
Crazy Cock, 10-18
La Crucifixion en rose — Nexus, Christian Bourgois ; Le Livre de poche
La Crucifixion en rose — Plexus, Christian Bourgois ; Le Livre de Poche
La Crucifixion en rose — Sexus, Christian Bourgois ; Le Livre de Poche
Un diable au paradis, 10-18
Dimanche après la guerre, Stock
Entretiens de Paris, Stock
Flash-back, avec Christian de Bartillat, Stock, Bartillat
Jours tranquilles à Clichy, Christian Bourgois ; Pocket
J' suis pas plus con qu'un autre, Buchet-Chastel
Lettres à Anaïs Nin, Christian Bourgois
Lettres à Emil, Christian Bourgois ; 10-18
Lettres d'amour à Brenda Venus, 10-18
Les Livres de ma vie, Gallimard
Max et les phagocytes, Stock ; Le Livre de Poche
Moloch, Belfond ; 10-18
Le Monde de D.H. Lawrence, Buchet-Chastel

Le Monde du sexe, 10-18
Mon vélo et autres amis, Christian Bourgois
L'Œil cosmologique, Hachette-Littératures
L'Oiseau-mouche, essais, tome 2, Christian Bourgois
Opus Pistorum, La Musardine
Premiers Regards sur la Grèce, Arléa
Plongée dans la vie nocturne, précédé de *La boutique du Tailleur*, Gallimard, Folio
Printemps noir, Gallimard, Folio
Souvenir, souvenirs, Gallimard, Folio
Le Temps des assassins, Denoël, 10-18
Tropique du Cancer, Gallimard, Folio
Tropique du Capricorne, Stock ; Le Livre de Poche
USA, Complexe

Filmographie

Jours tranquilles à Clichy, Dan., 1969
Réal., Scén. : Jens Jörgen Thorsen, d'après Henry Miller
Photo : Jesper Hem
Interprètes : Paul Valjean (Miller), Wayne Rodda (Carl)
Jours tranquilles à Clichy, Fr. It. All., 1989
Réal. : Claude Chabrol
Scén. : Ugo Leonzio, d'après Henry Miller
Photo : Jean Rabier
Musique : Matthieu Chabrol
Interprètes : Andrew McCarthy (Henry Miller), Nigel Havers (Alfred Perles), Barbara De Rossi (Nys), Stéphane Audran (Adrienne), Anna Galiena (Edith)
Tropique du Cancer, *Tropic of Cancer*, USA, 1969.
Réal. : Joseph Strick
Scén. : Joseph Strick, Betty Botley, d'après Henry Miller
Photo : Alain Derobe

Musique : Stanley Myers
Interprètes : Rip Tom (Henry Miller), James Callahan (Fillmore), Ellen Burstyn (Mona), Ginette Leclerc (Mme Hamilton)...

JAMES JONES

Ce plus grand amour, Gallimard, Folio
Le Joli Mois de mai, Stock
La Ligne rouge, Pocket
Le Soldat reconnu, Stock
Tant qu'il y aura des hommes, Pocket

Filmographie

L'attaque dura sept jours, The Thin Red Line, USA, 1964
Réal. : Andrew Marton
Scén. : Bernard Gordon, d'après James Jones
Photo : Manuel Berenguer
Musique : Malcolm Arnold
Interprètes : Keir Dullea (Private Doll), Jack Warden (sergent Welsh), Ray Daley (capitaine Stone)
Comme un torrent, Some Came Running, USA, 1958
Réal. : Vincente Minnelli
Scén. : John Patrick, Arthur Sheekman, d'après James Jones
Photo : William Daniels
Musique : Elmer Bernstein
Interprètes : Frank Sinatra (Dave Hirsh), Dean Martin (Bama Dilert), Shirley MacLaine (Ginny Moorchead), Martha Hyer (Gwen French), Arthur Kennedy (Frank Hirsh)
La Ligne rouge, The Thin Red Line, USA, 1999
Réal. : Terrence Malick

Scén. : Terrence Malick, d'après James Jones
Photo : John Toll
Musique : Hans Zimmer
Interprètes : Sean Penn (sergent Welsh), Nick Nolte (lieutenant-colonel Tall), Ben Chaplin (soldat Bell), John Cusack (capitaine Gaff), Jim Caviezel (soldat Witt), George Clooney, John Travolta, John Savage...

Tant qu'il y aura des hommes, *From Here to Eternity*, USA, 1953
Réal. : Fred Zinnemann
Scén. : Daniel Taradash, d'après James Jones
Photo : Burnett Guffey
Musique : George Duning
Interprètes : Burt Lancaster (sergent Warden), Deborah Kerr (Karen Holmes), Montgomery Clift (Robert Prewitt), Ernest Borgnine (sergent Judson), Frank Sinatra (Angelo Maggio), Donna Reed (Alma)

IRWIN SHAW

Le Bal des maudits, Pocket (2 vol.)
Question de vie ou de mort, Phébus

Filmographie

Le Bal des maudits, *The Young Lions*, 1958
Réal. : Edward Dmytryk
Scén. : Edward Anhalt, d'après Irwin Shaw
Photo : Joseph MacDonald
Musique : Hugo Friedhofer
Interprètes : Marlon Brando (Diestl), Montgomery Clift (Noah), Dean Martin (Michael)

LES RÉALISTES

FRANK NORRIS (1870-1902)
THEODORE DREISER (1871-1945)
UPTON BEALL SINCLAIR (1878-1968)
SINCLAIR LEWIS (1885-1951)

Qui s'intéresse au beau style ? On ne veut pas de la littérature. On veut de la vie.

FRANK NORRIS

Les romanciers que nous traitons dans ce chapitre, convenons-en, ne sont plus connus en France et plus guère lus dans leur pays. Contemporains de Proust, de Gide, de Claudel, de Valéry — et, pour Lewis, de Giraudoux et de Morand —, ils revêtent pourtant une décisive importance, et réservent un inattendu plaisir de lecture. Ce sont les brasseurs d'Amérique, de ses espaces et de ses usines, de ses aspirations et de ses injustices : il y a du Zola dans leurs intrigues en volume couvrant générations et transhumances. Avec, immédiatement discernable, le souci de témoigner de façon crédible d'une réalité observée en journalistes. Au détriment du style, parfois, mais nullement de la véhémence.

Les principaux écrivains réalistes américains

sont assez oubliés de nos jours. Ils n'en sont pas moins importants. Quatre noms méritent que l'on s'y arrête : Frank Norris, Theodore Dreiser, Upton Sinclair et Sinclair Lewis.

FRANK NORRIS

Avant de parler de l'œuvre de Frank Norris, génie précoce décédé à l'âge de trente-deux ans des suites d'une opération chirurgicale, il convient de présenter l'homme et tout d'abord de préciser qu'il vient de Chicago. Ce n'est pas un détail. En 1870, au moment où Frank Norris vient au monde, Chicago est une des places économiques essentielles du pays. Capitale du Middle West, elle est au cœur du dispositif agro-alimentaire des États-Unis. On est loin déjà de la Prairie des pionniers. Chicago est un centre urbain, industrialisé, tout de béton armé. La violence humaine et économique règne. Pour l'Amérique tout entière, et même aux yeux des pays européens, Chicago, ce sont les abattoirs. C'est là que l'on produit et que l'on trafique l'essentiel des aliments destinés à nourrir une population qui s'est accrue, en quelque trente ans, de près de cinquante millions de personnes. Les immigrants y accourent car il y a là du travail pour une main-d'œuvre prolétarisée. Mais les lois de l'économie sont féroces, les conditions de travail inhumaines, et des fortunes gigantesques se construisent sur le dos des petites gens.

La famille de Frank Norris ne souffre pas de cette nouvelle forme d'esclavagisme : le père est un riche joaillier. Le garçon a quinze ans lorsqu'il part en Europe étudier la peinture. À son retour, après de brillantes études en Californie, Frank Norris s'intéresse à la nouvelle Amérique, celle des villes et de l'argent. Pendant son séjour en France, Norris a beaucoup lu, aussi bien des sagas islandaises que les chroniques de Froissart, et, influencé par Zola, il publie en 1899 *Les Rapaces (McTeague)*, un grand roman sur l'avarice. McTeague, le héros, est un dentiste obsédé par le gain que la cupidité mènera au meurtre.

McTeague a épousé Trina, cousine de son ami Schouler. L'histoire bascule lorsque Trina, à la suite d'un placement heureux, fait fortune. Par dépit, Schouler, amoureux d'elle, révèle alors que l'époux, McTeague, n'a pas les diplômes requis pour exercer sa profession. Contraint d'abandonner son métier, l'ex-dentiste sombre dans la pauvreté parce que sa femme, depuis qu'elle est riche, est devenue d'une rare avarice. L'intrigue s'achève dans un ultime affrontement entre les deux rivaux, après une odyssée dans la Vallée de la Mort.

En 1923, Erich von Stroheim tourne *Greed (Les Rapaces)* pour la Metro-Goldwyn-Mayer, un film insensé qui durait dix heures dans son premier montage et qui sera énormément mutilé.

Les Rapaces restent une œuvre importante, parce qu'elle est l'une des premières qui développent l'idée que la société américaine est devenue le théâtre de la lutte pour la fortune et pour la réussite quoi qu'il en coûte. C'est un texte qui, dans la lignée de Zola, décrit la bête humaine.

Mais Frank Norris, si sa vie fut courte, ne s'est pas arrêté là. Il se lance dans le journalisme et, sitôt *Les Rapaces* publié, entreprend audacieusement l'écriture d'une saga. Comme beaucoup d'écrivains américains, Frank Norris est animé d'une ambition démesurée et entend construire une œuvre à la taille de l'Amérique elle-même. Pas question de se contenter de l'écriture d'un « petit » roman de temps à autre. Son projet est une trilogie sur le blé qui pousse dans les immensités du Middle West et que Chicago, comme nous l'avons précisé, reçoit, transforme et recycle. L'entreprise littéraire paraît sous le titre *L'Épopée du blé (The Epic of the Wheat)*. La plus célèbre partie est *La Pieuvre (The Octopus*, 1901), qui sera suivie de *La Bourse du blé (A Deal in Wheat*, posth., 1903) et du *Loup (The Wolf*, inachevé).

C'est dans cette saga que Frank Norris écrit cette phrase étonnante de la part d'un Américain — car les Américains accordent une importance extraordinaire à l'individu : « L'homme n'est rien, la vie n'est rien, ce qui compte, c'est la force. » Dans ses manuscrits comme dans ses livres, il écrit le mot force en capitales. « La FORCE qui fait pousser le blé et qui fait que la vie ressort de la terre. » Que nomme-t-il la FORCE ? S'agit-il de Dieu ? Il n'en emploie pas le nom en tout cas. On ne peut que penser alors à ce jeune homme génial d'Hollywood, George Lucas, qui va réaliser, quatre-vingts ans plus tard, une série extraordinaire : *Star Wars (La Guerre des étoiles)*. Car que dit le Jedi Ben Kenobi au héros, Luke Skywalker ? Il dit : « *May the strength be with you* », « Que la force soit avec toi ». Cette force, au fond, c'est un mot et une réalité très américaine. Norris a réussi à dire ce que peut représenter et engendrer cette force, et pour cela notamment, il demeure un auteur important du début du siècle.

Frank Norris contribue ainsi à dessiner, à annoncer les traits du roman américain du XXe siècle. Journaliste, correspondant de guerre à Cuba, en Afrique du Sud, il devient également lecteur pour une maison d'édition. C'est là qu'il

« découvre » le roman *Sister Carrie* de son contemporain et alter ego Theodore Dreiser.

THEODORE DREISER

Theodore Dreiser est né en 1871 à Terre-Haute, un village perdu de l'Indiana. Alors que Frank Norris était né riche, lui connaît une enfance misérable, dont il souffrira toute sa vie. Son père est un catholique très religieux, d'origine allemande. Le fils, marqué profondément par l'empreinte du père, n'est pas pareillement croyant mais il est torturé par les questions spirituelles. Cela éclaire l'interrogation fondamentale qui traverse son œuvre : L'Amérique peut-elle être sauvée, si, avide d'argent, de réussite, de gloire, elle est capable de tout ? Ce dilemme, il l'illustre dans son premier roman, *Sister Carrie* (1900), qui fait scandale et est immédiatement retiré des rayons des librairies. Dreiser y raconte tout simplement l'histoire d'une femme qui « couche » pour réussir. Il ne la défend pas, mais il la décrit, inspiré en partie, semble-t-il, par sa propre sœur.

Carrie rencontre dans un train un commis voyageur qui, marié, devient son amant et l'entretient. Elle déchaîne la passion de cet homme qui, pour elle, quitte femme, enfants et travail. Mais il ne retrouve pas d'emploi et ne peut donner à Carrie tout ce qu'elle désire. Celle-ci ne se gêne pas pour le lui faire âprement sentir jusqu'à ce que, dans la détresse, il se suicide alors qu'elle débute une brillante carrière de comédienne.

Dans l'Amérique d'alors, le propos fait scandale, tandis qu'en France des auteurs parmi les plus grands ont déjà écrit depuis longtemps sur ce thème — nous sommes vingt ans après le *Nana* d'Émile Zola. Mais Dreiser se heurte au puritanisme et à l'hypocrisie qu'il entendait précisément mettre en lumière.

Effrayé par le scandale qu'il a déclenché, Dreiser travaille pour la presse et attend 1911 avant de publier son roman suivant, *Jennie Gerhardt*, dans lequel il traite de l'amour et de la maternité hors mariage. Puis, comme Frank Norris, il se lance dans la rédaction d'une trilogie, la trilogie du désir ou trilogie Cowperwood, avec la même ambition insensée qui a animé tous les romanciers américains du début du siècle. Dans *Le Financier* (1912), *Le Titan* (1914) et *Le Stoïque* (1917), Dreiser raconte l'histoire d'un financier extrêmement riche, Frank Cowperwood, qui va connaître la gloire puis la chute. Là encore, le thème récurrent est la société aux prises avec les monopoles d'argent. À l'époque, il n'y a pas, aux États-Unis, de loi antitrust : la concurrence est sauvage, violente, et, bien entendu, les victimes en sont les pauvres et les modestes.

Après *Le « Génie » (The « Genius »*, 1915) qui, malgré la censure, lui assure la célébrité, il écrit son chef-d'œuvre, *Une tragédie américaine (An American Tragedy*, 1925), au titre pleinement évocateur. C'est la tragédie de la *success story* à l'américaine.

Dreiser a connu la même chance que Norris : le cinéma s'est emparé très rapidement de *Sister Carrie* et d'*Une tragédie américaine*, mis une première fois en scène par Josef von Sternberg et interprété par Phillips Homes, puis une seconde fois, sous le titre *Une place au soleil*, par George Stevens en 1951 avec Elizabeth Taylor et Montgomery Clift.

Une tragédie américaine est une terrible histoire qui repose sur Clyde Griffiths, personnage assez médiocre (contrairement à Carrie), et qui n'a pas les moyens psychologiques de son ambition sociale. D'une certaine manière, le récit rappelle la construction du *Rouge et le Noir*, si ce n'est que Julien Sorel est un jeune homme brillant et séduisant. Clyde Griffiths, lui, est un homme modeste, qui s'introduit dans le monde des riches. S'y trouve une belle demoiselle dont il tombe amoureux. Mais il est déjà fiancé, avec

Roberta, une fille pauvre qui constitue un obstacle à son ascension sociale. Il serait prêt à rompre pour parvenir à ses fins, quand Roberta lui annonce qu'elle est enceinte.

C'est de sa plume simple, sans fioritures, mais dotée d'un fort pouvoir d'évocation, que Dreiser achève sa tragédie en faisant basculer ses personnages dans la violence, le meurtre, puis jusqu'au procès : en effet, alors qu'ils se promènent en barque, Roberta se noie. On ne saura jamais si Clyde l'a poussée, mais on sait, en tout cas, qu'il ne l'a pas aidée. Il n'existe aucune preuve de meurtre, mais un policier détermine pourtant la culpabilité de Griffiths. Il passe en jugement — dans les tragédies américaines, pour tout péché, il doit y avoir pénitence —, et il est condamné... Repenti, Clyde meurt, plus tard, en paix avec Dieu.

Le thème est poignant, l'écriture efficace et, pour certains critiques, *Une tragédie américaine* est l'un des premiers grands romans américains du XXe siècle.

Dreiser, avec ce roman, n'en a cependant pas fini avec sa critique de l'Amérique. Il se soucie trop de l'avenir de son pays pour cela. Aussi continue-t-il à peindre la réalité au premier degré et à raconter les hommes de cette société. Ses titres suivants, *Le Titan, Le Stoïque*, sont à la mesure de son ambition, impressionnants. Comme tout grand artiste, Dreiser n'a jamais été satisfait de son œuvre. Quand il dit, à la fin de sa vie : « Je ne vois aucune signification à tout ce que j'ai vu, et je m'en vais, comme je suis venu, désorienté et découragé », sans doute pense-t-il à la mission de témoignage qu'il s'était confiée. « Désorienté et découragé », l'aveu est terrible : il témoigne néanmoins de l'intelligence et de la modestie d'un écrivain qui, quoi qu'il ait pensé, a indéniablement marqué la littérature de son pays.

UPTON BEALL SINCLAIR

Upton Sinclair est une vraie légende. Il représente un tournant dans l'histoire du roman américain, et même de l'Amérique. En 1906, il a vingt-huit ans, il est membre du parti socialiste et a derrière lui déjà six romans et dix ans de journalisme. C'est alors qu'il publie *La Jungle*. Le roman explose aux yeux du public et de la critique et il connaît un succès immédiat aux États-Unis tout d'abord, puis dans le monde entier, où il est rapidement traduit dans vingt pays.

La Jungle décrit, à la manière documentée d'un journaliste de terrain, l'horreur des abattoirs de Chicago, où l'on tue et met le porc en conserve.

Mais l'intention de Sinclair, c'est de montrer que le porc n'est pas le seul à être sacrifié dans ces abattoirs : les hommes y sont traités aussi mal que les bêtes.

Upton Sinclair effectue un formidable travail d'enquêteur : il se rend dans une usine durant deux mois, se fait passer pour un ouvrier, met une tunique et prend un petit seau. Il a découvert que si l'on va et vient dans un endroit comme celui-là avec un seau à la main, sans jamais s'arrêter, personne ne vous interroge. Ainsi Sinclair peut-il saisir les conversations, se pencher sur tout ce qui l'intéresse : il enregistre tout, l'horreur alimentaire, les conditions d'hygiène lamentables, les conditions aussi effroyables de travail. L'Amérique serait-elle devenue cette « jungle » où l'homme est un loup pour l'homme ?

Le pays n'est pas prêt à entendre un tel discours, qui s'inscrit à l'encontre de toutes les images sur la terre promise, de tous les clichés sur « le rêve américain. » Si *La Jungle* connaît un tel retentissement, c'est sans doute parce que ce n'est pas uniquement un document journalistique : c'est un roman, ce qui lui donne auprès du public un pouvoir d'évocation supplémentaire. Upton Sinclair raconte l'histoire d'une famille d'immigrants lituaniens : malgré la dureté des conditions de vie et de travail aux abattoirs, Jurgis n'est pas trop malheureux. Il épouse la femme qu'il aime et lui fait un enfant. Mais bientôt il se blesse et ne peut plus travailler. Il se fait alors embaucher à l'usine d'engrais chimiques, dont les employés sont au plus bas de l'échelle sociale, et se met à boire. Jurgis n'est pourtant pas au bout de ses peines. Il se rend bientôt compte que sa femme est contrainte de se donner à son patron. Fou de douleur, il lui « saute » littéralement à la gorge. À sa sortie de prison, il ne résiste pas aux sirènes de la pègre. À la fin du roman, il découvre le socialisme, et s'engage.

Theodore Roosevelt, alors président des États-Unis, convoque à Washington l'auteur du livre scandaleux. Roosevelt n'a pas la réputation d'être tendre avec ceux qu'il a nommés les *muckrakers*, les remueurs de boue, formule qu'il applique précisément aux journalistes d'investigation à la Upton Sinclair. Il le reçoit néanmoins, l'écoute, lit le livre et impose quelque temps plus tard deux lois sur l'hygiène alimentaire et les conditions de travail dans les abattoirs.

Upton Sinclair, ainsi, va jouer un rôle qui dépasse celui de l'écrivain et rappelle le rayonnement politique d'auteurs comme Victor Hugo ou Émile Zola. On lui attribue également une influence, quoique indirecte, dans les premières législations antitrust, grâce à sa dénonciation des monopoles du capitalisme sauvage.

Idéaliste cohérent, Upton Sinclair investit les trente mille dollars qu'il a gagnés avec *La Jungle*, ce qui représente alors une somme colossale, dans une ferme modèle située dans le New Jersey, Helicon Hall. Il y invite un certain nombre d'hommes pauvres à partager travail, pain et toit. Parmi eux, son « disciple » Sinclair Lewis. Quelques mois plus tard, étrangement, la ferme prend feu, certainement incendiée par des gens qui n'adhèrent pas au socialisme d'Upton Sinclair ni à sa vision utopique de la société.

Il poursuit néanmoins son œuvre d'écrivain et de dénonciateur. Il écrit toute une série de romans dans lesquels il se penche sur des scandales : *La Métropole* (*The Metropolis*, 1908), *Les Brasseurs d'argent* (*The Moneychangers*, 1908), *Sylvia* (1913) à propos de l'émancipation féminine, *Le Roi Charbon* (*King Coal*, 1917), *Jimmy Higgins* (1919) sur le pacifisme, *Le Pétrole* (*Oil !*, 1927), etc.

Dans les années 1920, ses livres sont de tels brûlots que ses imprimeurs n'arrivent pas à trouver de papier pour l'éditer. Il en faut plus pour décourager Sinclair, qui publie ses textes sur du papier d'emballage !

Sinclair est un lutteur, un battant, un homme formidable, et sans doute un être naïf. Toujours profondément engagé dans les idées de gauche, il va participer à des campagnes électorales, tentera de se faire élire à la Chambre des représentants, puis comme gouverneur de Californie. Tout au fil de sa longue vie, il poursuivra son combat et son œuvre. Sa bibliographie compte plus de quatre-vingts titres...

Personnage complexe, Upton Sinclair est pourtant resté intraitable sur différents sujets : antiféministe, végétarien et très réticent face à l'alcool, il dénoncera les écrivains américains, dont Hemingway, coupables, à ses yeux, de subir l'influence de la bouteille. (Mais que serait la littérature américaine sans l'alcool ?)

Étonnant, atypique, Upton Sinclair a joué un rôle fondamental tant dans l'histoire de la littérature américaine que dans la politique et la vie publique des États-Unis. Il incarne l'idée, rare sur le continent nord-américain, que la littérature peut servir à la lutte des classes.

SINCLAIR LEWIS

Parmi les disciples d'Upton Sinclair, les *muckrakers* dénoncés par le président Roosevelt, il faut évoquer Sinclair Lewis. Né en 1885, fils de médecin, il vient du nord des États-Unis et participe à la communauté utopique d'Upton Sinclair. Journaliste par nécessité, il est d'abord romancier. Mais lui s'intéresse aux classes moyennes. C'est le premier de tous les auteurs réalistes qui ne s'attaque pas aux thèmes de la taylorisation et de l'industrialisation, pas plus qu'il ne raconte les abattoirs, les industriels, les monopoles, les hommes de pouvoir et d'argent. En deux romans, Sinclair Lewis va décrire, de façon méticuleuse, organisée, détaillée, le quotidien de l'Amérique moyenne, s'attachant au concret, au détail, à l'image, aux petites choses qui frappent et qui, peu à peu, fabriquent une œuvre. *Main Street* (*Grand'Rue*, 1920), c'est la rue principale de chaque petite ville des États-Unis, où tout le monde se connaît, où circulent les gens, les voitures et les ragots. Carol, une jeune femme brillante, épouse le médecin d'un gros bourg. Très vite, elle souffre de l'étroitesse de la vie qui lui est offerte, de la mesquinerie, des commérages. On a souvent dit qu'elle était une Emma Bovary américaine. Mais Mme Bovary se suicide, alors que Carol, elle, ne mourra pas. Après avoir tenté de s'évader, elle se résigne à jouer la même comédie que ses voisins, parents et amis.

Babbitt, qui paraît en 1922, est devenu un best-seller mondial. Babbitt, c'est le nom d'un Américain moyen, agent immobilier, qui vit sa petite vie sans éclat : il va au club tous les jours, ne rechigne devant aucun dîner, aucune messe, aucune petite cérémonie... Faire ce qu'il faut, être là où il convient de se trouver, est le moteur de son existence : il est impeccablement médiocre, conformiste et provincial. Paul Morand, dans sa préface à l'édition française, rappelle que Babbitt est devenu un nom commun, avec une minuscule, tant il personnifie un archétype.

Babbitt est un livre très réaliste et très drôle. Sinclair Lewis a l'œil acéré, et il décèle tous les travers de son personnage — qu'il aime bien au demeurant, tout comme la société qu'il critique. Il en est fier, même si son portrait est sans concession. De ce point de vue, il s'inscrit dans cette idée tellement américaine qui veut qu'en critiquant son pays on contribue à le rendre meilleur. Il publie ensuite, en 1927, un autre très bon livre, *Elmer Gantry* (porté à l'écran par Richard Brooks et interprété par Burt Lancaster). Il y décrit de façon précise et très dure les prédicateurs, charlatans cupides, que l'on voit encore aujourd'hui à la télévision. Sinclair Lewis, qui connaissait bien son affaire, savait combien la crédulité est l'un des maux de l'Amérique profonde !

En 1930, Sinclair Lewis reçoit le prix Nobel. C'est le premier romancier américain à être ainsi distingué et il n'échappa à personne alors que ce prix consacrait, désormais, l'existence d'une littérature américaine, portée par des romanciers américains. (Si l'on observe qu'ensuite, en moins d'un quart de siècle, trois autres écrivains américains, Hemingway, Faulkner, Steinbeck, eurent droit au même honneur, on voudra bien conclure que les lettres américaines furent reconnues et adoubées par la grande institution internationale que représente l'académie Nobel.)

Bibliographies et filmographies

FRANK NORRIS

Bibliographie (aucun livre disponible en France)

La Bourse du blé
La Pieuvre
Les Rapaces

Filmographie

Les Rapaces, Greed, USA, 1924
Réal. : Erich von Stroheim
Scén. : Erich von Stroheim, d'après Frank Norris
Photo : Ben Reynolds, William Daniels
Interprètes : Gibson Gowland (MacTeague), ZaSu Pitts (Trina Sieppe), Jean Hersholt (Marcus Schouler), Chester Conklin (Hans Sieppe)

THEODORE DREISER

Bibliographie

L'homme qui s'est fait tout seul, Autrement
Jennie Gerhardt, Nouvelles éditions latines
Sister Carrie, Joëlle Losfeld

Filmographie

Sister Carrie
Une place au soleil, A Place in the Sun, 1951
Réal. : George Stevens
Scén. : Michael Wilson, Harry Brown
Photo : William C. Mellor
Musique : Franz Waxman
Interprètes : Montgomery Clift (Clyde Griffiths), Elizabeth Taylor (Angela Vickers), Shelley Winters (Alice)
Une tragédie américaine, An American Tragedy, 1931
Réal. : Josef von Sternberg
Scén. : Samuel Hoffenstein, J. von Sternberg
Photo : Lee Garmes
Interprètes : Philip Holmes (Clyde Griffiths), Sylvia Sidney (Roberta Alden), Frances Dee (Sondra Finchley), Irving Pichel (Orville Mason), Frederick Burton (Samuel Griffiths)

UPTON SINCLAIR

Bibliographie : aucun titre sur plus de quatre-vingts n'est disponible en France.

SINCLAIR LEWIS

Bibliographie

Babbitt, Le Livre de Poche
Elmer Gantry, le charlatan, Phébus
Le Lac qui rêve, Albin Michel
De sang royal, Flammarion
Une vie comme une autre, Nouvelles éditions latines

Filmographie

Elmer Gantry, le charlatan, Elmer Gantry, USA, 1959
Réal. : Richard Brooks
Scén. : Richard Brooks, d'après Sinclair Lewis
Photo : John Alton
Musique : André Previn
Interprètes : Burt Lancaster (Elmer Gantry), Jean Simmons (Sœur Susan Falconer), Arthur Kennedy (Jim Lefferts), Shirley Jones (Lulu Bains)

LE ROMAN NOIR AMÉRICAIN

DASHIELL HAMMETT (1894-1961)
RAYMOND CHANDLER (1888-1959)
JAMES MALLAHAN CAIN (1892-1977)
HORACE McCOY (1897-1955)
JAMES ELLROY (né en 1948)

« Allô ?... Oui, lui-même... Mort ?... Oui... Un quart d'heure... Merci ! »

Il y eut un déclic d'interrupteur électrique. Un plafonnier suspendu par trois chaînes dorées s'illumina. Spade, les pieds nus, en pyjama à carreaux verts et blancs, s'assit sur le bord de son lit, jeta un coup d'œil mauvais au téléphone posé sur la table de nuit et prit un cahier de papier à cigarettes maïs et un paquet de « Bull Durham ».

DASHIELL HAMMETT

Les Américains n'ont pas plus inventé le roman policier que la nouvelle, mais de ce genre comme de l'autre ils ont fait quelque chose d'unique, à l'image de leur société. On considère, depuis Marcel Duhamel, grand spécialiste français du roman policier et fondateur de la Série noire, que le roman noir américain est apparu à la faveur de la loi sur la prohibition, votée en janvier 1920. En promulguant une législation stricte qui heurtait par trop les habitudes de la population, les États-Unis font de leurs citoyens des délinquants ; par ailleurs, dans ce pays où historiquement, depuis la conquête de l'Ouest, le premier qui tire a raison, où l'arme à feu a partout droit de cité, la prohibition favorise la mafia, les trafics, la corruption, la violence. C'est de ce climat que le roman noir américain, à ses origines, va rendre compte.

Les auteurs cultes de ce genre littéraire ont un nom, on les appelle les *hard-boiled*, les « durs à cuire ». Ils se nomment Dashiell Hammett, Raymond Chandler, James Cain, Horace McCoy ou James Ellroy. En commun, ils ont notamment d'avoir été — d'être — une manne pour le cinéma américain et de lui devoir, en grande partie, leur postérité et leur légende.

Nous les avons tellement aimés tous les deux, Hammett et Chandler. Ils nous ont tellement dirigés sur les chemins du « film noir », ils ont tellement influencé des douzaines d'écrivains et des centaines de cinéastes. (La structure de base du récit à la Hammett, style *Faucon maltais*, comme celle du récit à la Chandler, style *Grand Sommeil*, sert encore d'exemple et de modèle aux scénaristes et aux romanciers de tous bords.)

Hammett a atteint la perfection dans la description purement phénoménologique des personnages et de leur action. Chandler est plus sentimental, plus recherché. En suivant l'écriture de l'un et de l'autre, on croit entendre la frappe de la machine à écrire, la nuit, quelque part à La Jolla (Californie) ou San Francisco, avec une ou plusieurs bouteilles d'alcool sur la table. Ils ont chacun fait entrer dans la légende les personnages de deux détectives privés : Sam Spade pour Hammett, Philip Marlowe pour Chandler. On peut dire que Chandler fut à Hammett ce que Fitzgerald fut à Hemingway — bien qu'ils ne se soient rencontrés qu'une seule fois, brièvement, sans commentaires superflus, comme dans leurs merveilleuses histoires noires. Ils font partie de nos favoris.

DASHIELL HAMMETT

Jacques Cabau, spécialiste du roman américain, a très justement énoncé que « seule l'Amérique pouvait inventer ce genre de roman, à ce moment particulier. Le roman policier noir est l'héritier du roman d'aventures à la Cooper, roman de fuite et de poursuite. Hammett transpose la Prairie dans la jungle des villes. La loi du Far West préfigure celle du milieu. Dashiell Hammett n'aurait pas inventé le “roman noir” sans le jazz et le cinéma qui lui apprennent à battre le rythme et à donner à voir. Il supprime motifs et explications ».

Dashiell Hammett est le précurseur du roman noir américain, auquel pourtant aucune vocation précoce ne le prédestine. Il naît dans le Maryland en 1894. À quatorze ans, délaissant sa scolarité, il exerce toutes sortes de petits métiers pour gagner sa vie, avant de rentrer comme détective dans une célèbre agence, Pinkerton. Il y réussit plutôt bien, mais une tuberculose contractée durant la Première Guerre mondiale, de même qu'une méchante propension à abuser de la bouteille, le contraint à changer de métier. Qu'à cela ne tienne, il en a vu assez pour nourrir son imagination et il commence, en 1924, à écrire des nouvelles policières dans des magazines populaires, que l'on appelle péjorativement *pulp*, la pâte à papier. Le plus célèbre, c'est *Black Mask* (Le Masque noir) et Dashiell Hammett y introduit son « Continental Op », son premier détective privé. En 1927, il publie une série de nouvelles, *Poisonville*, qui, réunies, constituent son premier roman, *Red Harvest (La Moisson rouge)*. On y moissonne des hommes et le rouge est celui du sang. Le héros est un « opérateur », un détective purificateur qui débarque dans une ville totalement corrompue, Poisonville — la ville du poison —, pour la nettoyer. Au carrefour des rues, il voit des policiers en uniforme et mal rasés : « Quand je débarque dans une ville où même les agents de la circulation sont pas rasés, c'est qu'y a quelque chose de profondément mauvais et qui va pas, y a quelque chose qui roule pas. »

Ainsi, à partir d'une chose vue, d'un détail vécu, il tire des conclusions ou, plus souvent, laisse au lecteur le soin de les tirer. Hammett a beaucoup traîné dans les « rues méchantes », dans les *mean streets,* selon l'expression de Raymond Chandler. Pour Pinkerton, il a traqué la femme infidèle ou les kidnappeurs d'enfants, et pratiqué les filatures glauques. Toutes ses observations sur les gestes, les vêtements, les coiffures lui permettent d'étudier le mystère de l'homme, et, sans jamais juger, de transmettre une éthique, une philosophie de l'existence.

Après *Sang maudit* (*The Dain Curse,* 1929), Hammett publie en 1930 son chef-d'œuvre, *Le Faucon maltais (The Maltese Falcon)* où apparaît son détective idéal, Sam Spade.

Une séductrice, Brigid O'Shaughnessy, des truands et un détective sont à la recherche d'une statuette en forme de faucon qui vaudrait des millions de dollars. Après avoir laissé sur leur route un certain nombre de cadavres, ils s'aperçoivent que la statuette est un faux. Pour rien, donc, des vies ont été sacrifiées dans les couloirs d'hôtels sordides, d'autres ont été détruites, et le détective, par amour, a failli perdre toute sa conception éthique du métier. Or cela aussi intéresse notre auteur, puisqu'il a exercé cette profession. Ainsi, au fil du roman, Hammett émet-il les quelques règles inviolables du métier de détective :

« Quand l'associé d'un bonhomme se fait buter, c'est le boulot de son partenaire de dénicher l'assassin. Ce qu'on pouvait penser de lui, on s'en fout, c'est son associé, il faut se démerder. Par-dessus le marché, il se trouve qu'on était des détectives, et je suis détective. Alors laisser filer le criminel, c'est véritablement salement moche dans la profession. C'est moche pour toute la corporation. Et puis je vais te dire un truc : ne pas remettre un coupable à la police, c'est comme si on demandait à un cabot d'attraper un lapin pour le lâcher aussitôt. Ça arrive, bien sûr, mais c'est pas naturel. »

Hammett ne fait pas de littérature. Son style est dépouillé. Il est allé chercher l'argot dans la rue et le replace tel quel dans ses livres. Hammett est un dur à cuire qui ne laisse pas beaucoup de place à la tendresse. Pourtant, ce qu'il décrit des nuits dans les villes, des atmosphères de commissariats, ou des séductrices qui vous embarquent dans des histoires tordues est empreint d'une certaine forme de poésie et de magie.

Pionnier et maître du roman policier, Dashiell Hammett est devenu une véritable institution de la littérature américaine. Le genre « noir » lui doit ses lettres de noblesse. Il a prouvé que la littérature policière est un grand genre, qui ne mérite pas d'être enfermé dans une catégorie particulière. Au fond, tout roman repose sur une question et une seule, qui remonte à la nuit des temps : qui a tué qui, et pourquoi ? Le mystère de l'homme, son opacité, la violence des sociétés, le péché, le vice, la vertu sont des questions universelles et fondamentales. Elles ont hanté Balzac, Dostoïevski, Graham Greene. Elles ont été reprises d'une autre manière par Dashiell Hammett, c'est tout. Hammett incarne en effet à la perfection la rencontre entre un contexte social et une écriture. Ses romans peuvent être qualifiés de behavioristes car ils s'inscrivent dans une école de l'observation et de la description de comportement.

L'école européenne du roman policier, avec des Sherlock Holmes, des Hercule Poirot ou des Maigret, repose sur la déduction et l'intuition. Poirot agite ses petites cellules grises,

Sherlock Holmes prend une pipe et réfléchit, Maigret va boire une bière et médite. Sam Spade, le héros de Dashiell Hammett, agit. Ses personnages disent et font. La psychologie découle des faits, explique les faits.

« L'air froid et humide de la nuit entrait par les deux fenêtres ouvertes, apportant six fois par minute le hurlement lugubre de la corne de brume d'Alcatraz. [...] Sam, de ses doigts épais, se mit à rouler soigneusement une cigarette. Il répartit avec minutie les grains de tabac au creux de la feuille pliée, puis, déplaçant latéralement les pouces, il roula le bord du papier contre ses deux index, en maintenant le cylindre tandis qu'il mouillait l'autre bord de la feuille du bout de la langue. »

À travers toutes les précisions qu'il nous fournit sur ses personnages, détectives et femmes vénales, flics et voyous, Hammett raconte l'homme, son pathos, son destin, ses pulsions secrètes.

Après *Le Faucon maltais*, il écrit un autre magistral roman, *La Clé de verre (The Glass Key)* en 1931, qui décrit les coulisses de la politique, puis *L'Introuvable* (*The Thin Man*, 1934).

Lorsque éclate la Seconde Guerre mondiale, Dashiell Hammett s'engage — il a alors près de cinquante ans et tient absolument à combattre.

Il croit que l'écrivain ne se nourrit que de la vie, que la mort en fait partie, et qu'en faisant la guerre, en côtoyant la mort, il enrichira son œuvre littéraire. Par ailleurs, c'est un homme qui a de fortes convictions politiques. Il demandera d'ailleurs à être inhumé dans le cimetière d'Arlington, le cimetière des grands soldats de la patrie. S'il a côtoyé l'espèce humaine à l'hôpital, en cure de désintoxication, ou lorsqu'il était détective, Hammett, pendant cette guerre, acquiert l'expérience ultime qui lui permet d'aller plus loin encore dans sa connaissance de l'âme humaine.

On l'a dit, c'est un homme de convictions. Homme de gauche, volontiers marxiste, il est emprisonné, en 1951, au temps du maccarthysme, pour refus de délation. Là où Elia Kazan et quelques autres ont « balancé » pour survivre, il préfère se taire dignement et rejoindre la taule. S'ajoutant aux séquelles de la tuberculose et de l'alcoolisme, cet épisode va achever de le détruire physiquement. Il reste cependant, jusqu'à ses derniers jours, égal à lui-même, plein de charme et séducteur : grand, fin, peu loquace, racé, petite moustache, élégant à la limite du dandysme, il a l'allure de ses personnages, tels qu'on les a vus incarnés au cinéma. Sam Spade est à tout jamais Humphrey Bogart et l'on n'oublie pas l'adaptation de

La Clé de verre par Stuart Heisler avec Veronica Lake et Alan Ladd.

En 1966, Hammett publie encore *Le Grand Braquage (The Big Knockover)*, recueil de nouvelles publiées dès 1924. Il excelle autant dans ces courts récits que dans les romans. Il n'y a, pour ainsi dire, pas de déchets dans son œuvre.

Lillian Hellman, sa seconde épouse, romancière et scénariste comme lui, a rédigé, cinq ans après la mort d'Hammett, une postface à l'édition du *Sac de Couffignal (The Gutting of Couffignal)*. Un texte prodigieux d'émotion et d'admiration retenues où l'on découvre la personnalité d'un auteur, toute sa vie malade et trop souvent malheureux, perpétuellement travaillé par le doute, même s'il a été aux États-Unis comme en France — notamment par André Gide et Jean-Paul Sartre — reconnu par les plus grands. S'il ne put jamais s'en convaincre lui-même, Dashiell Hammett, néanmoins, s'inscrit dans l'histoire littéraire américaine comme l'un des piliers du roman du XXe siècle.

RAYMOND CHANDLER

« Je portais mon complet bleu poudre, une chemise bleu foncé, une cravate, des chaussettes de laine noire à baguettes bleu foncé. J'étais correct, propre, rasé, à jeun, et je m'en souciais comme d'une guigne, j'étais, des pieds à la tête, le détective privé bien habillé, j'avais rendez-vous avec quatre millions de dollars. » Ainsi débute le chef-d'œuvre de Raymond Chandler, *Le Grand Sommeil*, publié aux États-Unis en 1939. Raymond Chandler, c'est un style, un ton, une façon de regarder, c'est une écriture extraordinaire qui a influencé de façon profonde une série d'écrivains contemporains dans le monde entier. Avec Dashiell Hammett qui fut son maître, Raymond Chandler est le deuxième pilier du roman noir, non pas du simple « polar », mais de bien autre chose, de la littérature policière. Paradoxalement, s'il incarne l'art américain en la matière, Chandler fut essentiellement modelé par l'Angleterre.

Chandler est né en 1888 à Chicago. Élevé par sa mère dès l'âge de sept ans quand son père, ingénieur, quitte le foyer, Chandler part pour la Grande-Bretagne. Il y fait des études classiques, latin et grec, et adopte, comme Henry James auparavant, la nationalité britannique. Pourtant, en 1912, il retourne en Amérique, s'installe à Los Angeles, rencontre et épouse une femme de vingt ans son aînée — ce n'est pas un hasard s'il épouse Cissy juste après la mort de sa mère — et entame une brillante carrière dans l'industrie jusqu'à devenir vice-président d'une compagnie pétrolière. Mais, en 1932, il est au chômage. Il boit et essaie d'écrire. Aux États-Unis, c'est la grande dépression et Raymond Chandler a quarante-quatre ans. Il pourrait être un raté. Mais sa vie va basculer. Il livre au *Black Mask*, la célèbre revue de pulp-fiction où l'a précédé Dashiell Hammett, sa première nouvelle, *Les maîtres chanteurs ne tuent pas* (*Blackmailers Don't Shoot*, 1933). D'autres suivront qui témoignent toutes d'un talent singulier, différent de celui d'Hammett, moins porté sur le comportementalisme, un style plus recherché, mais le même amour maniaque de la chose vue.

En 1939, *Le Grand Sommeil (The Big Sleep)* consacre Raymond Chandler comme écrivain à part entière. Son œuvre ne sera pourtant pas très volumineuse : une dizaine de romans et quelques nouvelles, très régulièrement adaptés au cinéma ; il a été pillé, plagié, imité, et exploité par Hollywood à partir de 1943, où il est engagé comme scénariste. Il y fournit un travail qui frise l'excellence et adapte des romans pour les plus grands metteurs en scène : pour Billy Wilder, tiré du roman de James Cain, il écrit le scénario d'*Assurance pour la mort*. Il travaille avec Hitchcock à l'adaptation du roman de Patricia Highsmith, *L'Inconnu du Nord-Express*, et lui apporte beaucoup. Dans ce film, on retrouve particulièrement le ton de Chandler, son humour, son côté sardonique, et les descriptions caustiques de ses personnages. Inversement, quand les œuvres de Chandler seront adaptées au cinéma, il aura droit aux plus grands. Ainsi, c'est Howard Hawks qui réalise *Le Grand Sommeil* en 1946, sur un scénario de William Faulkner — rien que ça !

Le cinéma se rue sur les œuvres de Chandler parce que le film noir est, à l'époque, le genre roi, et que Chandler est le roi de ce genre. Les films de Hawks, de Walsh, ceux de John Huston, entre autres milliers d'étonnantes « séries B », vont dominer le cinéma américain et envahir le monde. On comprend que Chandler, maître du récit et de la construction, ait connu du succès auprès d'Hollywood, même si, par ailleurs, comme pour Faulkner et Fitzgerald, il se considérait comme un « salarié » mal payé et méprisé par des producteurs incultes qui avaient su, néanmoins, tirer le meilleur de leurs œuvres.

Ses histoires démarrent généralement par quelqu'un qui frappe à la porte d'un privé — une porte au verre dépoli —, sur laquelle on peut lire : *Philip Marlowe. Private investigator.* On vient lui demander de rechercher quelqu'un : une fille qui a disparu, un homme dont on ne retrouve plus la trace, de l'argent qui a été volé. Le détective privé Philip Marlowe se trouve alors embarqué dans des histoires à tiroirs, pleines de rebondissements, d'impostures, de suspense, de faces cachées que Chandler dévoile d'un coup, sur la fin. C'est une aubaine pour le cinéma, bien que le cinéma, sauf une fois (*Le Grand Sommeil*), n'ait jamais complètement réussi à restituer le charme du style de Chandler, son écriture subtile.

Marlowe est un personnage de détective assez vertueux. Un privé solitaire qui combat les vices urbains : la corruption, le gangstérisme sous toutes ses formes. « *He doesn't take no for an answer* » : « Non n'est pas une réponse à ses yeux », et il part inlassablement à la recherche d'une vérité cachée. Toutefois, loin d'être parfait, ni très musclé ni très cultivé, un peu macho mais doté d'une grande capacité de séduire, il se situe toujours à la limite du second degré et de l'humour noir.

« Elle tenait un verre, elle avala une gorgée et me jeta par-dessus le bord du verre un regard fermé, froid. “Ainsi, vous êtes un détective privé, dit-elle. Je ne savais pas que ça existait vraiment, sauf dans les livres. Ou alors ce sont de petits hommes crasseux qui passent leur temps à fureter dans les hôtels.” Rien pour moi là-dedans, je laissai couler. »

Chandler tire les ficelles, selon des règles qu'il a expliquées dans *L'Art tout simple d'assassi-*

ner (*The Simple Art of Murder*, 1950), un essai remarquable sur la littérature policière. Balzac ne disait-il pas lui-même : « À l'origine de toute fortune, il y a toujours un crime » ? L'essai en question fera autorité. On trouve aussi dans sa volumineuse correspondance des petits trésors d'aphorismes, visions et pensées, sentiments et images. Il répondait à tous ceux qui lui écrivaient. Ses « lettres choisies » sont très précieuses.

Que dire de Chandler lui-même ? On a du mal à imaginer que derrière ses personnages un peu décadents, ou très violents, derrière le langage « dur à cuire », la reconstitution de l'atmosphère sombre de Los Angeles, il y a un homme au physique amoindri, avec son chat, sa femme âgée et sa bouteille d'alcool, un homme tellement vulnérable ! « Pendant trente ans, elle a été le battement de mon cœur », a-t-il écrit, sans pudeur, à propos de son épouse, à laquelle il ne survivra que deux années (il meurt en 1959), passées quasi exclusivement à boire, à noyer son irréparable chagrin.

Tous les livres de Chandler sont accessibles en livres de poche, et leur popularité en France n'a jamais été démentie. Ils ont été traduits par les plus grands, particulièrement par Marcel Duhamel, dans la Série noire, ou par Boris

Vian, traducteur du *Grand Sommeil* et de *La Dame du lac*.

Raymond Chandler s'est toujours battu pour qu'on lui accorde le statut d'écrivain, et non pas d'auteur de pulp-fiction. On peut à ce titre le situer au rang que Georges Simenon avait aussi voulu atteindre. Chandler avait l'orgueil de son métier, la fierté du genre qu'il avait délibérément choisi.

André Gide tenait ces auteurs de romans noirs américains, notamment Hammett, pour des précurseurs. Après-guerre, quand leurs romans arrivèrent en Europe, ils révolutionnèrent la sensibilité des écrivains, français et italiens, tout comme le film noir a modifié la façon qu'on avait, au cinéma, de raconter les histoires, de rendre les atmosphères, de démystifier les dialogues.

Les intrigues de Chandler sont souvent assez confuses. Mais ça ne représente pourtant pas un handicap. On raconte que Faulkner, lorsqu'il s'attaqua à l'adaptation du *Grand Sommeil*, s'est heurté à quelques points obscurs... que Chandler lui-même ne put lui expliquer ! Mais son génie tient dans la façon de planter l'atmosphère de ses intrigues et dans la maîtrise de l'écriture :

« Je trouvai cette fois mon chapeau tout seul. Dehors, le grand parc paraissait hanté, comme si de petits yeux sauvages me guettaient derrière les buissons, comme si la lumière du soleil elle-même avait quelque chose de mystérieux. Je pris ma voiture et descendis la colline. »

Un autre auteur se serait arrêté là. Mais Chandler, lui, continue :

« Qu'est-ce que ça peut faire, où on vous met, quand vous êtes mort ? C'est le grand sommeil. Dans un puisard dégueulasse ou dans un mausolée de marbre au sommet d'une grande colline ? Vous êtes mort, vous dormez du grand sommeil, vous vous en foutez, de ces choses-là, le pétrole et l'eau, c'est de l'air, du vent, pour vous. Vous dormez, vous dormez du grand sommeil, tant pis si vous avez eu une mort tellement moche. Peu importe où vous êtes tombé. »

Tous les livres de Chandler furent des succès. Il a fait l'objet de nombreuses études par des universitaires renommés. Après *Le Grand Sommeil*, il écrit *La Grande Fenêtre (The High Window)* en 1942 ; *La Dame du lac* en 1943 ; *Fais pas ta rosière ! (The Little Sister)* en 1949. *Sur un air de Navajo (The Long Goodbye)* paraît en 1954 et est adapté, superbement, par Robert Altman sous le titre *Le Privé*. Son dernier roman, *Playback*, paraît en 1958, un an avant sa mort.

Chandler fait partie de notre famille littéraire. Comme beaucoup d'auteurs des générations actuelles, on se sent descendre de sa filiation.

Il arrive que l'on parle d'un écrivain chandlérien : n'est-ce pas une preuve d'immortalité que de voir son nom transformé en adjectif ? Il existe un culte de Chandler qui a traversé les époques et les écoles. Certains de ses fans ont fait le voyage jusqu'à La Jolla pour fleurir sa tombe... (L'auteur de ces lignes en fait partie.)

Sans Cain, McCoy, Ellroy et tant d'autres, le cinéma américain ne serait pas ce qu'il est, ce qu'il a été. Hollywood, la machine à fabriquer du récit, se nourrit des centaines et centaines de scénarios ou d'adaptations de livres écrits par les émules de ces grands anciens. Ce qu'il faut retenir, chez Cain comme chez McCoy, et que l'on retrouve, malheureusement, de moins en moins chez les auteurs de « série noire » actuels, c'est un don singulier pour la sobriété, la sécheresse, la dureté, l'économie de l'écriture. Aucune fioriture, aucune digression, tout est sacrifié aux faits, au récit pur et dur, et à la violence du désir qui pousse les personnages dans un engrenage mortel. McCoy, encore plus que Cain, sans doute, a vécu dans l'incompréhension totale et il a fallu des années avant que l'on admette l'idée que *On achève bien les chevaux* était un chef-d'œuvre. Et puis, pour lui comme pour James Cain, quel génie des titres !

JAMES MALLAHAN CAIN

James Mallahan Cain est, par excellence, un auteur sauvé de l'oubli par le cinéma. Non que sa littérature ne se suffise pas en elle-même, mais les multiples adaptations au cinéma du *Facteur sonne toujours deux fois* ont permis de conserver la mémoire de l'auteur.

James Cain naît en 1892 dans le Maryland. Contrairement aux auteurs typiques de roman noir, il est d'une famille bourgeoise et cultivée. Sa mère est chanteuse d'opéra et, un temps, il envisage de la suivre dans cette carrière. Finalement, il opte pour le journalisme. C'est un intellectuel. Il écrit articles et nouvelles pour le journal d'Henry L. Mencken, *The American Mercury*, puis occupe, un court moment, un poste de responsable au sein du prestigieux *New Yorker*.

Comme beaucoup d'autres, il prend ensuite la route d'Hollywood, où il devient scénariste. En 1934, il fait une entrée fracassante dans le monde littéraire avec la publication d'un roman noir : *Le facteur sonne toujours deux fois (The*

Postman Always Rings Twice). Un huis clos sans extérieur, dans lequel un homme raconte, de sa cellule de prison avant son exécution, l'histoire à laquelle il a participé.

Frank est un vagabond. Un jour, il débarque dans un snack-bar :

« C'est alors que je l'ai vue. Jusque-là, elle était restée derrière, dans la cuisine, et elle n'est venue dans la salle que pour prendre mes assiettes sales.

Son corps mis à part, elle n'était pas d'une beauté folle, mais elle avait un certain air boudeur et des lèvres qui avançaient de telle façon que j'ai immédiatement eu envie de les mordre.

— C'est ma femme ! »

Cora, dont Frank vient de tomber amoureux, est mariée au vieux Nick le Grec. Afin de pouvoir vivre leur passion charnelle, les deux amants se débarrassent du mari dans un faux accident de voiture. Mais leur amour ne sera pas sauvé pour autant, car le facteur sonnera une deuxième fois — le facteur, c'est évidemment le destin, la mort. Cora meurt dans un accident de voiture, véritable celui-là, et Frank est accusé de l'assassinat de sa maîtresse et condamné à mort.

Le cinéma s'empare aussitôt du texte. Le Français Pierre Chenal en fait une adaptation, Visconti également en Italie, puis vient le chef-d'œuvre, mis en scène par Tay Garnett avec

Lana Turner et John Garfield et tourné à Hollywood en 1941 : un film en noir et blanc, fort, âcre, sur l'amour et le crime. Plus tard, Bob Rafelson, en 1980, donnera sa propre version avec Jack Nicholson et Jessica Lange (plus dur, plus cru dans les scènes de sexe).

Mais le cinéma ne doit pas reléguer l'écriture romanesque de James Cain au second plan. Albert Camus disait que, pour écrire *L'Étranger*, il avait été inspiré par l'écriture blanche de James Cain dans *Le facteur sonne toujours deux fois*. Une écriture sans fioritures, où l'on entre directement dans le sujet, non pas une écriture pauvre, ni maigre, ni vide, mais au contraire une économie de mots qui va à l'essentiel. James Cain va droit à l'expression de la passion.

À partir de 1934, James Cain devient un écrivain très recherché. Il connaît de nouveau le succès avec *Assurance sur la mort* (*Three of a Kind*, 1936), composé de trois nouvelles. Celle qui porte le titre du recueil raconte l'histoire d'un courtier en assurances qui rencontre une femme venue contracter une assurance-vie pour son mari. Il la soupçonne immédiatement de fomenter un crime contre celui-ci, pourtant il en tombe amoureux. Il l'aide alors à éliminer son mari, mais le couple ne profite pas du meurtre.

Au terme de son histoire, James Cain — on retrouve là l'intellectuel — conclut par ces simples mots : « Voilà, c'est fini. »

Carrière en do majeur est une histoire de passion pour la musique, *Faux en écritures* plante le personnage d'un inspecteur qui tombe amoureux de la femme d'un banquier malhonnête... L'amour et la passion dévastatrice sont toujours bien présents, la culpabilité aussi. Ce sont les thèmes obsédants et récurrents de James Cain.

HORACE MCCOY

Horace McCoy a en commun avec James Cain son origine du sud des États-Unis. Il naît en 1897 dans le Tennessee dans une famille désargentée. Très jeune, il doit travailler pour vivre et tâte de tous les petits métiers.

Après la Première Guerre mondiale, il se lance dans le journalisme et, porté par une envie d'écrire, collabore au magazine *Black Mask*. Installé bientôt en Californie, il se noie dans l'alcool. Cependant, il noircit des feuilles de papier. En 1935, il publie son premier roman, le plus célèbre, *On achève bien les chevaux (They Shoot Horses, Don't They ?)*, et devient alors scénariste à Hollywood.

Horace McCoy, davantage que James Cain, montre l'Amérique profonde. Ce roman, que l'on reçoit comme un coup de poing, traite de la dépression, de la déprime, de la misère avec une densité et un désespoir inouïs. À la fin des années terribles — ces années 1920 qui avaient commencé dans la folie, le jazz et l'opulence, et qui se terminent par le grand krach boursier —, des jeunes, des vagabonds, des petites gens se retrouvent en Californie. Leur rêve, on le connaît, c'est de gagner leur vie, peut-être de faire fortune, de devenir des stars. Mais la réalité est tout autre et les voilà réduits à l'état de chevaux de course. *On achève bien les chevaux* raconte un marathon de danse doté, pour le dernier couple en piste, d'un prix de mille dollars et qui dure des jours et des jours. On y suit un couple formé par Robert et Gloria, déterminé à aller jusqu'au bout de la compétition, quoi qu'il leur en coûte.

Le spectacle est sordide, les danseurs traités comme du bétail. Pour attirer des spectateurs, les organisateurs obligent les concurrents à se livrer à des exercices difficiles et périlleux, quand ils n'ont que dix minutes de pause pour dormir, manger, se reposer. Un soir, une bagarre éclate. Le marathon est interrompu, et chaque danseur reçoit cinquante dollars. Le rêve s'effondre. Désespérée, affamée, usée, Gloria demande alors à Robert de l'achever. Le jeune homme se rend compte que la jeune femme est déterminée, qu'il n'y a plus d'espoir et qu'il n'a rien à faire de mieux que d'accéder à ce qu'elle lui demande. Quand elle lui tend le pistolet en lui disant : « Achève-moi », il revoit l'image de son grand-père abattant une jument trop vieille et se dit : On achève bien les chevaux, pourquoi ne pas achever les êtres humains ? Et Robert tue Gloria. On aura bien sûr compris que ce qui achève les êtres humains, c'est cette société dans laquelle ils ont été jetés, c'est la crise économique et les règles du capitalisme sauvage. L'argument est sans appel.

On achève bien les chevaux est un grand roman sur l'Amérique. Après sa parution, Horace McCoy devient scénariste à Hollywood. Cependant, il poursuit son travail romanesque, avec un indéniable sens des titres, qui ont été traduits littéralement en français : *Un linceul n'a pas de poches* (*No Pockets in a Shroud*, 1937), un polar politique sur fond de campagne électorale, de corruption, d'argent aux origines obscures, de violence ; *J'aurais dû rester chez nous* (*I Should Have Stayed Home*, 1938), qui raconte les échecs d'un homme récemment arrivé à Hollywood ; puis, en 1948, *Adieu la vie, adieu l'amour*, dont le titre anglais sonne comme un poème, *Kiss Tomorrow Goodbye* — « Faites à demain un baiser d'adieu » (autrement dit : il n'y aura pas de lendemain).

On peut s'arrêter un instant d'ailleurs sur ce mot *tomorrow*, demain. On voit à quel point il est important dans la pensée américaine, parce que, au fond, tous ces Américains ne pensent qu'à l'avenir : le présent est odieux, le passé n'a pas été reluisant, alors l'espoir est pour « demain ». À la fin d'*Autant en emporte le vent*, Scarlett O'Hara ne dit-elle pas, elle aussi : « *Tomorrow is another day* » (« Demain est un autre jour »).

Adieu la vie, adieu l'amour est l'histoire d'un gangster fantasque qui songe à son avenir, bien qu'il sache qu'il n'en aura pas car il est condamné. Comme le héros de *La Bête humaine*, de Zola, il perd parfois la tête et, dans ces moments-là, lui revient le souvenir d'un parfum d'enfance. L'enfance surgit constamment dans l'œuvre de McCoy, qui ne peut accepter l'absence de la mère. C'est que nous avons affaire à des enfants perdus qui n'ont jamais atteint la maturité, qui n'ont jamais réussi à équilibrer, organiser, rationaliser leurs vies. Chez James Cain, ce sont les passions, la folie et l'irrationnel qui conduisent les personnages. À l'inverse, dans les romans de McCoy, les héros sont mus par le désespoir, une forme négative de passion. Pourtant, ces livres ne sont ni sinistres ni misérabilistes. Ils ne sont pas dépourvus d'humour et ces romans contiennent une vigueur et une énergie formidables.

Horace McCoy comme James Cain figurent à peine dans les encyclopédies de littérature américaine. Cette discrétion est injuste car ils participent de l'histoire du roman et du film noirs. Leurs romans reflètent la réalité, et sont sans doute très marqués par leurs expériences journalistiques. C'est dans la presse qu'ils ont appris à écrire sobre et efficace. On ne peut guère leur en faire reproche car le langage américain est précisément un langage d'efficacité. D'ailleurs, ce qui étonne chez un auteur comme James Cain, c'est que ce sens du concret, il l'applique à ce qui est par nature abstrait et irrationnel, qui vient du plus profond de l'humain : la passion.

Le cinéma qui adore les passions l'a bien compris. On l'a dit, ces auteurs ont été aidés par le cinéma. Ajoutons toutefois qu'ils lui ont rendu la pareille car on leur doit cet âge d'or des films en noir et blanc des années 1940 à 1950, que nous avons tant aimés.

JAMES ELLROY

Grâce au succès en salle du film *L.A. Confidential*, James Ellroy a pu atteindre le grand public, lui dont les romans si denses, étouffants presque, traduisent au rythme près les soubresauts de Los Angeles. Pour s'en convaincre, il n'est que de lire à haute voix n'importe quel passage de sa trilogie. Ellroy pratique en maître l'entrecroisement des intrigues et des personnages, à l'image de la réalité que ce héraut du roman noir entend transcrire : tirer sur le fil du tissu urbain, c'est dévider le sombre entrelacs des passions humaines.

Le 20 juin 1958, à Los Angeles, un petit garçon rentre chez lui avec son père. Il s'appelle Jim, il a dix ans, et il apprend brutalement, en voyant des voitures de police avec des gyrophares autour de la maison, que sa mère a été trouvée à côté de chez eux, nue, morte, assassinée. Ce garçonnet, c'est Jim, alias James Ellroy. Le meurtre de la mère ouvre la voie à la souffrance, l'errance, la délinquance, mais aussi à l'écriture. Aujourd'hui, James Ellroy est l'un des représentants les plus importants de la littérature américaine.

« Je n'ai pas assisté aux obsèques, je m'étais fait excuser. J'avais dix ans, et je sentais que je pouvais manipuler les adultes à mon avantage. Je n'ai dit à personne que mes larmes étaient, au mieux, purement décoratives, et, au pire, l'expression d'un soulagement hystérique. Je n'ai dit à personne que je haïssais ma mère au moment de son assassinat. Elle est morte à l'âge de quarante-trois ans. J'en ai aujourd'hui quarante-six. Si je suis allé voir son dossier à Los Angeles, c'est parce que je lui ressemble un peu plus chaque jour. »

James Ellroy est né à Los Angeles en 1948. Six ans plus tard, ses parents divorcent. Après la mort de sa mère, l'enfant part vivre chez son père. Mais il est désormais hanté par des images de crime et de violence. C'est sans doute pour se défaire de ses cauchemars qu'il fera sur son drame une enquête personnelle, dont il tirera un livre très émouvant, *Ma part d'ombre* (*My Dark Places*, 1996).

En attendant, le jeune Ellroy connaît énormémen de difficultés. Élevé cahin-caha par son père, il est prédélinquant. Il se passionne pour les romans et films policiers : le crime reste au centre de son univers fantasmatique. En délicatesse avec ses établissements scolaires, convaincu que l'uniforme est un atout central pour draguer les filles, il s'engage dans l'armée. L'expérience ne dure pas, il la quitte très vite.

Son père meurt. À dix-huit ans, il est à la rue, couche dans les parcs municipaux. Il devient délinquant, alcoolique et drogué. Arrêté, il fait de la prison. À sa sortie, il semble décidé à changer de vie, commence à travailler, cesse de boire. Puis vient l'illumination — on ne sait pas bien à quelle occasion, peut-être à la suite d'une forme de thérapie ? —, l'idée d'écrire : il fait bien car la littérature va bientôt le sauver.

Aujourd'hui, James Ellroy dit de lui-même qu'il est un homme respectable, marié, citoyen du verdoyant Connecticut, qui fait des pompes tous les jours et sort les poubelles tous les soirs. James Ellroy est un auteur extrêmement populaire en France, où tous ses livres ont été traduits dès leur parution. En 1981, à l'âge de trente-trois ans, il publie son premier roman : *Brown's Requiem*, un livre très dense, infiniment violent, presque sadique, où il raconte la plongée d'un petit détective dans les bas-fonds californiens.

Depuis l'apparition des premiers romans noirs américains des années 1930, Los Angeles a changé, a grandi de manière démesurée et les mœurs s'y sont dégradées jusqu'à frôler les limites de la barbarie. Dans tous les livres d'Ellroy, il y a du sang, des cris, du sexe, et des femmes nues, violées puis découpées en morceaux... Il y a aussi la fameuse L.A.P.D., Los Angeles Police Department, qui, malgré l'aspect impeccable de ses uniformes bleu foncé, n'est pas si différente de la pègre qu'elle est censée combattre et mettre en prison.

La police, telle qu'elle est racontée chez Ellroy, de même que la pègre, les conflits interethniques et les personnages principaux de ses romans sont véridiques. Ellroy, de ce point de vue, s'inscrit dans la longue tradition journalistique des auteurs américains. Il travaille sur documentation et va chercher ses histoires, ses personnages, ses témoins, ses anecdotes, ses faits divers dans l'histoire de Los Angeles. L'univers d'Ellroy, c'est celui de l'enfer urbain de sa ville : il n'est ni gai ni innocent, il inspire la répulsion en même temps que la fascination.

Après *Brown's Requiem*, Ellroy écrit une trilogie autour d'un personnage, le flic Lloyd Hopkins, composée de *Lune sanglante* (*Blood on the Moon*, 1984), *À cause de la nuit* (*Because the Night*, 1984), *La Colline aux suicidés* (*Suicide Hill*, 1986). Puis il rédige une tétralogie sur Los Angeles, *Le Quatuor de Los Angeles*, avec *Le Dahlia noir* (*The Black Dahlia*, 1987), *Le Grand Nulle Part* (*The Big Nowhere*, 1988), *L.A. Confidential* en 1990 et *White Jazz* en 1991. Il se lance aujourd'hui dans un cycle au titre significatif : *Underworld USA*, les bas-fonds des États-Unis. Ellroy, auteur prolixe et ambitieux, semble décidé à embrasser son sujet, sans se laisser décourager par son ampleur.

On pense, le concernant, à *Crime et châtiment*. Ellroy n'est pas seulement un auteur de pulp-fictions pour séries de livres de poche. Obsédé par son propre drame, ayant passé des mois et des mois à essayer de retrouver l'assassin de sa mère, on aura compris qu'il n'écrit pas uniquement pour le plaisir d'écrire, qu'il n'a pas choisi ses thèmes de prédilection par hasard et qu'il est tout entier investi dans son œuvre.

Peut-être est-ce ainsi que s'explique son grand souci de réalisme. On ne transige pas avec la vérité. Prenons l'exemple du *Dahlia noir*. L'intrigue repose sur une histoire vraie, l'un des grands faits divers des années 1940 aux États-Unis. « Vivante, je ne l'ai jamais connue, des choses de sa vie, je n'ai rien partagé » : nous suivons l'enquête menée suite à la découverte du corps mutilé d'une jeune fille, surnommée le Dahlia noir en raison de la couleur de ses vêtements. Autour de cette histoire s'en greffent de nombreuses autres, captivantes, qui mettent au grand jour la noirceur de l'âme humaine.

American Tabloid, paru en 1995, propose un vaste tableau des années Kennedy vues depuis l'autre côté du miroir ; c'est la part obscure du règne Kennedy, où l'on rencontre des procureurs, des policiers, des putains, des mafiosi, des types du FBI, tous drogués... C'est un récit parfaitement réaliste de cette époque, mais aussi fantasmé et mythifié. Ellroy multiplie des anecdotes avérées. Quand un des protagonistes parle de « Six minutes, Jack », c'est réellement parce que Jack Kennedy se contentait de six minutes pour honorer ses maîtresses. Avec un courage certain, Ellroy livre sur les années Kennedy une critique féroce, quoique d'une étonnante drôlerie, alors que, pendant très longtemps, dans l'imaginaire du monde entier, elles furent considérées comme une période dorée menée par un président à la réputation impeccable. Ellroy nous détrompe : aujourd'hui n'a rien à envier à hier.

« Le Carrousel Club était un rade à striptease, un parmi d'autres qui s'alignaient. L'enseigne en façade affichait des filles en bikini, une autre enseigne disait "ouverture, 18 heures". Littell se gara derrière le bâtiment et attendit, la voiture de location puait, une odeur de sexe récent et de gomina. Quelques flics passèrent, en vitesse de croisière, un homme lui fit signe. Littell comprit vite : "Il croit que t'es un frère flic qui touche du fric de Jack." »

Ellroy a connu le succès au cinéma avec *L.A. Confidential*, un très beau film avec Kevin Spacey, Kim Basinger, et toute une pléiade d'acteurs. Le film (comme le livre) repose encore une fois sur un certain nombre de faits et de personnages qui ont réellement existé dans l'histoire de Los Angeles. Ellroy sait prendre le lecteur, le captiver tout en provoquant son dégoût et des mouvements de recul. C'est que le monde qu'il nous décrit est aussi noir que la littérature qu'il engendre.

« Jack Vincennes se confessa. Il confessa avoir mis en cloque une fille à l'orphelinat Saint-Anatole, avoir tué monsieur et madame Harold J. Scoggins, il confessa avoir entaulé Bill McPherson, grâce à une petite négresse qui avait le feu aux fesses, avoir collé de la dope sur Charlie Parker, avoir secoué et cravaté des camés pour *L'Indiscret*. Il essaya de sauter du lit et de lever les mains pour faire son chemin de croix. Il marmonna quelque chose comme "Hue, Brachmon, Micky, Bam-bam-bam, le petit train, cucul", il confessa avoir tabassé des camés, avoir fait le garçon de course pour Ellis Luc. Il supplia son épouse de lui pardonner d'avoir baisé des putains qui ressemblaient aux femmes des revues obscènes, il confessa qu'il aimait la came, et qu'il n'était pas digne d'aimer Jésus. »

Aux États-Unis, le crime a suscité et suscité des milliers de vocations littéraires. Chester Himes, Tony Hillerman, David Goodis, William Irish, Donald Westlake, Jim Thompson, Ed McBain, Richard Stark... Ils sont innombrables à s'être attachés à fouiller la part d'ombre des États-Unis, tous influencés par les exemples et les œuvres de Dashiell Hammett, Raymond Chandler, James Cain et Horace McCoy. Nul doute que la seconde génération saura se trouver des disciples. On pense, par exemple, mais ce n'est qu'un exemple entre cent, à Carl Hiaasen, auteur et journaliste de Miami, déjà célèbre pour sa chronique hebdomadaire, *Miami Vice*. Pour le cas où certains s'imagineraient que Miami, avec ses Cubains, ses retraités et sa mafia, est une ville plus innocente et plus transparente que Los Angeles... Il n'y a pas d'innocence au pays de la « Série noire » — c'est bien ce qui fait sa force et son inépuisable attraction pour l'écrivain.

Bibliographies et filmographies

DASHIELL HAMMETT

Bibliographie

La Clé de verre, Gallimard, Folio policier
Le Dixième Indice et autres enquêtes du « Continental Op », Gallimard, Folio
Le Faucon maltais, Gallimard, Folio policier
Le Grand Braquage, Gallimard, Folio policier
L'Introuvable, Gallimard
Le Meurtre de Farewell, Mille et Une Nuits
La Moisson rouge, Gallimard, Folio policier
Papier tue-mouches, Gallimard, Folio policier
Le Sac de Couffignal, Gallimard, Folio et Folio policier
Le Salaire du crime, 10-18
Sang maudit, Gallimard, Folio

Filmographie

Les Carrefours de la ville, City Streets, USA, 1931
Réal. : Rouben Mamoulian
Scén. : Dashiell Hammett, Oliver H. P. Garrett, Max Garcin

Photo : Lee Garmes
Musique : J. A. Goodrich, M. M. Paggie
Interprètes : Gary Cooper (The Kid), Sylvia Sidney (Nan), Paul Lukas (Maskal), William « Stage » Boyd (McCoy), Guy Kibbee (Pop Cooley), Starley Fields (Blackie), Wynne Gibson (Agnes)

La Clé de verre, *The Glass Key*, USA, 1942
Réal. : Stuart Heisler
Scén. : Jonathan Latimer
Photo : Theodor Sparkuhl
Musique : Victor Young
Interprètes : Alan Ladd (Ed Beaumont), Brian Donlevy (Paul Madvig), Veronica Lake (Janet Henry), Joseph Calleia (Nick Varna), William Bendix (Jeff), Bonita Granville (Opal Madvig), Moroni Olsen (le sénateur Henry)

La Clé de verre, *The Glass Key*, USA, 1935
Réal. : Frank Tuttle
Scén. : Kathryn Scola, Kubec Glasmon, Harry Ruskin
Photo : Henry Sharp
Interprètes : George Raft (Ed Beaumont), Edward Arnold (Paul Madvig), Claire Dodd (Janet Henry), Rosalind Keith (Opal Madvig), Ray Milland (Taylor Henry)

Le Faucon maltais, *The Maltese Falcon*, USA, 1941.
Réal. scén. : John Huston
Photo : Arthur Edeson
Musique : Adolph Deutsch
Interprètes : Humphrey Bogart (Sam Spade), Mary Astor (Brigid O'Shaughnessy), Peter Lorre (Joel Cairo), Sydney Greenstreet (Gutman), Barton MacLane (Dundy), Walter Huston (capitaine Jacobi)

RAYMOND CHANDLER

Bibliographie

Adieu ma jolie, Gallimard, Folio, Série noire et Folio policier
Charades pour écroulés, Gallimard, Série noire et Folio policier
La Dame du lac, Gallimard, Folio, Série noire et Folio policier
Fais pas ta rosière !, Gallimard, Série noire et Folio policier
Le Grand Sommeil, Gallimard, Série noire et Folio policier
La Grande Fenêtre, Gallimard, Série noire et Folio policier
Le Jade du mandarin, Gallimard, Série noire et Folio policier
Lettres, 10-18
Nouvelles, Pocket
Un mordu, Gallimard, Folio
Playback, J'ai lu
Sur un air de navajo, Gallimard, Série noire et Folio
Un tueur sous la pluie, Gallimard, Série noire et Folio

Filmographie

Assurance sur la mort, *Double Indemnity*, USA, 1944
Réal. : Billy Wilder
Scén. : Billy Wilder, Raymond Chandler, d'après James Cain
Photo : John F. Seitz
Musique : Miklos Rosza
Interprètes : Barbara Stanwyck (Phyllis Dietrichson), Fred MacMurray (Walter Neff), Edward G. Robinson (Barton Keyes)

La Dame du lac, *Lady in the Lake*, USA, 1947
Réal. : Robert Montgomery
Scén. : Steve Fisher
Photo : Paul Vogel
Musique : David Snell
Interprètes : Robert Montgomery (Philip Marlowe), Audrey Totter (Adriene Fromsett), Lloyd Nolan (Degarmo), Tom Tully (capitaine Kane), Jayne Meadows (Mildred)
Le Grand Sommeil, *The Big Sleep*, USA, 1946
Réal. : Howard Hawks
Scén. : Jules Furthman, Leigh Brakett, William Faulkner, d'après Raymond Chandler
Photo : Sid Hickox
Musique : Max Steiner
Interprètes : Humphrey Bogart (Philip Marlowe), Lauren Bacall (Vivian), John Ridgely (Eddie Mars), Martha Vickers (Carmen), Charles Waldron (le général Sternwood), Dorothy Malone, Peggy Knudsen, Regis Toomey, Elisha Cook Jr, Joy Barlowe
Le Grand Sommeil, *The Big Sleep*, GB, 1978
Réal., scén. : Michael Winner, d'après Chandler
Interprètes : Robert Mitchum (Philip Marlowe), James Stewart (le général Sternwood), Candy Clark (Camilla Sternwood), Sarah Miles (Charlotte Regan-Sternwood), Oliver Reed (Eddie Mars), Richard Boone (Lash Canino), Edward Fox (Joe Brody), Joan Collins (Agnes Lozelle)
L'Inconnu du Nord-Express, *Strangers on a Train*, USA, 1951
Réal. : Alfred Hitchcock
Scén. : Raymond Chandler, C. Ormond, d'après Patricia Highsmith
Photo : R. Burks
Musique : D. Tiomkin
Interprètes : Farley Granger (Guy Haines), Ruth Roman (Ann Morton), Robert Walker (Bruno An-

thony), Leo G. Carroll (le sénateur Morton), Patricia Hitchcock (Barbara Morton)

Le Privé, *The Long Goodbye*, USA, 1973
Réal. : Robert Altman
Scén. : Leigh Brackett, d'après Raymond Chandler
Photo : Vilmos Zsigmond
Musique : John Williams
Interprètes : Eliott Gould (Philip Marlowe), Nina Van Pallandt (Eileen Wade), Sterling Hayden (Roger Wade)...

JAMES MALLAHAN CAIN

Bibliographie

Assurance sur la mort, Gallimard, Folio
Au bout de l'arc-en-ciel, Fayard
Au-delà du déshonneur, Gallimard, Folio
Le Bébé dans le frigidaire et autres nouvelles, Librio Noir
La Belle de La Nouvelle-Orléans, 10-18
Le Bluffeur, Gallimard, Folio
Coups de tête, Autrement
Dette de cœur, Gallimard, Folio
Le facteur sonne toujours deux fois, Gallimard, Folio
La Femme du magicien, Pocket noir
Le Mécène, Les Belles Lettres
Mildred Pierce, Gallimard, Folio
Retour de flamme, Minerve
Sérénade, Gallimard, Folio
Faux en écritures, Gallimard, Folio
Assurance sur la mort, Gallimard, Folio policier
Le facteur sonne toujours deux fois, Gallimard, Folio policier

Filmographie

Les Amants diaboliques, Ossessione, Italie, 1942
Réal. : Luchino Visconti
Scén. : A. Pietrangeli, Giuseppe De Santis, d'après James Cain
Photo : Aldo Tonti, Domenico Scala
Musique : Giuseppe Rosati
Interprètes : Clara Calamai (Giovanna), Massimo Girotti (Gino), Elio Marcuzzo (le mari)

Assurance sur la mort, Double Indemnity, USA, 1944
Réal. : Billy Wilder
Scén. : Billy Wilder, Raymond Chandler, d'après James Cain
Photo : John F. Seitz
Musique : Miklos Rosza
Interprètes : Barbara Stanwyck (Phyllis Dietrichson), Fred MacMurray (Walter Neff), Edward G. Robinson (Barton Keyes)

Le Dernier Tournant, France, 1939
Réal. : Pierre Chenal
Scén. : Henry Torres, d'après James Cain
Photo : Claude Renoir, Christian Matras
Musique : Jean Wiener
Interprètes : Corinne Luchaire (Cora), Fernand Gravey (Frank), Michel Simon (Nick Marino), Robert Le Vigan (le cousin)

Le facteur sonne toujours deux fois, The Postman Always Rings Twice, USA, 1946
Réal. : Tay Garnett
Scén. : Harry Ruski, Niven Busch, d'après James Cain
Photo : Sidney Wagner
Musique : George Bassman
Interprètes : Lana Turner (Cora Smith), John Garfield (Frank Chambers), Cecil Kellaway (Nick Smith)

Le facteur sonne toujours deux fois, The Postman Always Rings Twice, USA, 1980
Réal. : Bob Rafelson
Scén. : David Mamet, d'après James Cain
Photo : Sven Nykvist
Musique : Michael Small
Interprètes : Jessica Lange (Cora Smith), Jack Nicholson (Frank Chambers), John Colicos (Nick Papadakis), Anjelica Huston (Madge)

HORACE McCOY

Bibliographie

Adieu la vie, adieu l'amour... (*Demain, il fera nuit*), Gallimard, Folio
J'aurais dû rester chez nous, Gallimard, Folio
Un linceul n'a pas de poches, Gallimard, Folio policier
On achève bien les chevaux, Gallimard, Folio policier
Pertes et fracas, Gallimard, Folio
Le Scalpel, Gallimard, Folio

Filmographie

Un linceul n'a pas de poches, France, 1973
Réal. : Jean-Pierre Mocky
Scén. : Jean-Pierre Mocky, Alain Noury, d'après Horace McCoy.
Photo : Marcel Weiss
Musique : Paul de Senneville, Olivier Toussaint
Interprètes : Jean-Pierre Mocky, Jean Carmet, Sylvia Kristel, Michel Serrault, Michael Lonsdale, Jean-Pierre Marielle, Daniel Gélin, Michel Galabru, Myriam Mézières, Michel Constantin, Francis Blanche

On achève bien les chevaux, They Shoot Horses, Don't They ?, USA, 1969
Réal. : Sydney Pollack
Scén. : James Poe, Robert E. Thompson, d'après Horace McCoy
Photo : Philip H. Lathrop
Musique : John Green
Interprètes : Jane Fonda (Gloria Beattie), Michael Sarrazin (Robert Syberten), Susannah York (Alice DeBlanc), Gig Young (Rocky)

JAMES ELLROY

Bibliographie

À cause de la nuit, Rivages poche
American Tabloid, Rivages poche
Brown's Requiem, Rivages poche
Clandestin, Rivages poche
La Colline aux suicidés, Rivages poche
Le Dahlia noir, Rivages poche
Dick Contino's Blues, Rivages poche
Le Grand Nulle Part, Rivages poche
L.A. Confidential, Rivages poche
Lune sanglante, Rivages poche
Ma part d'ombre, Rivages poche
Un tueur sur la route, Rivages poche
White Jazz, Rivages poche

Filmographie

Brown's Requiem, USA, 1998
Réal. : Jason Freeland
Scén. : Jason Freeland, d'après James Ellroy

Musique : Cynthia Millar
Interprètes : Michael Rooker, Tobin Bell, Selma Blair, Kevin Corrigan...
Cop, USA, 1987
Réal. : James B. Harris
Scén. : James Ellroy, James B. Harris
Musique : Michel Colombier
Interprètes : James Woods, Lesley Ann Warren, Charles Duming...
L.A. Confidential, USA, 1997
Réal. : Curtis Hanson
Scén. : Brian Helgeland, d'après James Ellroy
Musique : Jerry Goldsmith
Interprètes : Kevin Spacey, Russell Crowe, Kim Basinger, Danny De Vito, Guy Pearce, James Cromwell...

LES BEATNIKS

ALLEN GINSBERG (1926-1997)
JACK KEROUAC (1922-1969)
WILLIAM BURROUGHS (1914-1997)

Pour la route, Dean est le type parfait, car il y est né, sur la route, dans une bagnole, alors que ses parents traversaient Salt Lake City en 1926 pour gagner Los Angeles.

JACK KEROUAC

Une des vérités de l'Amérique se trouve dans sa fascination pour la route, le mouvement, le déplacement vers la dernière frontière, vers l'Ouest. C'est une vérité historique, culturelle, et donc littéraire. Personne ne l'a aussi bien exprimé que l'école beatnik dont Jack Kerouac fut un des maîtres. Mais on ne peut pas seulement suivre cette route mythique pour définir l'importance des Ginsberg, Burroughs et autres Kerouac. Leur écriture est incompréhensible si l'on ne tient pas compte de la drogue grâce à laquelle ils voulaient échapper au conformisme de la société des années confortables de l'après-guerre. *Howl*, le hurlement de Ginsberg, est chargé d'une énergie poétique qui doit sans doute grandement à l'ingestion de substances malignes. Ils ont beaucoup absorbé, beaucoup roulé dans la nuit, beaucoup fait l'amour. Ils étaient des pionniers, à leur manière. Et leur autodestruction, mariée à leur romantisme, annonçait déjà les modes et tendances des décennies qui suivirent jusqu'à la fin du siècle.

Entre 1943 et 1945, quelques jeunes gens, fils de la bourgeoisie, dont Allen Ginsberg, William Burroughs et Jack Kerouac, se rencontrent autour de l'université Columbia. Les voilà bientôt amis, et parfois amants. Leur petit groupe ne supporte plus le moule social qui lui est imposé. Nourris du même refus, ses membres se reconnaissent dans un désir de fuite : ils veulent tout quitter, la côte Est, les villes, papa et maman, la sexualité sage et conforme, tout ce qui pourrait les embourgeoiser, les encadrer, les museler. Il leur faut partir. Faire la route. Rencontre déterminante, fin 1946-début 1947, Kerouac et Ginsberg font la connaissance d'un personnage qui les fascine d'emblée, Neal Cassady.

Ensemble ils prennent la route pour Denver, où les rejoint William Burroughs. En Neal Cassady, qui n'a pas été traduit en français et n'était pas d'ailleurs à proprement parler un écrivain, les jeunes gens se sont trouvé une sorte de maître, du moins de référence. Doté d'un fort charisme, rassembleur, homme d'influence, il sera bientôt le héros de *Sur la route*. C'est un beau « mec », un athlète aux allures de taureau, une force de la nature qui conduit les automobiles comme personne — Kerouac parle de lui comme d'un dieu du volant — et possède une folle énergie. Il brûle sa vie, consomme toutes les drogues, tous les alcools, va vers les femmes comme vers les hommes. Aux yeux de ces étudiants et intellectuels, Cassady, qui a été un petit escroc et a passé sa jeunesse dans des écoles de redressement et des centres de détention, est un modèle. À sa suite, ils se « nomadisent » et roulent progressivement vers San Francisco : comme des éponges, ils absorbent les nouveaux mondes qu'ils traversent et ils écrivent. Commence pour eux une période d'errance et de vagabondage.

À San Francisco, ils découvrent une autre vie et les paradis artificiels. Ils n'ont qu'une idée en tête : se débarrasser de tous les conformismes, rompre avec le mode de vie américain. Ils s'installent, comme le feront plus tard les hippies — qui s'inscriront d'une certaine façon dans le prolongement des beatniks —, dans un lieu sordide, à la City of Art, à deux heures de Los Angeles. C'est un de ces endroits sinistres habités par des types tellement « défoncés » qu'ils ne voient même plus le décor dans lequel ils vivent : entre drogue et alcool, homosexualité et littérature, ils trouvent un équilibre et, à leurs yeux du moins, le bien le plus précieux de l'homme, la liberté.

En 1953, ils sont réunis autour du poète éditeur Lawrence Ferlinghetti, qui crée la petite librairie City Lights Books (Les Lumières de la ville), où se retrouvent, sans incitation commerciale, des amoureux du livre. San Francisco devient alors la capitale de leur mouvement, qui n'a ni nom ni doctrine.

Les voilà entrés en guerre culturelle contre l'Amérique opulente et conformiste du général Eisenhower, de la bombe atomique, de la puissance victorieuse de 1945, bientôt du maccarthysme. Ils s'insurgent contre l'Amérique tranquille, symbole de la société d'abondance, contre « l'Amérique silencieuse des années 1950 » figée dans son imposant conservatisme. Leur rébellion va être à la mesure de l'apparent consensus de leur société. Pour se nommer, ils reprennent, à la suite de Kerouac, un terme qu'ils ont entendu d'un de leurs camarades, *beat*. « *I am beat* », comme « Je suis écrasé, épuisé, rejeté ». « Pour moi, ça voulait dire être pauvre... et cependant être illuminé et avoir des idées sur l'apocalypse et tout ça. » Être *beat*, ce sera s'identifier aux laissés-pour-compte de l'expansion américaine et croire en une possible utopie. Refuser, dans tous les cas, de figurer dans le camp des vainqueurs bien-pensants.

ALLEN GINSBERG

« J'ai vu les plus grands esprits de ma génération détruits par la folie, affamés, hystériques, nus, se traînant à l'aube dans les rues de nègres à la recherche d'une furieuse piqûre, initiés à têtes d'anges qui se sont blottis en sous-vêtements dans des chambres, pas rasés, brûlant leur argent dans des corbeilles à papier, écoutant la terreur à travers le mur, qui s'enchaînèrent, pleins de benzédrine, sur les rames de métro, qui allumèrent des cigarettes dans des wagons à bestiaux, wagons à bestiaux, wagons à bestiaux, cahotant à travers neige vers des fermes désolées dans la nuit, qui ont sauté dans des limousines avec des Chinois de l'Oklahoma, qui sortirent draguer à travers le Colorado, qui marchèrent toute la nuit avec leurs chaussures pleines de sang le long des docks enneigés pour attendre qu'une porte sur l'East River s'ouvre sur une chambre pleine de chaleur vaporeuse et d'opium, qui gribouillèrent toute la nuit, dans un rock and roll par-dessus des incantations éthérées qui, dans le matin jaune, devenaient des strophes de charabia. »

Le Hurlement (Howl), poème-manifeste d'Allen Ginsberg, sorte de *Bateau ivre* des années 1950, texte fondateur de toute cette génération, provoque, dès sa lecture par l'auteur en novembre 1955 à la Six Galerie de San Francisco, et a fortiori, à sa sortie, en 1956, sinon un véritable scandale, en tout cas une réaction très violente. À peine imprimé, le livre est saisi par la police de San Francisco et par les douanes américaines. Ginsberg est traduit devant une cour de justice, où professeurs, étudiants et poètes tentent en vain d'expliquer que *Howl* n'est jamais qu'un poème, un chant, un cri, et qu'il n'y a là rien d'obscène.

C'est le même Allen Ginsberg qui aide à faire publier, en 1957, *Sur la route (On the Road)* de Jack Kerouac, que les éditeurs refusaient unanimement jusque-là et qui devient, avec *Le Hurlement*, l'un des deux textes fondamentaux de la génération beatnik.

On ne lit peut-être plus beaucoup Kerouac — non plus que les autres beatniks d'ailleurs —, mais son œuvre reste toutefois très prégnante. On y retrouve un certain nombre d'influences importantes : le grand poète américain du XIXe siècle Walt Whitman, Céline, le romancier de cette génération, que Kerouac — d'origine québécoise et dont le français est la langue maternelle — a lu dans le texte, Mark Twain, Hemingway ; tous ceux par ailleurs qui, dans la littérature américaine, ont représenté une errance, un mouvement, et ont su — ou du moins voulu — percer les mystères de l'Amérique, briser les tabous.

Les quelques livres produits par le mouvement beat sont un peu comme des *Choses vues* à la Victor Hugo. Les beatniks voyagent, partent la nuit à l'aventure, en stop, et notent les camionneurs, les chemins de fer, les wagons de marchandises, les gares d'autobus dans l'Arizona ou dans l'Oklahoma, dressant ainsi un portrait mosaïque de « l'autre Amérique », que Reichenbach nomma dans son film « l'Amérique insolite ». Ce qui les attire, c'est le mystère : l'énigme d'une Amérique constituée d'une myriade d'ethnies, de mœurs, de comportements, de langages, de cultures, de minorités. De vice aussi, de liberté individualiste, de créativité confuse mais parfois éblouissante.

Nourris d'influences littéraires, ils sont aussi marqués par la musique. Nous sommes alors à l'époque du be-bop et du jazz de Charlie Parker, de Lester Young, de Billie Holiday. Dans le mot *beatnik, beat* peut signifier être battu, et il est certain qu'ils ne veulent pas être des gagnants, mais aussi battre, battre comme le *drummer*, le batteur du jazz. Les beatniks sont pénétrés du langage (*cool*, *hip*) des musiciens noirs et blancs du jazz, de leur rythme, de leur manière de vivre.

Mais le mot *beatnik* appelle d'autres images. Il n'est pas loin de *beatific*, « béatification ». « Nous sommes à la quête de Dieu, je veux voir Dieu », écrit Kerouac dans *Sur la route*. Ils le chercheront bientôt vers l'Orient et découvriront Bouddha, le karma, le zen, l'hindouisme. Leur aspiration mystique est incontestable, que l'on retrouvera d'ailleurs plus tard dans le mouvement hippie. La frontière — terme essentiel en Amérique — de leur univers ne s'arrête donc pas au Pacifique. Arrivés dans les années 1950 à San Francisco, ils vont ensuite franchir l'océan, abandonner tout ce qui est derrière eux pour atteindre l'Orient. William Burroughs et Allen Ginsberg, particulièrement, se laissent couler dans une certaine forme de sagesse bouddhique mais mâtinée d'homosexualité et de consommation d'opium.

Ce mouvement culturel a connu, à travers les photos, les films et les œuvres littéraires, une ampleur et une résonance telles que des générations entières, par la suite, sont parties aux quatre coins du monde : à Tanger, où Burroughs a vécu entre garçons et paradis artificiels, à Katmandou également. Allen Ginsberg devait diriger longtemps le département poésie d'une école de méditation bouddhiste dans le Colorado.

La terre américaine ne leur suffit pas, et pourtant tous y reviendront ; et la plupart d'entre eux mourront aux États-Unis, proches de leur vieille mère, dans ce pays qu'ils avaient voulu fuir. Ils reviendront aussi parce que parfois la réalité refait surface, qu'il faut un peu recharger les batteries, remplir les portefeuilles, modérer les excès. Et si leurs destins sont divers, contradictoires, presque tous ces hommes se sont détruits jusqu'à la mort.

Si, aujourd'hui, on s'interroge sur le legs de la beat generation, on pense à Ken Kesey, l'auteur de l'extraordinaire *Vol au-dessus d'un nid de coucou*, à certains écrivains, plus éloignés en apparence de ce mouvement, comme Richard Brautigan (1935-1984). On retrouve chez lui l'attachement au zen, le goût du retour vers la nature, et son roman, merveilleux, *La Pêche à la truite en Amérique* (1967), doit beaucoup à Kerouac et à sa bande...

S'il est certain que la littérature des beatniks ne possède pas la puissance du surréalisme français, dont les auteurs furent à la fois plus doués, plus prolifiques, et ont laissé à la postérité des textes plus pensés et plus structurés, il n'en reste pas moins qu'à quelques-uns ils ont représenté un tournant de la société et de la culture américaines. Retenons d'eux trois textes fondateurs : le poème fleuve, le « bateau ivre », d'Allen Ginsberg, *Howl, Sur la route*, de Kerouac et *Le Festin nu* de Burroughs. Trois œuvres fortes conçues sur une période courte, et révélatrices d'une tension extrême entre deux générations.

En lutte contre toutes les oppressions, ces intellectuels eurent à l'époque la prescience de l'extraordinaire puissance qu'allait devenir la télévision, et se rebellèrent contre l'hégémonie naissante des médias. William Burroughs disait : « La pire des drogues, celle qui me rend le plus fou, ce n'est pas la cocaïne, ni les hallucinogènes, ni les champignons, ça n'est ni l'héroïne, ni la marie-jeanne, ni l'alcool : c'est la lecture de *Time Magazine* et la télévision. »

JACK KEROUAC

Jack Kerouac mérite qu'on lui consacre une grande place, car sa figure, sa silhouette, son personnage, ses œuvres, *Sur la route, Les Clochards célestes*, et quelques autres, font de lui, avec Allen Ginsberg, le chef de file de l'école beatnik.

Il est né en 1922 en Nouvelle-Angleterre, à Lowell, Massachusetts, où s'étaient installés ses parents, immigrés québécois. Son vrai nom, Jean-Louis Lebris de Kerouac, rappelle l'origine bretonne de ses ancêtres. Il parle et étudie le français et n'apprendra l'anglais qu'à l'âge de six ans. Il obtient une bourse pour étudier à Columbia où il rencontre, vers 1943, ses futurs compagnons de route. Originaire du Canada, il n'est donc pas tout à fait un Américain comme les autres. Il passe un court laps de temps dans la marine de guerre, dont il est réformé, puis dans la marine marchande. Très vite, il rêve de partir. Il veut faire la route, il cherche de l'espace. D'une certaine façon, il part également à la quête de Dieu. « J'étais un jeune écrivain et je me sentais des ailes. Quelque part sur le chemin, je savais qu'il y aurait des filles, des visions, tout, quoi. Quelque part sur le chemin, on me tendrait la perle rare. » La perle rare qu'il va trouver sur son chemin, c'est incontestablement en lui-même qu'il la déniche, c'est *Sur la route*.

Ce roman picaresque est un récit de ses voyages, somme d'expériences prises sur le vif. Le texte peut paraître un peu long et répétitif. Cela tient aux méthodes de travail de Jack Kerouac : il ne prend pas des notes tous les jours, il vit d'abord la route, il absorbe, il engrange. Et puis, de temps en temps, il s'installe derrière sa machine, met en place un long rouleau de papier, et il tape, interminablement ! Il mène une recherche sur l'écriture instantanée, sorte d'équivalent de l'esquisse en peinture — dont l'effet est sans aucun doute renforcé par l'alcool et la drogue. La sensation qui s'en dégage est tout à fait particulière : le livre se déroule comme le ruban d'asphalte dévoré par la voiture, comme les nuits, comme les phares qui trouent la pénombre du Wyoming ou du Nebraska pour atteindre San Francisco. Kerouac ne se censure pas et dit tout de ce qu'il voit et de ce qu'il ressent. C'est pourquoi on retrouve dans plusieurs parties du texte des scènes déjà vues de bagarres, de beuveries dans les bars, de rencontres avec des filles. En ces années où la libération sexuelle n'est pas encore d'actualité, Kerouac se répand sur les conquêtes féminines comme masculines que multiplient les membres de son groupe de copains.

L'œuvre de Kerouac est très « physique », en particulier *Sur la route*. Fasciné par le sport, il a été un bref moment journaliste sportif, il a failli devenir footballeur professionnel, il adore la musique, le jazz, les contacts charnels. Avec son allure d'acteur, de star, il est d'ailleurs lui-même extrêmement séduisant, comme son ami et héros Neal Cassady (né en 1926 à Salt Lake City), alias Neal Moriarty. Beaux gosses, ils se détachent de la foule, se singularisent. On les remarque, on sent aussi qu'ils sont porteurs d'une vocation qu'eux-mêmes ne perçoivent pas encore au moment présent : aller ailleurs, partir, découvrir le monde, faire la route. Ils seront précurseurs en la matière. Kerouac est le père spirituel de Bob Dylan. Bob Dylan, le Rimbaud de la chanson pop, ne fera pas autre chose avec sa guitare, ses chansons, ses poèmes que d'attaquer la route, en disant lui aussi : « *The times are changing* », « Les temps sont en train de changer ». Dix ans plus tard, il prolonge le message et le geste de Kerouac.

Car c'est bien un geste signifiant que de partir sur la route, de prendre de la drogue, d'envoyer au diable les conventions. Ceux qui ont croisé Jack et ses amis ont vu, dans leur regard, par-delà l'effet des stupéfiants, la recherche de l'absolu, la poursuite d'un rêve. Et en même temps, une force : il y a du talent dans l'écriture de Jack Kerouac, parfois même un talent fou, une veine poétique. C'est pour cet ensemble d'éléments que, une décennie plus tard, tous les étudiants américains posséderont un poster de Kerouac dans leur chambre. Il sera alors devenu une idole, comme Che Guevara.

La littérature de Kerouac est extrêmement autobiographique. Mais il observe ses camarades et lui-même, « clochards célestes », « vagabonds solitaires », non sans une certaine ironie et un sens assez tonique de la psychologie. Sa prose, très descriptive, n'a rien de désespéré. Il dit de l'Amérique ce qu'on en sait et ce pour quoi on l'aime : « Je m'endormis et m'éveillai dans l'air sec et chaud d'un dimanche matin de juillet en Iowa, et toujours Dean conduisait et conduisait dans les vallées de maïs, il prenait les tournants à 80 miles au minimum, les lignes droites à 110, comme d'habitude... » C'est comme si nous y étions.

Toutefois, la route de Kerouac s'est mal terminée et la rédaction de son œuvre n'a tenu que sur douze ans. Revenu vivre avec sa mère en Floride, il meurt détruit et aigri, à quarante-sept ans, deux mois après le festival de Woodstock en 1969. Woodstock, où un million de jeunes venus des quatre coins de l'Amérique, des fleurs dans leurs cheveux longs, sont arrivés dans l'immense pré d'une ferme insensée, à l'est des États-Unis, pour écouter leurs idoles de rock and roll et manifester leur refus de la guerre du Viêt-nam. Les hippies prennent alors la relève du courant porté par Kerouac et ses amis, et *Easy Rider*, le road-movie de Dennis Hopper, devient un film-culte pour toute une génération avide de liberté. Comment ne pas penser alors à la révolte des beatniks contre la guerre de Corée et au fameux poème du frère en littérature de Kerouac, Allen Ginsberg, de 1956, *Howl*, le hurlement de protestation...

WILLIAM BURROUGHS

« Ainsi donc en Amérique, quand le soleil descend et que je suis assis près du fleuve, sur le vieux quai démoli, contemplant au loin, très loin, le ciel au-dessus du New Jersey, et que je sens tout ce pays brut rouler en bloc son étonnante panse géante jusqu'à la côte Ouest, et toute cette route qui y va, tous ces gens qui rêvent dans son immensité. Et dans l'Iowa, je le sais, les enfants à présent doivent être en train de pleurer dans ce pays où on laisse les enfants pleurer. Et cette nuit, les étoiles seront en route, et ne savez-vous pas que Dieu, c'est le grand ours et l'homme-orchestre ? Et l'étoile du Berger doit être en train de décliner et de répandre ses pâles rayons sur la prairie, elle qui vient juste avant la nuit complète qui bénit la terre, obscurcit tous les fleuves, décapite les pics et drape l'ultime rivage, et personne, personne ne sait ce qui va arriver à qui que ce soit, n'étaient les morts de misère de l'âge qu'on prend. Alors je pense à Dean Moriarty, je pense même au vieux Dean Moriarty, le père que nous n'avons jamais trouvé, je pense à Dean Moriarty. »

Parmi les figures de proue des beatniks, il faut évoquer William Burroughs, qui fut à sa manière un étrange personnage. Il naît en 1914 à Saint Louis, dans le Missouri, fils d'une famille qui a fait fortune dans les machines à calculer (la marque Burroughs existe toujours). Diplômé en 1936 de Harvard, il commence des études médicales à Vienne puis erre un peu. En 1944, il fait une découverte déterminante à ses yeux : la drogue. Dès lors, sa vie change : il voyage, il écrit et expérimente des dépassements de toutes sortes. En 1951, à Mexico, sous l'emprise de la drogue, il tue — a priori accidentellement — sa femme. À compter de ce moment, il passe beaucoup de temps à Tanger, entre narcotiques et expériences homosexuelles.

Burroughs est un personnage un peu différent des membres de la beat generation, parce qu'il est d'un tempérament plus excessif encore que les autres. Son voyage n'est pas seulement un périple sur les routes, c'est le voyage de la drogue, le *trip*. Il restera sans doute l'un des écrivains les plus marqués, les plus possédés par la drogue. Sans elle, il n'y aurait sans doute pas eu d'écriture Burroughs, une écriture expérimentale.

Deux de ses livres sont très célèbres en France : *Junky* (1977), qui, comme son nom l'indique, porte sur les voyages de la drogue. *Junky* vient du mot *junk*, l'ordure. Un *junky* est un déjeté, un exclu de la société, banni parce qu'il a touché à la *junk*, à la drogue ; et *Le Festin nu (The Naked Lunch)*, le grand titre de Burroughs, écrit en 1959, deux ans après *Sur la route* de Kerouac. Burroughs a écrit *Le Festin nu* presque exclusivement sous l'influence des paradis artificiels : morphine, héroïne, cocaïne, opium, marijuana, mais aussi mescaline, harmaline, LSD 6, bufoténine, muscarine, bulbocapnine, benzédrine... la liste est insensée. Au bout de lui-même, au cours du voyage, il a produit un texte inimaginable, cauchemardesque, et, pour ainsi dire, aujourd'hui peu ou prou illisible. Les temps ont changé.

Après *Le Festin nu*, Burroughs s'est consacré exclusivement à l'écriture, faisant fi des scandales produits par ses textes. Il a travaillé différentes techniques stylistiques, dont le *cut-up*, inspiré du peintre Brion Gysin, consistant à écrire des textes pour ensuite les découper et en mélanger les extraits. Cela donnera, très inspirés de son homosexualité, *La Machine molle* (*The Soft Machine*, 1961), *Le Ticket qui explosa* (*The Ticket that Exploded*, 1962), *Nova Express* (1964), puis des livres plus aisément abordables comme *Les Garçons sauvages* (*The Wild Boys*, 1971) ou *Le Havre des saints* (*Port of Saints*, 1973).

En 1975, la notoriété de William Burroughs

est sortie du cercle particulier des milieux underground et l'auteur anciennement marginal est devenu une personnalité du monde des lettres. Paradoxalement, bien moins détruit physiquement et psychiquement que Jack Kerouac, grâce à une désintoxication à l'apomorphine, Burroughs est mort en 1997, à l'âge de quatre-vingt-trois ans. Quatre mois plus tard, c'est Allen Ginsberg que l'on portait en terre. Les papes du mouvement beatnik avaient tous disparu, mais leur influence perdure.

Bibliographies et filmographies

ALLEN GINSBERG

La Chute de l'Amérique, Flammarion
Cosmopolitan Greetings, Christian Bourgois
Howl, Christian Bourgois
Iron Horse, Solin
Journal 1952-1962, Christian Bourgois
Journaux indiens, Christian Bourgois ; 10-18
Kaddish, Christian Bourgois
Lettres du Yage (avec William Burroughs), Mille et Une Nuits
Linceul blanc, Christian Bourgois
Om, Le Seuil
Souffles d'esprit, Christian Bourgois

JACK KEROUAC

Anges de la désolation, Denoël
Les Anges vagabonds, Gallimard, Folio
Avant la route, La Table ronde
Big Sur, Gallimard, Folio
Les Clochards célestes, Gallimard, Folio
Docteur Sax, Gallimard, Folio

Lettres choisies 1940-1956, Gallimard
Maggie Cassidy, Le Seuil
Mexico City Blues, Christian Bourgois
Pic, La Table Ronde
Satori à Paris, Gallimard, Folio
Les Souterrains, Gallimard, Folio
Sur la route, Gallimard, Folio
Tristessa, Stock
Le Vagabond solitaire, Gallimard
Vanité de Duluoz, Christian Bourgois, 10-18
Vieil Ange de minuit, Gallimard
Visions de Cody, Christian Bourgois, 10-18
Visions de Gérard, Gallimard
Vraie blonde, et autres, Gallimard, Folio
Le vagabond américain en voie de disparition, précédé de *Grand voyage en Europe*, Gallimard, Folio
Le vagabond solitaire (choix), Gallimard, Folio Bilingue

WILLIAM BURROUGHS

Ah ! Pook est là, et autres contes, Christian Bourgois
Les Cités de la nuit écarlate, Christian Bourgois ; 10-18
Les Derniers Mots de Dutch Schultz, Christian Bourgois
Entre chats, Christian Bourgois
Essais, 2 volumes, Christian Bourgois
Exterminateur !, Christian Bourgois
Le Festin nu, Gallimard, L'Imaginaire et Folio SF
Les Garçons sauvages, un livre des morts, Christian Bourgois ; 10-18
Le Havre des saints, Flammarion
Interzone, Christian Bourgois
Jack Kerouac, L'Herne
Junky, Christian Bourgois ; 10-18
Lettres du Yage (avec Allen Ginsberg), Mille et Une Nuits

La Machine molle, Christian Bourgois ; 10-18
Mon éducation, Christian Bourgois, 10-18
Œuvre croisée, Flammarion
L'Ombre d'une chance, Christian Bourgois
Passages des voies mortes, Christian Bourgois
Queer, Christian Bourgois
Révolution électronique, Hors Commerce d'Arts
Takis, Galilée
Le Temps des assassins, Station Underground
Les Terres occidentales, Christian Bourgois
Trilogie, Christian Bourgois

Filmographie

Le Festin nu, *The Naked Lunch*, Canada-GB, 1991
Réal : David Cronenberg
Scén. : David Cronenberg, d'après William Burroughs
Photo : Peter Suschitzky
Musique : Howard Shore
Interprètes : Peter Weller (Bill Lee), Judy Davis (Joan Frost/Joan Lee), Ian Holm (Tom Frost), Julian Sands (Yves Cloquet)

NEAL CASSADY

Fils de clochard, L'Harmattan
Première Jeunesse, Flammarion

LES EXCLUS DU RÊVE AMÉRICAIN

JOHN FANTE (1909-1983)
RAYMOND CARVER (1938-1988)

Nous cherchions quelque chose de mieux, c'était déjà trop demander.

RAYMOND CARVER

Les exclus du rêve américain, immigrés européens du début du siècle dernier ou plus anciennement installés aux États-Unis, ont été la source d'inspiration de nombreux auteurs, davantage intéressés par les souffrances quotidiennes des petites gens que par les grands mouvements de l'Histoire. Parmi ceux-ci, certains, pour ce faire, n'ont eu qu'à se plonger dans leur propre histoire. Romanciers nourris par leur expérience autobiographique, John Fante et Raymond Carver, dans des genres littéraires très différents, ont donné la parole aux laissés-pour-compte de l'expansion américaine.

JOHN FANTE

Qu'il est dur aux miséreux, l'univers de Fante ! S'il en est un que le grand rêve américain n'a fait qu'effleurer, c'est bien cet Italien de Californie qui suce la poussière et se console dans la songerie. Fante fait de Los Angeles et des studios d'Hollywood un horizon chimérique : il y travaille sans parvenir à la reconnaissance. Désenchanté mais non pas désespéré, il se donne un mal fou : comme un héros de Steinbeck.

John Fante est un auteur à part. Il naît en 1909 dans le Colorado, fils aîné d'une famille d'exilés italiens, originaires des Abruzzes. Son histoire épouse celle des immigrés européens du début du siècle. Son père est maçon. Il gagne sa vie péniblement, difficilement. Dans cette région des États-Unis où les hivers sont rudes, les ouvriers du bâtiment sont condamnés au chômage technique une partie de l'année. Peut-être est-ce pour oublier ses soucis que Nick Fante se divertit dans les bras d'autres femmes que la sienne ? Elle, Mary, se console comme elle peut, et à sa façon, dans la religion.

Leur fils, John, trouve refuge dans le rêve. Comme de nombreux fils d'immigrés, il croit au grand mythe du rêve américain. Il s'imagine un avenir où il serait aimé des plus jolies filles, où il deviendrait champion de base-ball, où il jouirait d'une grande notoriété. Plus tard, il veut être célèbre et reconnu.

En attendant, le quotidien se charge de lui remettre les pieds sur terre. Voilà que son père abandonne Mary et laisse ses quatre enfants sans ressources. John Fante déménage avec sa mère, sa sœur et ses deux frères à Wilmington, en Californie. En qualité d'aîné, il revient à John de faire vivre tout ce petit monde : il accepte toutes sortes de petits boulots sur le port et dans les conserveries de la ville.

Mais la réalité ne peut rien contre le besoin d'évasion : la dureté de la vie n'empêche pas le jeune Fante d'idéaliser la Californie : n'y a-t-il pas là l'océan Pacifique, le beau temps, Hollywood, la gloire à portée de kilomètres ? Il est déterminé à devenir romancier, comme si seule l'écriture pouvait lui permettre de s'extraire de sa condition, de sortir de l'anonymat et d'exister.

Aussi John s'inscrit-il à des cours d'anglais courant 1931 et commence-t-il à rédiger des nouvelles. Il s'adresse, sur les conseils d'une de ses professeurs, à Henry Louis Mencken, le directeur de la revue *The American Mercury*. Vers cette époque, le père revient vivre avec sa famille et John est engagé comme scénariste entre 1933 et 1935 par la Warner Brothers : le rêve serait-il en train de se réaliser ?

Malheureusement, rien n'est moins sûr. John Fante déchante vite. Son travail de création est récupéré par des gens qui le plus souvent l'enterrent dans des tiroirs ou le dénaturent. Il persévère néanmoins dans cette voie, bientôt chez MGM, RKO, Columbia, Paramount, bref pour tous les grands studios hollywoodiens. Cela ne l'empêche nullement de faire une croix sur ses illusions et bientôt il écrit à Mencken, avec lequel il entretient une longue correspondance : « Le compromis devient de plus en plus difficile à contrôler, Hollywood est un sale endroit. Il tue les auteurs. On meurt jeune, et de mort violente, ici. »

Il n'en reste pas moins que ce constat, que partageront tous les écrivains passés par les studios cinématographiques californiens, n'annule pas le fait que désormais, grâce à ce travail, il gagne sa vie. Il peut donc écrire pour lui. En 1938, il publie son premier roman, *Bandini (Wait Until Spring, Bandini)*. Il le dédicace joliment à ses parents : « Ce livre est dédié à ma mère, Mary, avec amour et dévotion, et à mon père, Nick Fante, avec amour et admiration. »

Dans ce roman, Arturo Bandini, le personnage central, n'est autre que John Fante lui-même. Grâce au décalage de la fiction, l'auteur peut raconter sa vie, à commencer par l'enfance dans le Colorado ; écrire le portrait de son père, et à travers lui la colère des petits immigrés devant l'injustice et la cruauté avec laquelle l'Amérique traite ceux qui ont tant voulu et espéré d'elle.

Son propos, c'est et ce sera le récit de la saga des immigrants italiens confrontés à la dureté de la société américaine. Rien de sordide, de complaisant ni de désespéré dans ce constat, le ton est sec et tranchant, le style parfaitement maîtrisé. Imprégné de la culture de son milieu d'origine, il ose écrire dans le langage de la rue parlé par ses personnages, ce qui, dans ces années-là, n'est pas encore courant. Et est particulièrement courageux pour un auteur inconnu. Mais John Fante est sûr de lui, il écrit droit au but, droit à l'image. Ainsi de cette phrase formidable, qui dit parfaitement le rapport des petites gens à la Californie : « Los Angeles, viens à moi comme je suis venu à toi, les pieds sur tes rues, ma jolie ville que j'ai tant aimée, triste fleur dans les sables. »

L'année suivante, il publie un nouveau texte sous un très beau titre, *Demande à la poussière*

(*Ask the Dust*, 1939), qui commence ainsi : « Un soir, je suis assis sur le lit dans ma chambre d'hôtel sur Bunker Hill, en plein cœur de Los Angeles, c'est un soir important de ma vie, parce qu'il faut que je prenne une décision pour l'hôtel : ou bien je paye, ou bien je débarrasse le plancher. » Pas d'abstraction, pas d'idéologie dans l'œuvre de John Fante, nous sommes toujours dans le concret.

Tandis qu'il rédige son œuvre et sa vie, John Fante écrit nombre de scénarios et devient un des auteurs les mieux payés de la place. Il renonce ainsi de lui-même, et malgré la frustration et la désolation qu'il en ressent, à miser sur son écriture romanesque. Il travaille sur des films comme *Full of Life* (*Pleins de vie*, adapté de son roman, 1956), *Jeanne Eagels* (*Un seul amour*, 1957), *The Reluctant Saint* (*Miracle à Cupertino*, 1961), *Walk on the Wild Side* (*La Rue chaude*, 1961), *My Six Lives* (*Champion*, 1963), *Maya* (1966).

Malgré la difficulté qu'il rencontre à se faire publier, et tandis que ses anciens textes tombent dans l'oubli et restent désespérément absents des rayons des librairies, il n'abandonne pas son envie de littérature. Jusqu'à la fin de ses jours, il poursuit l'écriture du récit de son existence, évoque la difficulté de gagner sa vie dans ce monde, traite du désir car il est très travaillé par sa libido.

En 1982, il dicte son dernier livre à sa femme, *Rêves de Bunker Hill* (*Dream from Bunker Hill,* 1982), alors qu'atteint du diabète depuis 1955 il est devenu aveugle. Dans ce dernier volume, qui porte le nom du premier quartier résidentiel de Los Angeles où vécut Fante, il raconte son arrivée dans les studios de cinéma et sa frustration de scénariste aux prises avec l'incompréhension et le terrorisme des producteurs. Il meurt en 1983, tandis qu'enfin l'Amérique, depuis peu, le redécouvre.

Après sa disparition, sa veuve, Joyce, découvrit un manuscrit. Il s'agissait d'un texte écrit par Fante en 1933, puis repris en 1936, et jamais accepté par aucun éditeur. *La Route de Los Angeles (The Road to Los Angeles),* l'un des plus beaux textes de Fante, fut enfin publié en 1985.

Tous les livres de John Fante ont connu, en France, un très grand succès alors que, selon un schéma fréquent, il est resté assez inconnu dans son propre pays. On doit à ses traducteurs, Philippe Garnier et Brice Matthieussent, ainsi qu'à son éditeur, Christian Bourgois, d'avoir fait émerger cette grande figure des lettres américaines. Ses livres ont été publiés dans la collection de poche 10/18, devenue une collection culte, qui draine désormais un véritable cercle de fans.

On retrouve, chez d'autres auteurs américains, des éléments de l'œuvre de John Fante. Ainsi chez Charles Bukowski, autre Californien célèbre, surtout en France après une fameuse prestation dans l'émission « Apostrophes » où le public le découvrit, abusant de vin blanc face à Bernard Pivot. « Il devait avoir une influence sur ce que j'ai écrit, qui m'a duré toute ma vie », salua un jour Bukowski. « Les lignes roulaient facilement sur la page, ça coulait bien. Chaque phrase avait sa propre énergie et elle était suivie par une autre exactement pareille. La substance même de chaque ligne donnait sa forme à la page, on avait l'impression de quelque chose sculpté dessus », ajoutera-t-il, saluant ainsi un style, un ton, une matière, une économie de mots et d'adjectifs remarquable, qui jamais n'a nui à l'expression d'une très belle humanité. On sent, derrière les textes de Fante, une forte présence humaine : ils ne sont ni calculés ni fabriqués. John Fante a pris le risque de s'écarter des voies traditionnelles du roman, pour créer un style original. Et on s'émeut en imaginant le jeune John, à ses débuts, inscrivant sa vie sur les rubans de sa machine à écrire, en tapant à deux doigts.

John Fante n'est pas un *loser*, terme américain devenu international et qui qualifie les exclus du rêve américain. Mais son monde est un monde de perdants. On pense également, dans la même veine, à un auteur californien d'origine arménienne, William Saroyan (1908-1981), qui a connu un temps — contrairement à Fante — un très grand succès aux États-Unis, avec un recueil de nouvelles devenu un best-seller, *L'Audacieux Jeune Homme sur un trapèze volant (The Saring Young Man on the Flying Trapeze*, 1934). Saroyan, comme Fante, mais dans un style plus conventionnel, a décrit la vie des petites gens de la communauté arménienne, avec une espèce d'allégresse, sans adopter un ton désespéré.

Évoquons également Nathanael West (1903-1940), dont l'œuvre est peu développée en raison de la mort prématurée de l'auteur dans un accident de voiture. En 1939, il écrit *L'Incendie de Los Angeles (Day of the Locust)*, livre étonnant qui relate le mouvement de marginaux rêveurs et frustrés, allant vers un Hollywood assimilé à la terre promise, comme on avance vers le soleil, et s'y brûlant les ailes. Ainsi que son titre l'indique, l'action du livre, mis en scène sous le titre *Le Jour du fléau*, se déroule le jour du grand incendie de Los Angeles : jolie métaphore car, au terme du texte, tout a brûlé, il ne reste donc que l'œuvre et, selon les mots de Fante, une « jolie et triste fleur dans les sables ».

RAYMOND CARVER

Homme de peu de mots, c'est à l'eau-forte que Carver grave ses épures. Du Giacometti : l'essentiel, le cœur même des êtres et des situations, rien d'autre, surtout pas de festons brodés. La solitude, le désespoir, l'angoisse pénètrent ces pages denses et enivrantes comme un alcool blanc. Justesse d'observation, sympathie envers d'infimes protagonistes humains, tellement humains, une pureté de style toujours plus exigeante : de l'art minimal, du grand art en tout cas.

Raymond Carver, dans l'esprit de tous, est avant tout un des maîtres de la nouvelle américaine, la *short story*. Les Américains, bien entendu, n'ont pas découvert le genre, des Européens, et Guy de Maupassant particulièrement, l'avaient utilisé avant eux, mais cette forme est très développée aux États-Unis. Or Raymond Carver excelle dans l'art des petites séquences concises : ses textes sont comme des vignettes, portés par des bouts de dialogue et des images fortes, qui démarrent avec quelques phrases puissantes au ton juste et au style dépouillé.

L'univers de Raymond Carver, c'est les petites gens et le quotidien, moins les *losers* que les ratés, ceux sur qui d'ordinaire on peut penser qu'il n'y a rien à dire. Ses décors sont souvent un peu sordides et il met en scène des serveuses, des employés, des ouvriers, leurs misères, leurs quotidiens : la tragi-comédie humaine.

Il n'a pas eu besoin de parcourir la planète pour recréer ce monde sur le papier : il n'a eu qu'à regarder autour de lui. Raymond Carver naît en 1938 dans l'Oregon, au nord-ouest des États-Unis, dans une famille ouvrière pauvre. Enfance plutôt malheureuse ; le père, adoré du fils, est alcoolique. Il emmène néanmoins le petit Raymond chasser et pêcher, et les souvenirs de Carver rappellent ceux d'Hemingway. Mais la vie est difficile.

Il n'a pas vingt ans quand son père tombe gravement malade. La même année, en 1957, il épouse une camarade de collège, qui, à seize ans, est enceinte de lui. Il commence des petits boulots tout en s'inscrivant en 1958 au cours de John Gardner au Chico State College de Californie. Un second enfant naît très vite. Difficile dans ces conditions de trouver le temps d'écrire, mais c'est toutefois ce à quoi le jeune homme aspire. Il réussit à voler quelques heures au quotidien pour plonger dans l'écriture.

Raymond Carver a lu Anton Tchekhov. En lui, Raymond Carver a trouvé un maître, qui écrivait à un correspondant : « Vous savez, mon cher, il n'est pas obligatoire de parler de gens extraordinaires. » Carver s'attache à raconter l'existence de ceux qui ne demandent pas grand-chose mais ne l'obtiennent même pas. Au XIXe siècle, Thoreau avait écrit : « La plupart des hommes vivent des vies de désespoir tranquille. » Carver décrit le désespoir tranquille de personnages qui espèrent que quelque chose va se produire dans leur vie mais savent que rien ne viendra. Il y a de l'Hemingway chez Carver également, ce qui n'est guère étonnant car, outre quelques similitudes biographiques, il a lu l'auteur du *Vieil Homme et la mer* comme tous ceux de sa génération. Or Hemingway a écrit une nouvelle qui est un pur chef-d'œuvre, sous le titre *La Rivière au cœur double* et qui raconte tout simplement l'histoire d'un homme qui va pêcher. On pense alors à un texte de Carver au titre très parlant, *Personne ne disait rien*.

Ses personnages, Carver les connaît. Mais cela n'aurait pas suffi à en faire un grand écrivain. Pour cela, il faut aussi le talent, et à force de travail, il l'acquiert, il l'affine et trouve la manière : une forme courte, et les mots, le ton qui accrochent d'emblée le lecteur. Il écrit et publie dans un premier temps de la poésie. Puis se lance dans l'exercice de la nouvelle, dont certaines sont éditées au début des années 1960. Dans les années 1970, son style est établi et il définit ce qu'il appelle ses obsessions : les vies « les plus simples et les plus ordinaires, et pour cela, les plus terribles » : ce qu'on a appelé l'Amérique minimaliste. En 1976, il se fait connaître par un recueil de trente-deux *short stories*, composé de textes dont certains déjà parus dans la revue *Esquire, Tais-toi, je t'en prie (Will you Please Be Quiet, Please ?)*, pour lequel il reçoit le National Book Award. Il travaille désormais avec les meilleurs directeurs littéraires du moment, dont Gordon Lish : on soupçonne même l'un d'entre eux d'être son nègre, mais cela reste une rumeur... Il apprend à écrire de manière de plus en plus laconique, ayant fait sien le discours de Lish sur l'écriture : si l'on peut écrire en cinq mots ce que l'on a exprimé en quinze, il faut n'en utiliser que cinq !

Son chef-d'œuvre viendra en 1981, sous le titre *Parlez-moi d'amour (What we Talk About when we Talk About Love)*, qui sera suivi par *Les Vitamines du bonheur* (*Cathedral*, 1984) et *Les Trois Roses jaunes* (*Elephant*, 1988).

Serveuses, en américain, se dit *carvers*, de *to carve*, qui signifie couper. Raymond Carver coupe effectivement, va au plus serré, avec dureté mais non sans humour. C'est un conteur d'histoires. Ainsi, dans *Obèse*, une serveuse de restaurant raconte l'existence d'un homme si gros qu'il parle de lui à la troisième personne. À la place de : « Je veux un sandwich », il commande : « Ils veulent un sandwich. » Puis elle conclut son histoire par cette phrase : « Je crois qu'il va m'arriver quelque chose », et bien entendu il ne lui arrive rien. Carver sait remarquablement saisir des moments de vie. Il sait nous amener à nous intéresser à ses héros de la quotidienneté, et à éprouver à leur égard beaucoup de sympathie, car au fond, s'ils ne sont comme lui, comme nous, que des petites choses, c'est bien cette addition de molécules qui constitue l'humanité. D'où l'émotion, amplifiée par le fait que Carver raconte ses petites histoires sans détour. En quelques lignes, le décor est planté.

« Un vieux break aux plaques du Minnesota se range dans le parking en face de la fenêtre. Il y a un homme et une femme à l'avant, deux garçons à l'arrière. On est en juillet et il fait dans les quarante. Ces gens ont l'air crevé. J'entendais leurs voix dans la cuisine, j'entendais pas ce qu'ils disaient, mais en tout cas, ils s'engueulaient. Après, ils se sont tus et elle s'est mise à pleurer. J'ai filé un coup de coude à George, je me disais qu'il allait se réveiller, leur dire quelque chose, et que comme ça ils auraient honte et ils s'arrêteraient. Mais George, il est tellement con, il s'est mis à ruer et à gueuler. La femme s'appelait Miss Dinde et, plus tôt dans la soirée, elle avait braqué un pistolet sur un homme. »

Les nouvelles de Carver ressemblent à des tableaux d'Edward Hopper. Ses personnages, dans leurs décors de tous les jours, ne se parlent pas, ne se regardent pas. Et lorsqu'ils communiquent enfin, le résultat est dramatique. Ainsi dans une nouvelle dont le titre, comme le texte, est magnifique, *Tais-toi, je t'en prie*, un homme tente d'obtenir de sa femme l'aveu d'un adultère qu'elle aurait commis quatre ans auparavant. *Tais-toi, je t'en prie* sonne comme le cri de toute l'œuvre de Carver, et donc le cri de Carver lui-même. Ce qu'il attend de la vie, c'est un peu de répit.

On se souvient aussi de ce court dialogue, dans lequel perce tout l'art de Carver : « Mon mariage venait de capoter et j'étais sans travail. J'avais bien une petite amie, mais elle était en voyage, si bien que j'étais dans un bar, devant un demi de bière. Deux bonnes femmes étaient assises à quelques tabourets du mien, et voilà qu'une des deux s'est mise à me parler : "Vous avez une voiture ? — Oui, mais je l'ai pas", j'ai dit. La voiture, c'est ma femme qui l'avait. »

Il est étonnant de constater qu'au début du siècle les États-Unis ont produit des écrivains dont l'ambition était d'embrasser le monde, de raconter les grands changements, l'industrie, l'argent, et que, cinquante ans plus tard, ce sont les petites vies de chacun qui ont nourri leur littérature. Car Carver représente incontestablement un tournant dans l'histoire des lettres américaines et il est sans doute l'héritier direct d'Hemingway. S'il n'a jamais eu le souffle nécessaire à l'écriture d'un grand roman, c'est un choix qu'il a tenu et assumé. Il faut préciser toutefois que si Raymond Carver a connu de son vivant tous les honneurs, prix littéraires, postes prestigieux à l'université, il ne s'est jamais remis de la difficulté de vivre de l'enfance. Dès 1968, il commence à boire plus que de raison. Dans les années qui suivent, il est régulièrement incapable de faire ses cours. En 1976, lorsqu'il accède à la notoriété, Raymond et sa femme sont séparés et lui quatre fois hospitalisé pour alcoolisme. Il est rarement en état d'écrire. Jeune, Raymond Carver porte déjà des marques sur le visage, le front est prématurément ridé et son regard témoigne d'un caractère obstiné tout en exprimant quelque chose comme du désespoir. On sent qu'il a passé sa vie à se battre, en lutte permanente contre la misère d'abord, un mariage prématuré, l'alcool. À la fin de la décennie toutefois, son état s'améliore et il s'installe avec une nouvelle femme, dont il a fait la rencontre en 1977, la poétesse Tess Gallagher. Côte à côte, ils écrivent et bientôt Carver voit son talent pleinement salué. Il est célébré comme le maître de la nouvelle et le ténor de l'écriture minimaliste, et abondamment étudié dans les universités et les laboratoires d'écriture. Mais, en 1988, alors qu'il est reçu, en mai, au sein de l'Académie américaine des arts et des lettres, il meurt, en août, d'un cancer du poumon. Il n'a que cinquante ans. Il venait de se marier et d'acheter une maison à Port Angeles. Pas plus que ses personnages, il n'aura été doué pour le bonheur. On pense au début d'une de ses nouvelles : « Carlyle était dans le pétrin. » Ces quelques mots disent tout Carver. Il a introduit dans la littérature la vie des gens qui sont dans le pétrin.

Bibliographies et filmographies

JOHN FANTE

Bibliographie

Bandini, Christian Bourgois, 10-18
Les Compagnons de la grappe, Christian Bourgois, 10-18
Correspondance avec Henry Mencken, Christian Bourgois, 10-18
Demande à la poussière, Christian Bourgois, 10-18
Mon chien stupide, Christian Bourgois, 10-18
L'Orgie, Christian Bourgois, 10-18
Pleins de vie, Christian Bourgois, 10-18
Rêves de Bunker Hill, 10-18
La Route de Los Angeles, Christian Bourgois, 10-18
Le Vin de la jeunesse, Christian Bourgois, 10-18

Filmographie

Miracle à Cupertino, The Reluctant Saint, USA, 1962
Réal. : Edward Dmytryck
Scén. : John Fante, Joseph Petracci
Interprètes : Maximilian Schell, Ricardo Montalban, Lea Padovani, Akim Tamiroff
La Rue chaude, Walk on the Wild Side, USA, 1961

Réal. : Edward Dmytryck
Scén. : John Fante, Edmund Morris
Musique : Elmer Bernstein
Interprètes : Laurence Harvey, Capucine, Jane Fonda, Anne Baxter, Barbara Stanwyck
Un seul amour, Jeanne Eagels, USA, 1957
Réal. : George Sidney
Scén. : Daniel Fuchs, Sonya Levien, John Fante
Musique : George Dunning
Interprètes : Kim Novak, Jeff Chandler, Agnes Moorehead, Charles Drake

RAYMOND CARVER

Bibliographie

Les Feux, Le Seuil
Là où les eaux se mêlent, 10-18
N'en faites pas une histoire, Le Seuil, Points-Seuil
Neuf Histoires et un poème, L'Olivier
Parlez-moi d'amour, Stock, Le Livre de Poche
Qu'est-ce que vous voulez voir ?, L'Olivier
Tais-toi, je t'en prie, Stock, Le Livre de Poche
Les Trois Roses jaunes, Rivages
Les Vitamines du bonheur, Stock, Le Livre de Poche

Bibliographie générale

Dictionnaire des littératures de langue anglaise, Encyclopaedia Universalis et Albin Michel, Paris, 1997.

Le Nouveau Dictionnaire des auteurs de tous les temps et de tous les pays, sous la direction de Paul de Roux, Laffont-Bompiani, collection « Bouquins », Robert Laffont, 1994.

Le Petit Robert des noms propres, nouvelle édition refondue et augmentée sous la direction de Thieri Foulc, Dictionnaires Le Robert, 1994.

John Brown, *Panorama de la littérature contemporaine aux États-Unis*, Gallimard, collection « Le Point du jour », nouvelle édition refondue, 1971.

Jacques Cabau, *La Prairie perdue, le roman américain*, Le Seuil, collection « Points », 1981.

Pierre-Yves Pétillon, *Histoire de la littérature américaine. Notre demi-siècle, 1939-1989*, Fayard, 1992.

Marc Saporta, *Histoire du roman américain*, Gallimard, collection « Idées », 1976.

Jean Tulard, *Guide des films, 1895-1995, édition du centenaire du cinéma*, collection « Bouquins », Robert Laffont, 1995.

Biographies des auteurs cités

FRANCIS SCOTT FITZGERALD

24 septembre 1896 naissance à Saint Paul dans le Minnesota
1918 rencontre Zelda Sayre
1920 *L'Envers du paradis*
Années 1920 séjours en Europe, et particulièrement à Paris
1920 et 1922 une grande partie de ses nouvelles sont rassemblées dans *Friponnes et philosophes, Les Enfants du jazz, Un diamant gros comme le Ritz*
1922 *Les Heureux et les Damnés*
1925 *Gatsby le Magnifique*
1934 *Tendre est la nuit*
1941 *Le Dernier Nabab*
21 décembre 1940 mort à Hollywood

ERNEST HEMINGWAY

21 juillet 1899 naissance à Oak Park dans l'Illinois
1918 ambulancier pour la Croix-Rouge en Italie
Années 1920 séjours à Paris
1926 *Le soleil se lève aussi*
1928 suicide du père

1929 *L'Adieu aux armes*
1936 s'engage aux côtés des républicains espagnols
1937 *En avoir ou pas*
1940 *Pour qui sonne le glas*
1952 *Le Vieil Homme et la mer*
1953 prix Pulitzer pour *Le Vieil Homme et la mer*
1954 prix Nobel de littérature
2 juillet 1961 suicide dans l'Idaho
1963 publication de *Paris est une fête*

JOHN STEINBECK

27 février 1902 naissance à Salinas en Californie
1925 tente de devenir journaliste à New York
Fin des années 1920 retourne vers l'Ouest, écrit et devient gardien de domaine
1935 *Tortillat Flat*
1937 *Des souris et des hommes*
1939 *Les Raisins de la colère* (prix Pulitzer et National Book Award)
1952 *À l'est d'Éden*
1962 prix Nobel de littérature
20 décembre 1968 mort à New York

JOHN RODERIGO DOS PASSOS

14 janvier 1896 naissance à Chicago
1917-1918 s'engage dans la Première Guerre mondiale
1920 *L'Initiation d'un homme*
1921 *Trois Soldats*
1925 *Manhattan Transfer*
1930-1934 trilogie *USA : 42e Parallèle* (1930), *L'An premier du siècle* (1932), *La Grosse Galette* (1934)
1952 trilogie *District of Columbia : Aventures d'un jeune*

homme (1939), *Numéro Un* (1943), *Le Grand Dessein* (1949)
28 septembre 1970 mort à Baltimore

JEROME DAVID SALINGER

1er janvier 1919 naissance à New York
1942 s'engage dans l'armée
Années 1940 publie des nouvelles
1951 *L'Attrape-cœurs*
1953 se retire dans le New Hampshire
1953 *Neuf Nouvelles*
1961 *Franny et Zooey*

TRUMAN CAPOTE

30 septembre 1924 naissance à La Nouvelle-Orléans
1945 publie ses premières nouvelles
1948 *Les Domaines hantés*
1952 *La Harpe d'herbes*
1956 *Les muses parlent*
1958 *Petit Déjeuner chez Tiffany*
1966 *De sang-froid*
1980 *Musique pour caméléons*
25 août 1984 mort à Los Angeles

NORMAN MAILER

31 janvier 1923 naissance dans le New Jersey
1944 soldat dans la guerre du Pacifique
1948 *Les Nus et les Morts*
1951 *Rivage de barbarie*
1955 cofondateur du *Village Voice*
1957 *Un nègre blanc*

1965 *Un rêve américain*
1967 *Pourquoi sommes-nous au Vietnam ?*
1969 candidat à la mairie de New York

PHILIP ROTH

19 mai 1933 naissance à Newark (New Jersey)
1959 *Goodbye, Columbus*, primé par le National Book Award
1961 *Laissez courir*
1969 *Portnoy et son complexe*
1973 *Le Grand Roman américain*
1974 *Ma vie d'homme*
1992 *Patrimoine : une histoire vraie*
1995 *Opération Shylock*
2001 *J'ai épousé un communiste*

PAUL AUSTER

3 février 1947 naissance à Newark (New Jersey)
1974-1982 critique littéraire et traducteur
1982 *L'Invention de la solitude*
1985-1986 *La Trilogie new-yorkaise : La Cité de verre* (1985), *Revenants* (1986), *La Chambre dérobée* (1986)
1987 *Le Voyage d'Anna Blume*
Depuis 1990 réalisateur et scénariste de cinéma
1992 *Léviathan*

TOM WOLFE (THOMAS KENNERLEY JR.)

1931 naissance à Richmond en Virginie
1965 *Acid Test*
1979 *L'Étoffe des héros*

1987 *Le Bûcher des vanités*
1998 *Un homme, un vrai*

HENRY MILLER

26 décembre 1891 naissance à Yorkville (New York)
1928 premier voyage en France
1930 installation en France
1934 *Tropique du Cancer*
1938 *Tropique du Capricorne*
1941 *Le Colosse de Maroussi*
1942 rentre définitivement aux États-Unis
1940-1960 trilogie *La Crucifixion en rose : Sexus* (1949), *Plexus* (1953), *Nexus* (1960)
1956 *Jours tranquilles à Clichy*
7 juin 1980 mort à Pacific Palisades (Californie)

GERTRUDE STEIN

3 février 1874 naissance en Pennsylvanie
1903 s'installe à Paris
1909 *Trois Vies*
1914 *Tendres Boutons*
1933 *Autobiographie d'Alice B. Toklas ; Matisse, Picasso et Gertrude Stein*
27 juillet 1946 mort à Neuilly

FRANK NORRIS

5 mars 1870 naissance à Chicago
1899 *Les Rapaces*
1901 parution du premier tome de la trilogie *L'Épopée du blé : La Pieuvre*
25 octobre 1902 mort à San Francisco

THEODORE DREISER

27 août 1871 naissance dans l'Indiana
1892 devient journaliste au *Chicago Globe*
1900 *Sister Carrie*
1912-1947 publie en trois tomes une trilogie : *Le Financier* (1912), *Le Titan* (1914), *Le Stoïque* (1947)
1925 *Une tragédie américaine*
28 décembre 1945 mort à Hollywood

UPTON BEALL SINCLAIR

20 septembre 1878 naissance à Baltimore
1882 commence à écrire des nouvelles pour financer ses études
1902 entre au parti socialiste
1906 *La Jungle*
1908 *La Métropole*
1917 *Le Roi Charbon*
1927 *Le Pétrole*
1943 obtient le prix Pulitzer pour *Les Griffes du dragon* (1942)
25 novembre 1968 mort dans le New Jersey

SINCLAIR LEWIS

7 février 1885 naissance dans le Minnesota
1906-1907 participe à la ferme modèle d'Upton Sinclair : Helicon Hall
1920 *Mean Street*
1922 *Babbitt*
1927 *Elmer Gantry*
1930 reçoit le prix Nobel de littérature

10 janvier 1951 mort à Rome

JAMES MALLAHAN CAIN

1er juillet 1892 naissance à Annapolis dans le Maryland
1920-1930 journaliste et nouvelliste
1934 *Le facteur sonne toujours deux fois*
1936 *Assurance sur la mort*
27 octobre 1977 mort dans le Maryland

HORACE MCCOY

14 avril 1897 naissance près de Nashville dans le Tennessee
1927 publie une première nouvelle dans *Black Mask*
1935 *On achève bien les chevaux*
1937 *Un linceul n'a pas de poches*
1938 *J'aurais dû rester chez nous*
1948 *Adieu l'amour, adieu la vie*
16 décembre 1955 mort à Los Angeles

JAMES ELLROY

1948 naissance à Los Angeles
20 juin 1958 assassinat de sa mère
1981 *Brown's Requiem*
1987-1991 *Le Quatuor de Los Angeles : Le Dahlia noir* (1987), *Le Grand Nulle Part* (1988), *L.A. Confidential* (1990), *White Jazz* (1991)
1996 *Ma part d'ombre*
2001 *American Death Trip*

DASHIELL HAMMETT

27 mai 1894 naissance dans le Maryland
Années 1910 travaille comme détective privé pour l'agence Pinkerton
1924 publie des nouvelles dans *Black Mask*
1927 *La Moisson rouge*
1930 *Le Faucon maltais*
1931 *La Clé de verre*
1934 *L'Introuvable*
1951 fait de la prison pour antimaccarthysme
10 janvier 1961 mort à New York

RAYMOND CHANDLER

23 juillet 1888 naissance à Chicago
1932 quitte la compagnie pétrolière dont il est vice-président
1933 commence à publier dans *Black Mask*
1939 *Le Grand Sommeil*
1940 devient scénariste à Hollywood
1942 *La Fenêtre d'en haut*
1943 *La Dame du lac*
1950 *L'Art tout simple d'assassiner*
26 mars 1959 mort en Californie

JACK KEROUAC (JEAN-LOUIS LEBRIS DE)

12 mars 1922 naissance dans le Massachusetts
1943-1945 étudiant à Columbia University
1946-1947 rencontre Neal Cassady
1947-1950 fait la route
1957 *Sur la route*

1958 *Les Clochards célestes*
21 octobre 1969 mort à Saint Petersburg (Floride)

WILLIAM SEWARD BURROUGHS

5 février 1914 naissance à Saint Louis (Missouri)
1945-1975 voyages aux États-Unis, en Amérique du Sud, en Europe, en Afrique du Nord
1959 *Le Festin nu*
1971 *Les Garçons sauvages*
1997 mort

ALLEN GINSBERG

3 juin 1926 naissance dans le New Jersey
1956 *Howl*
1960-1970 voyages au Mexique, en Afrique du Nord, en Inde
1961 *Kaddish*
1963 *Lettres du Yage*
1970 *Journaux indiens*
1997 mort

JOHN FANTE

8 avril 1909 naissance dans le Colorado
1933-1935 devient scénariste à Hollywood
1932 publie sa première nouvelle dans *The American Mercury*
1938 *Bandini*
1939 *Demande à la poussière*
1982 *Rêves de Bunker Hill*
1985 *La Route de Los Angeles*
8 mai 1983 mort à Malibu (Californie)

RAYMOND CARVER

25 mai 1938 naissance dans l'Oregon
1956 fait des petits boulots
1958 prend des cours d'écriture et commence à écrire
1976 National Book Award pour *Tais-toi, je t'en prie*
1981 *Parlez-moi d'amour*
1984 *Les Vitamines du bonheur*
1988 *Les Trois Roses jaunes*
2 août 1988 mort à Port Angeles

DES MÊMES AUTEURS

Philippe Labro et Olivier Barrot

Aux Éditions NiL

LETTRES D'AMÉRIQUE (« Folio », *n° 3990*)

Philippe Labro

Aux Éditions Gallimard

UN AMÉRICAIN PEU TRANQUILLE.

DES FEUX MAL ÉTEINTS (« Folio », *n° 1162*).

DES BATEAUX DANS LA NUIT (« Folio », *n° 1645*).

L'ÉTUDIANT ÉTRANGER (« Folio », *n° 1961*).

UN ÉTÉ DANS L'OUEST (« Folio », *n° 2169*).

LE PETIT GARÇON (« Folio », *n° 2389*).

QUINZE ANS (« Folio », *n° 2677*).

UN DÉBUT À PARIS (« Folio », *n° 2812*).

LA TRAVERSÉE (« Folio », *n° 3046*).

RENDEZ-VOUS AU COLORADO (« Folio », *n° 3344*).

MANUELLA (« Folio », *n° 3459*).

JE CONNAIS GENS DE TOUTES SORTES (« Folio », *n° 3854*).

Aux Éditions Denoël

TOUS CÉLÈBRES.

Aux Éditions Jean-Claude Lattès

CE N'EST QU'UN DÉBUT, avec Michèle Manceaux.

Aux Éditions Albin Michel

TOMBER SEPT FOIS, SE RELEVER HUIT.

Olivier Barrot

Aux Éditions Gallimard

LE THÉÂTRE DE BOULEVARD : CIEL, MON MARI !, avec Raymond Chirat (Découvertes-Gallimard, n° 359), 1998.

BRÛLONS VOLTAIRE ! *et autres pièces en un acte d'Eugène Labiche, éditions avec Raymond Chirat (Folio Théâtre n° 22),* 1995.

GUEULES D'ATMOSPHÈRE : LES ACTEURS DU CINÉMA FRANÇAIS, 1929-1959, avec Raymond Chirat (Découvertes-Gallimard n° 210), 1994.

Aux Éditions du Rocher

SALUT À LOUIS JOUVET, avec Raymond Chirat, 2002.

DES LIVRES ET DES JOURS, 1999.

PAGES POUR MODIANO, 1999

Chez d'autres éditeurs

LETTRES ANGLAISES, avec Bernard Rapp, NiL, 2003.

HONNEUR À VILAR, avec Melly Puaux, Actes Sud, 2001.

LETTRES À L'INCONNUE, avec Alain Bouldouyre, Hoëbeke, 2001.

NOIR ET BLANC, Flammarion, 2000.

LE VOLEUR DE VILLES, Anne Carrière, 1999.

LONG-COURRIERS, PRÉ-AUX-CLERCS, 1996.

LE MYSTÈRE ELEONORA, Grasset, 1996.

COLLECTION FOLIO

Dernières parutions

3711. Jonathan Coe — *Les Nains de la Mort.*
3712. Annie Ernaux — *Se perdre.*
3713. Marie Ferranti — *La fuite aux Agriates.*
3714. Norman Mailer — *Le Combat du siècle.*
3715. Michel Mohrt — *Tombeau de La Rouërie.*
3716. Pierre Pelot — *Avant la fin du ciel.*
3718. Zoé Valdès — *Le pied de mon père.*
3719. Jules Verne — *Le beau Danube jaune.*
3720. Pierre Moinot — *Le matin vient et aussi la nuit.*
3721. Emmanuel Moses — *Valse noire.*
3722. Maupassant — *Les Sœurs Rondoli* et autres nouvelles.
3723. Martin Amis — *Money, money.*
3724. Gérard de Cortanze — *Une chambre à Turin.*
3725. Catherine Cusset — *La haine de la famille.*
3726. Pierre Drachline — *Une enfance à perpétuité.*
3727. Jean-Paul Kauffmann — *La Lutte avec l'Ange.*
3728. Ian McEwan — *Amsterdam.*
3729. Patrick Poivre d'Arvor — *L'Irrésolu.*
3730. Jorge Semprun — *Le mort qu'il faut.*
3731. Gilbert Sinoué — *Des jours et des nuits.*
3732. Olivier Todd — *André Malraux. Une vie.*
3733. Christophe de Ponfilly — *Massoud l'Afghan.*
3734. Thomas Gunzig — *Mort d'un parfait bilingue.*
3735. Émile Zola — *Paris.*
3736. Félicien Marceau — *Capri petite île.*
3737. Jérôme Garcin — *C'était tous les jours tempête.*
3738. Pascale Kramer — *Les Vivants.*
3739. Jacques Lacarrière — *Au cœur des mythologies.*
3740. Camille Laurens — *Dans ces bras-là.*
3741. Camille Laurens — *Index.*
3742. Hugo Marsan — *Place du Bonheur.*
3743. Joseph Conrad — *Jeunesse.*
3744. Nathalie Rheims — *Lettre d'une amoureuse morte.*

3745. Bernard Schlink	*Amours en fuite.*
3746. Lao She	*La cage entrebâillée.*
3747. Philippe Sollers	*La Divine Comédie.*
3748. François Nourissier	*Le musée de l'Homme.*
3749. Norman Spinrad	*Les miroirs de l'esprit.*
3750. Collodi	*Les Aventures de Pinocchio.*
3751. Joanne Harris	*Vin de bohème.*
3752. Kenzaburô Ôé	*Gibier d'élevage.*
3753. Rudyard Kipling	*La marque de la Bête.*
3754. Michel Déon	*Une affiche bleue et blanche.*
3755. Hervé Guibert	*La chair fraîche.*
3756. Philippe Sollers	*Liberté du XVIIIème.*
3757. Guillaume Apollinaire	*Les Exploits d'un jeune don Juan.*
3758. William Faulkner	*Une rose pour Emily* et autres nouvelles.
3759. Romain Gary	*Une page d'histoire.*
3760. Mario Vargas Llosa	*Les chiots.*
3761. Philippe Delerm	*Le Portique.*
3762. Anita Desai	*Le jeûne et le festin.*
3763. Gilles Leroy	*Soleil noir.*
3764. Antonia Logue	*Double cœur.*
3765. Yukio Mishima	*La musique.*
3766. Patrick Modiano	*La Petite Bijou.*
3767. Pascal Quignard	*La leçon de musique.*
3768. Jean-Marie Rouart	*Une jeunesse à l'ombre de la lumière.*
3769. Jean Rouaud	*La désincarnation.*
3770. Anne Wiazemsky	*Aux quatre coins du monde.*
3771. Lajos Zilahy	*Le siècle écarlate. Les Dukay.*
3772. Patrick McGrath	*Spider.*
3773. Henry James	*Le Banc de la désolation.*
3774. Katherine Mansfield	*La Garden-Party* et autres nouvelles.
3775. Denis Diderot	*Supplément au Voyage de Bougainville.*
3776. Pierre Hebey	*Les passions modérées.*
3777. Ian McEwan	*L'Innocent.*
3778. Thomas Sanchez	*Le Jour des Abeilles.*
3779. Federico Zeri	*J'avoue m'être trompé. Fragments d'une autobiographie.*

3780. François Nourissier — *Bratislava.*
3781. François Nourissier — *Roman volé.*
3782. Simone de Saint-Exupéry — *Cinq enfants dans un parc.*
3783. Richard Wright — *Une faim d'égalité.*
3784. Philippe Claudel — *J'abandonne.*
3785. Collectif — *« Leurs yeux se rencontrèrent... ». Les plus belles premières rencontres de la littérature.*
3786. Serge Brussolo — *« Trajets et itinéraires de l'oubli ».*
3787. James M. Cain — *Faux en écritures.*
3788. Albert Camus — *Jonas ou l'artiste au travail* suivi de *La pierre qui pousse.*
3789. Witold Gombrovicz — *Le festin chez la comtesse Fritouille* et autres nouvelles.
3790. Ernest Hemingway — *L'étrange contrée.*
3791. E. T. A Hoffmann — *Le Vase d'or.*
3792. J. M. G. Le Clezio — *Peuple du ciel* suivi de *Les Bergers.*
3793. Michel de Montaigne — *De la vanité.*
3794 Luigi Pirandello — *Première nuit et autres nouvelles.*
3795. Laure Adler — *À ce soir.*
3796. Martin Amis — *Réussir.*
3797. Martin Amis — *Poupées crevées.*
3798. Pierre Autin-Grenier — *Je ne suis pas un héros.*
3799. Marie Darrieussecq — *Bref séjour chez les vivants.*
3800. Benoît Duteurtre — *Tout doit disparaître.*
3801. Carl Friedman — *Mon père couleur de nuit.*
3802. Witold Gombrowicz — *Souvenirs de Pologne.*
3803. Michel Mohrt — *Les Nomades.*
3804. Louis Nucéra — *Les Contes du Lapin Agile.*
3805. Shan Sa — *La joueuse de go.*
3806. Philippe Sollers — *Éloge de l'infini.*
3807. Paule Constant — *Un monde à l'usage des Demoiselles.*
3808. Honoré de Balzac — *Un début dans la vie.*
3809. Christian Bobin — *Ressusciter.*
3810. Christian Bobin — *La lumière du monde.*
3811. Pierre Bordage — *L'Évangile du Serpent.*

3812. Raphaël Confiant — *Brin d'amour.*
3813. Guy Goffette — *Un été autour du cou.*
3814. Mary Gordon — *La petite mort.*
3815. Angela Huth — *Folle passion.*
3816. Régis Jauffret — *Promenade.*
3817. Jean d'Ormesson — *Voyez comme on danse.*
3818. Marina Picasso — *Grand-père.*
3819. Alix de Saint-André — *Papa est au Panthéon.*
3820. Urs Widmer — *L'homme que ma mère a aimé.*
3821. George Eliot — *Le Moulin sur la Floss.*
3822. Jérôme Garcin — *Perspectives cavalières.*
3823. Frédéric Beigbeder — *Dernier inventaire avant liquidation.*
3824. Hector Bianciotti — *Une passion en toutes Lettres.*
3825. Maxim Biller — *24 heures dans la vie de Mordechaï Wind.*
3826. Philippe Delerm — *La cinquième saison.*
3827. Hervé Guibert — *Le mausolée des amants.*
3828. Jhumpa Lahiri — *L'interprète des maladies.*
3829. Albert Memmi — *Portrait d'un Juif.*
3830. Arto Paasilinna — *La douce empoisonneuse.*
3831. Pierre Pelot — *Ceux qui parlent au bord de la pierre (Sous le vent du monde, V).*
3832. W.G Sebald — *Les émigrants.*
3833. W.G Sebald — *Les Anneaux de Saturne.*
3834. Junichirô Tanizaki — *La clef.*
3835 Cardinal de Retz — *Mémoires.*
3836 Driss Chraïbi — *Le Monde à côté.*
3837 Maryse Condé — *La Belle Créole.*
3838 Michel del Castillo — *Les étoiles froides.*
3839 Aïssa Lached-Boukachache — *Plaidoyer pour les justes.*
3840 Orhan Pamuk — *Mon nom est Rouge.*
3841 Edwy Plenel — *Secrets de jeunesse.*
3842 W. G. Sebald — *Vertiges.*
3843 Lucienne Sinzelle — *Mon Malagar.*
3844 Zadie Smith — *Sourires de loup.*
3845 Philippe Sollers — *Mystérieux Mozart.*
3846 Julie Wolkenstein — *Colloque sentimental.*
3847 Anton Tchékhov — *La Steppe. Salle 6. L'Évêque.*

3848 Alessandro Baricco — *Châteaux de la colère.*
3849 Pietro Citati — *Portraits de femmes.*
3850 Collectif — *Les Nouveaux Puritains.*
3851 Maurice G. Dantec — *Laboratoire de catastrophe générale.*
3852 Bo Fowler — *Scepticisme & Cie.*
3853 Ernest Hemingway — *Le jardin d'Éden.*
3854 Philippe Labro — *Je connais gens de toutes sortes.*
3855 Jean-Marie Laclavetine — *Le pouvoir des fleurs.*
3856 Adrian C. Louis — *Indiens de tout poil et autres créatures.*
3857 Henri Pourrat — *Le Trésor des contes.*
3858 Lao She — *L'enfant du Nouvel An.*
3859 Montesquieu — *Lettres Persanes.*
3860 André Beucler — *Gueule d'Amour.*
3861 Pierre Bordage — *L'Évangile du Serpent.*
3862 Edgar Allan Poe — *Aventure sans pareille d'un certain Hans Pfaal.*
3863 Georges Simenon — *L'énigme de la* Marie-Galante.
3864 Collectif — *Il pleut des étoiles...*
3865 Martin Amis — *L'état de L'Angleterre.*
3866 Larry Brown — *92 jours.*
3867 Shûsaku Endô — *Le dernier souper.*
3868 Cesare Pavese — *Terre d'exil.*
3869 Bernhard Schlink — *La circoncision.*
3870 Voltaire — *Traité sur la Tolérance.*
3871 Isaac B. Singer — *La destruction de Kreshev.*
3872 L'Arioste — *Roland furieux I.*
3873 L'Arioste — *Roland furieux II.*
3874 Tonino Benacquista — *Quelqu'un d'autre.*
3875 Joseph Connolly — *Drôle de bazar.*
3876 William Faulkner — *Le docteur Martino.*
3877 Luc Lang — *Les Indiens.*
3878 Ian McEwan — *Un bonheur de rencontre.*
3879 Pier Paolo Pasolini — *Actes impurs.*
3880 Patrice Robin — *Les muscles.*
3881 José Miguel Roig — *Souviens-toi, Schopenhauer.*
3882 José Sarney — *Saraminda.*
3883 Gilbert Sinoué — *À mon fils à l'aube du troisième millénaire.*

3884	Hitonari Tsuji	*La lumière du détroit.*
3885	Maupassant	*Le Père Milon.*
3886	Alexandre Jardin	*Mademoiselle Liberté.*
3887	Daniel Prévost	*Coco belles-nattes.*
3888	François Bott	*Radiguet. L'enfant avec une canne.*
3889	Voltaire	*Candide ou l'Optimisme.*
3890	Robert L. Stevenson	*L'Étrange Cas du docteur Jekyll et de M. Hyde.*
3891	Daniel Boulanger	*Talbard.*
3892	Carlos Fuentes	*Les années avec Laura Díaz.*
3894	André Dhôtel	*Idylles.*
3895	André Dhôtel	*L'azur.*
3896	Ponfilly	*Scoops.*
3897	Tchinguiz Aïtmatov	*Djamilia.*
3898	Julian Barnes	*Dix ans après.*
3899	Michel Braudeau	*L'interprétation des singes.*
3900	Catherine Cusset	*À vous.*
3901	Benoît Duteurtre	*Le voyage en France.*
3902	Annie Ernaux	*L'occupation.*
3903	Romain Gary	*Pour Sgnanarelle.*
3904	Jack Kerouac	*Vraie blonde, et autres.*
3905	Richard Millet	*La voix d'alto.*
3906	Jean-Christophe Rufin	*Rouge Brésil.*
3907	Lian Hearn	*Le silence du rossignol.*
3908	Kaplan	*Intelligence.*
3909	Ahmed Abodehman	*La ceinture.*
3910	Jules Barbey d'Aurevilly	*Les diaboliques.*
3911	George Sand	*Lélia.*
3912	Amélie de Bourbon Parme	*Le sacre de Louis XVII.*
3913	Erri de Luca	*Montedidio.*
3914	Chloé Delaume	*Le cri du sablier.*
3915	Chloé Delaume	*Les mouflettes d'Atropos.*
3916	Michel Déon	*Taisez-vous... J'entends venir un ange.*
3917	Pierre Guyotat	*Vivre.*
3918	Paula Jacques	*Gilda Stambouli souffre et se plaint.*
3919	Jacques Rivière	*Une amitié d'autrefois.*
3920	Patrick McGrath	*Martha Peake.*

3921	Ludmila Oulitskaia	*Un si bel amour.*
3922	J.-B. Pontalis	*En marge des jours.*
3923	Denis Tillinac	*En désespoir de causes.*
3924	Jerome Charyn	*Rue du Petit-Ange.*
3925	Stendhal	*La Chartreuse de Parme.*
3926	Raymond Chandler	*Un mordu.*
3927	Collectif	*Des mots à la bouche.*
3928	Carlos Fuentes	*Apollon et les putains.*
3929	Henry Miller	*Plongée dans la vie nocturne.*
3930	Vladimir Nabokov	*La Vénitienne* précédé d'*Un coup d'aile.*
3931	Ryûnosuke Akutagawa	*Rashômon* et autres contes.
3932	Jean-Paul Sartre	*L'enfance d'un chef.*
3933	Sénèque	*De la constance du sage.*
3934	Robert Louis Stevenson	*Le club du suicide.*
3935	Edith Wharton	*Les lettres.*
3936	Joe Haldeman	*Les deux morts de John Speidel.*
3937	Roger Martin du Gard	*Les Thibault I.*
3938	Roger Martin du Gard	*Les Thibault II.*
3939	François Armanet	*La bande du drugstore.*
3940	Roger Martin du Gard	*Les Thibault III.*
3941	Pierre Assouline	*Le fleuve Combelle.*
3942	Patrick Chamoiseau	*Biblique des derniers gestes.*
3943	Tracy Chevalier	*Le récital des anges.*
3944	Jeanne Cressanges	*Les ailes d'Isis.*
3945	Alain Finkielkraut	*L'imparfait du présent.*
3946	Alona Kimhi	*Suzanne la pleureuse.*
3947	Dominique Rolin	*Le futur immédiat.*
3948	Philip Roth	*J'ai épousé un communiste.*
3949	Juan Rulfo	*Llano en flammes.*
3950	Martin Winckler	*Légendes.*
3951	Fédor Dostoievski	*Humiliés et offensés.*
3952	Alexandre Dumas	*Le Capitaine Pamphile.*
3953	André Dhôtel	*La tribu Bécaille.*
3954	André Dhôtel	*L'honorable Monsieur Jacques.*
3955	Diane de Margerie	*Dans la spirale.*
3956	Serge Doubrovski	*Le livre brisé.*
3957	La Bible	*Genèse.*
3958	La Bible	*Exode.*
3959	La Bible	*Lévitique-Nombres.*
3960	La Bible	*Samuel.*

Composition Nord Compo
Impression Novoprint
à Barcelone, le 13 janvier 2004
Dépôt légal : janvier 2004

ISBN 2-07-031275-5./Imprimé en Espagne.

126648